四天王最弱の自立計画

四天王最弱と呼ばれる俺、
実は最強なので残りのダメ四天王に頼られてます

西湖三七三

GA文庫

カバー・口絵・本文イラスト
ふわり

プロローグ

漆黒に包まれた空。鳴り響く雷鳴。禍々《まがまが》しい空気が充満する魔大陸。

その地を支配する者たちが住まう魔王城の門の前では、絶望感に打ちのめされた者たちが無様に敗北していた。

「なっ、なんて強大な力だ……。クリスタ聖王国で、今一番有望視されているパーティーの俺《おれ》たちが、束《たば》になってかかったのに……」

筋肉質な武道家がもうろうとした意識の中、言葉を何とか絞り出す。

「わっ、私たちの技が……何一つ効かないなんて……」

魔法職の少女は、もう魔力が底をつき何も出せなくなった杖《つえ》を震わせ、手の中から落としてしまう。

「僕たちは……歯向かってはいけない存在に、出会ってしまったのかもしれない……」

金の鎧《よろい》を身にまとった戦士の青年が、地面に剣を突き刺し、今にも倒れそうな体を何とか支えている。

圧倒的力の差に、怯《おび》えた感情が入り混じった瞳《ひとみ》を持つ彼らは、ある一人の魔族を見ていた。

その魔族は、全身を黒い鎧で包み、顔にも同じ色のヘルムを被った暗黒騎士だった。

漆黒の大剣を持った暗黒騎士は、一流の冒険者三人を相手にしたのにもかかわらず、息切れ一つもしていない。

そんな彼の背後から、新たな影が三つ姿を現した。

「かっかっかっ」

「ふっふっふっ」

「くっくっくっ」

三つの不気味な笑い声が、生ぬるい風に乗ってその場に広がった。

「愚かな人間どもよ。その程度の力で、我々に敵《かな》うとでも思ったか?」

両側頭部から角を生やした、赤髪ロングヘアの少女は、マントをなびかせ赤い瞳を光らせながら、八重歯をはみ出させて笑っている。

「まったく。身の程知らずとは、まさにこのことですね」

金髪縦ロールヘアの何処か気品のある長身の少女は、隣に四足歩行で立派なたてがみを生やした、この地では最強の部類に入る魔獣ライガをはべらせ、見下したような表情でせせら笑いをしている。

「無意味。不快。呆《あき》れ」

青髪ミディアムヘアの少女は、氷のような青い瞳で、見られただけでその身を凍らせてしまいそうなほどの威圧感を発しながら、無表情で見据える。

その姿を目にしたパーティーは、さらに絶望の色を濃くした。

「あっ、あれは……。間違いない。青髪、氷結魔女のルシカ・シルヴァ！　金髪、魔獣大帝のリリア・ワイバーン！　そして……赤髪、魔術王のフレア・ゲーテ！」

戦士の青年が、いきなり現れた三人の名前を、畏怖の念を込めて言い放つ。

「かっかっかっかっ！　我らの名をよく知っておるな。感心、感心」

赤髪のフレアは、自分たちの名がクリスタ聖王国まで広がっていることに、満足気に頷《うなず》いた。

「とっ、当然だ。お前たち四天王を倒すべく、多くの者が自らを鍛えているのだ。世界に平和と繁栄をもたらすべくな！」

戦士は自分たちの正義を、信念の籠《こも》った目で言う。

しかし、それと同時に悔し気に、自分の拳《こぶし》を握った。

「だが、僕たちはそこの男一人にも勝てなかった……くそっ！」

戦士は自分の不甲斐《ふがい》なさから、作った拳を地面に叩《たた》きつける。

「かっかっかっ」

「ふっふっふっ」

「くっくっくっ」

正義感の強い戦士を嘲《あざけ》るように、再び三人は笑い声をあげる。

「なっ、何がおかしい⁉」

戦士は怒りの声をあげた。

「いや、愚かな人間だと思っての」

フレアがやれやれと、首を横に振る。そして、再び八重歯を口からはみ出させ、見下ろすように戦士たちの方に顔を向けた。

「ならば、身の程知らずのお前らに、絶望の真実を伝えてやろう」

「いっ、一体何が絶望なんだ⁉」

今から伝えられるであろう、フレアが言った絶望の真実というものに、戦士は恐怖が渦巻く胸の内を隠すように大声で叫ぶ。

それに対し、余裕の表情を浮かべるフレアは、自分の少し前にいる黒い鎧の男を横目に映した。

「お前らが今さっき全身全霊で戦って、手も足も出なかった暗黒騎士――ラルフ・オルドレッド。知っての通り、この男も我ら四天王の一人じゃ」

ゆったりとした不気味な口調に、戦士パーティー一同は、同時に唾を飲み込んだ。

「だが！　この暗黒騎士は、我ら四天王の中でも――」

フレアは両腕を組み、マントをはためかせ、その場にいる全《すべ》ての者に聞こえるように大声で叫ぶ。

「――最弱！　なのじゃあああああああっ‼」

「「「なっ、なんだってえええええええっ⁉」」」

頭上に雷が落ちたかのような衝撃が、冒険者たちに襲い掛かった。

最弱。最も弱い。最下層。

普通なら、この言葉はその人物を蔑《さげす》むものだ。

だが、この状況では話が変わる。

自分たちの国では、上位と呼ばれる程の力を持っていたにもかかわらず、その最弱の圧倒的力の前に為《な》す術《すべ》もなく倒された。

この現実が、最弱という言葉が、戦士パーティーを絶望という名の奈落に突き落とすものとした。

「そっ、そんな……。僕たち人間は……いったい、どうなって……しまうのだ」

なんとか気を留《とど》めていた戦士パーティーは、驚愕《きょうがく》の真実を聞き、希望の糸が切れたかのようにその場で意識を失った。

「かっかっかっ」

「ふっふっふっ」

「くっくっくっ」

魔王城の門の前で、再び三人の不気味な笑い声が広がるのであった――。

四天王最弱の自立計画

The weakest of the four kings' Independence strategy

四天王最弱と呼ばれる俺、実は最強なので残りのダメ四天王に頼られてます

1章　四天王最弱は自立させたい

俺《おれ》の名はラルフ・オルドレッド。この魔大陸を統《す》べる四天王の中で、最弱と呼ばれる暗黒騎士だ。

俺たちの魔王城は、四重の門に守られている。一つの門ごとに、それぞれ特質の違った領域が広がっており、各門に四天王が待機しているのだ。

俺が警護する第一門に現れた人間たちを、今日もなんとか返り討ちにして、一番奥にある魔王城の中に戻る。

俺は安堵《あんど》の大きなため息を吐《つ》き、格調高い大きな扉を開いて、ある部屋の中に入った。

部屋の中は広く清潔に保たれていて、様々な所に高価な調度品などが設《しつら》えてある。また、中央には大きな丸テーブルと、それを囲うように四つの椅子《いす》が置かれている。

この部屋は、俺たち四天王と、俺たちに認められた僅《わず》かな者だけが入室を認められたプライベートルームだ。

ここなら、俺たちはありのままの自分でいられる、数少ない安息の空間なのである。

そう。ありのままの自分……。

俺は顔を覆《おお》ったヘルムの中で再度大きなため息を吐いた。しかし、今回は安堵のものではない。

この後に来るであろういつもの出来事に対しての、呆《あき》れに似た感情を表したものだった。

そんな憂鬱《ゆううつ》気分である俺の後ろから、この部屋を普段使っている者たちが続けて入ってきた。

赤いマントに、赤と黒が混ざった衣装。赤髪のロングヘアで、両側頭部には角。腰からは魔人特有の悪魔の尻尾《しっぽ》が、ゆらゆらと揺れている。ルビーレッドの瞳《ひとみ》に、口からは小さな八重歯をはみ出させた、少し吊り目の少女――魔術王フレア・ゲーテ。

煌《きら》びやかなドレスと、頭にはエメラルドグリーンの宝石が中心にはめられたティアラ。金髪の縦ロールヘアで両側頭部からは立派な竜の角。かなりの長身で胸も一際《ひときわ》大きく、金色の瞳の少し垂れ目な少女――魔獣大帝リリア・ワイバーン。

氷のようにキラキラと光る青いドレスと、手には先端に青いクリスタルがはめられた杖《つえ》。青髪のミディアムボム。三人の中で一番背が低く顔も幼さが残る。スカイブルーの瞳でアーモンドアイの少女――氷結魔女ルシカ・シルヴァ。

俺と同じ、この魔大陸の魔族を統べる――四天王だ。

俺は幼少の時から共に生活をしてきた、幼馴染《おさななじみ》であり仲間でもある彼女らに顔を向けた。

三人の先頭で入ってきたフレアは、部屋のドアが閉まると、その場で足を止めうつむき小刻みに肩を震わせた。

哀れにも返り討ちとなった人間どもを嘲《あざけ》り笑っているのであろうか？　いいや、そうではないことを、俺が一番知っている。

フレアは肩を震わせながら、うつむいた顔をバッと上にあげた。

そして――「うっ、うわあああああん!!　ごわかったよおおおおおおおっ!!」と、その赤い瞳に大量の涙を浮かべながら、部屋中に響き渡る大声で叫んだ。

この部屋が防音室で良かった。でないと、こんな情けない声が城中に鳴り響く悲劇が起きるところだった。

俺は続けて、フレアの後ろにいるリリアを見た。

そこには、魔獣ライガに抱き着きプルプル震えながら「はわわわわっ」と声を漏《も》らしている魔獣大帝がいた。

ついでに、世間ではその姿を見かけただけで何も考えずに逃げ出せと言われている魔獣ライガは「クウ〜ン」といった弱弱しい鳴き声を出していた。

最後に、俺はルシカに視線を向ける。

ルシカはただそこに立ち尽くしていた。

目は遠くの方を見るようにして一言も発さず、体は微動だにしない。

俺はそんな彼女を見て（またか……）と片手で頭を抱えた。

「おい。フレア、いい加減泣き止《や》め。うるさいぞ」

俺の苦言を聞くと、フレアは顔を紅潮させ、尻尾をピーンッと立たせながら目尻を吊り上げた。

「何を言っておるのじゃ、お前は⁉　あんな怖い奴《やつ》らを見て、平然としていられると思っているのか⁉」

「怖い奴らって、よくいるパーティーだろ？　強さも他の奴らとそう変わらなかった」

「お前にとってはそうでも、わしらにとってはただの快楽殺人鬼じゃ！　見たじゃろ⁉　あいつらが持っていた剣を！　あんな尖《とが》ったものが、この柔らかい肌に触れたら血がドッバーと出て、死んでしまうわっ！」

フレアが目を血走らせ、必死になりながら自分が感じた恐怖を訴えかけた。

「愛……。この世には愛が足りませんわ。何故《なぜ》、人は他者を排除しようとするのでしょう？　他人を思いやる愛さえあれば、みんな幸せに包まれるというのに。ううっ」

ライガに抱きついていたリリアは、顔をこっちに向け金色の瞳を潤ませながら、自分の信じる愛を口にした。

ライガは、そんな不憫《ふびん》な主人を見て再び「クウ～ン」と鳴く。

「お前ら、一応はこの魔大陸の四天王だろ？　少しは慣れろよ」

「バカ者！　わしらはただ先代の親からその地位を受け継いだだけじゃ！　いくら、親が強かろうが、それがわしらと何の関係があるというのじゃ⁉　わしらは心穏やかで、殴り合いの喧嘩《けんか》さえしたことがないんじゃぞ！」

そう。人間からは、この世を闇《やみ》に覆い、いずれは世界を支配すると恐怖の象徴とされている俺たち四天王は――実は弱かったのである（俺を除く）。

「くそーっ！　あれだけラルフの強さを見せつけ、わしらの名を売ったはずなのに、わらわらと現れおって！　まだまだ宣伝不足だというのか⁉」

フレアがわなわなと体と尻尾を震わせながら、拳《こぶし》を作って怒りを表した。

これが彼女らの作戦だ。

最強の戦力である俺を先頭に立たせ、奴らを返り討ちにし、そのうえで俺のことを四天王で最弱と宣伝する。

そうすれば、最弱以上の強さを誇る他の三人には到底敵《かな》うはずがなく、人間たちは敵前逃亡する。

しかし、彼女らの思惑通りに進まず、そんな強敵を打ち倒して名を上げようとする者が後を絶たないという現状になってしまっているのだ。

「あとな、いつも戦いの後で姿を現すのはいいけどな……。全員で俺のマントを摑《つか》むのは止めろ！　動きづらいんだよ！」

こいつらは自分らの宣伝をする為に、相手が動けなくなった機を見計らって現れ、表向きは強者の顔を見せる。

だが、見えない所では、いつも震えながら俺のマントを三人で摑んでくるのだ――。

「しょうがないじゃろ！　怖いものは怖いんじゃ！　むしろそんな中でも勇気を振り絞って出

てくるわしらは、もっと評価されていいはずじゃ！」

あまりにも自分勝手な言い分に、俺はため息を吐くしかない。

「そんなに怖かったら、少しは修行して強くなったらどうだ？」

恐怖に体を震わせるフレアたちに、至極当然な提案をした。

「バカ者！」

いつも通りの逆ギレが返ってきた。

「さっきも言ったが、わしらは平和を愛するか弱き存在なのじゃ！　もし、その修行中に怪我《けが》でもしたらどうするっていうのじゃ⁉」

フレアは胸を張って、自分に対しての過保護発言をする。

「そうですわ！　わたくしのこの絹のような美肌に傷が一つでも付いたら、どう責任を取ってくれるというんですの？　わたくしの可愛《かわい》いお友達も悲しみます！」

「クウ〜ン」

リリアも同時に抗議をしてきて、その横にいるライガも同情を誘うような鳴き声を出す。

この自分に対して都合のいいことばかり言うわがまま娘たちに、俺は呆れてものが言えない。

「おお、ルシカ可哀想《かわいそう》に。普段から無口なお前は、怖くて一言も発せられないんじゃな。いいんじゃぞ。お前も胸の奥に溜《た》まった鬱憤《うっぷん》を好きなだけ吐き出してみろ」

フレアが、遠くの方を見たまま身動き一つ取らない、氷結魔女と呼ばれるルシカに優しく話しかけた。

というか、全《すべ》ての責任を俺に押し付けているお前たちに、どんな鬱憤があるというのだ？　どう考えても、その気遣いは俺に向けるべきだろ。

「ルシカ、どうした？　さっきから黙ったままで。もう怖い奴らはいなくなった。安心していいんじゃぞ」

フレアは、氷のように固まった表情をしているルシカの肩に手を乗せた。

それと同時に、フレアはあることに気が付く。

フレアが震える手で、ルシカの頬《ほお》に手を添える。

「そっ、そんな……。ルシカ、まさかお前……気を失っておるのか？」

フレアの問いかけに、ルシカは返答しなかった。

「それほどまで、お前は無理をしていたというのか？」

フレアは驚愕《きょうがく》の表情を浮かべ、哀れみの言葉をルシカにかける。

一方、俺はいつもの茶番劇に驚きの一つもない。

だが、フレアはわざとらしいほど大袈裟《おおげさ》なリアクションで、涙を流しながらルシカの両肩を摑んだ。

「ルシカ、帰ってくるんじゃ！　カムバック！　ルシカアアアアアアアアアッ!!」

俺たち四天王のプライベートルームで、フレアの悲痛な叫び声が響き渡るのであった。

○

「テレポート」

黒い渦の中から、俺は地に降りた。

そこは黒を基調とした大広間で、中央奥には玉座が設置されている。

ここは、俺が守護する魔王城第一守護門の中にある、『黒石の間』である。

俺はマントをはためかせながら、堂々とした足取りで玉座に向かう。そして、宝石で飾られた黒い玉座に腰を下ろした。

「ご公務、お疲れさまでございます。ラルフ様。いつもながらに、お見事な戦いぶりでございました」

俺の前で、洗練された黒い鎧《よろい》を身にまとった女性が片膝《ひざ》をつき、礼儀正しく頭を下げた。

「出迎えご苦労。特に変わりはなかったか？　クレマンス」

銀髪のミディアムで片眼が前髪で隠れた、俺の部下の一人であるクレマンス・クーヴは「はい。何一つ」と返事をし、キリッとした表情で顔を上げる。

「それにしても、私はとても心配でございます」

クレマンスは眉《まゆ》をひそめた。

「今回も戦いはラルフ様お一人。いくら相手は脆弱《ぜいじゃく》な人間といえども、こうも連戦が続けば疲労が必然と溜まります」

気遣うクレマンスに、俺は御すように片手を上げた。

「心配無用。あの程度、準備運動にもならん」

俺の言葉に、クレマンスは両手を胸の前で握り合わせ、目をキラキラと輝かせた。

「流石は我らの主《あるじ》、暗黒騎士のラルフ・オルドレッド様！　このクレマンスは、ラルフ様の下につくことができ、この上ない幸せにございます！」

「そっ、そうか。そう言ってもらえると、この地位にいる甲斐があるってものだな」

余りあるほどの敬服に満ちた瞳で見つめてくるクレマンスに、俺は少し引きながらも礼を言った。

「それなのにっ！」

クレマンスが急に目尻を吊り上げ、握《にぎ》り拳を作った。

「それなのに！　ラルフ様の偉大さを知らない愚民どもは、不敬にも『四天王最弱』などという二つ名をっ！」

怒りをにじませたクレマンスは、歯をギリギリといわせ、不服を口にする。

「おっ、落ち着くんだ。クレマンス」

俺はなだめるように、クレマンスに声をかける。

「我が主を侮辱され、落ち着いてなどいられません！　きっと、いや必ず、ラルフ様の力は他のお三方に見劣りはしないはず！」

「まっ、まあ、あいつらの力は強大だからな……」

俺はなんだかんだ言って、あいつらの嘘《うそ》に付き合い、庇《かば》いの言葉を絞り出す。

「ほう。ラルフ様がそこまでおっしゃられるとは……。ぜひその素晴らしいお力を、いつかはこの目で拝見したいものですね」

「そうだな……。いつか見られるといいな」

そんなもの見せられるわけがないだろ……。と、あいつら本来の姿を思い浮かべた俺は、心の中で呟《つぶや》いた。

「さて、俺の仕事は済んだ。自室に戻り、いつもの研究の続きをするとしようか」

俺は玉座から腰を上げる。

「おお！　それほどの強大な力をお持ちなのに、どんな時でも自己研鑽《けんさん》を怠らないとは。流石は、我々の道標となられるラルフ様でございます！」

晴れやかな表情になったクレマンスを見て、忠実で真面目《まじめ》な部下に嘘を言う罪悪感を抱きながら、俺はそそくさと部屋を出ていった。

○

部下に戦果の報告を終え、自分以外に入室を禁じている一つの個室に入る。

部屋の中は暗く、光がなければ何も見えない。

俺は入り口の前にあるいくつかのランタンに向けて「ペイル・ファイヤ」と人差し指を突き出し詠唱した。

すると、ランタンに淡い火が灯《とも》り、部屋の中を穏やかな光が照らしてくれた。

「はあっ。今日も疲れたな。まあ、これは肉体的というか精神的なものなんだが」

マントを脱ぎ壁にかけ、次はヘルムを外し兜《かぶと》掛けに乗せる。

「なんでもかんでも、俺に全ての責任を押し付けやがって。なにが怪我をしたらだ。なにが美肌に傷がだ。俺だったら、どうなってもいいとでも言うのかよ」

次から次へと愚痴が口からこぼれてくる。そんな俺は、途中で頭を横に数回振った。

「いかん。こうも陰鬱《いんうつ》な気分に浸っては、どんどん卑屈になってしまう。こういう時は……」

部屋の中を歩き、一枚の大きな紙が掛けられた壁の前で足を止める。

「趣味で気分転換をして、心を晴れやかにしよう。心の掃除は、その人物の人生を豊かにする」

俺は好奇心に駆られた目で、夢が詰まった紙を食い入るように見つめた。

紙には大きな世界地図が描かれていた。いくつかの大きな大陸が描かれた地図には、ペンで複数の印が記されてある。

「この前は、ここまで行ったよな。じゃあ、今度はここまでかな」

俺はある程度の計画を立てると「コスチューム・チェンジ」と自分に向けて魔法を唱えた。

詠唱を機に、体の周りを黒い闇が包む。そして少し時間が経《た》つと――。

「よし。これでいいかな？」

俺の衣装はさっきまでの黒い鎧から、人間界にある、そこら辺の街の何処にでもいるような平民の服に変わっていた。

部屋の中にある姿見の前で、白い長袖《ながそで》シャツと紺色の長ズボンを身にまとった、人間界で不自然ではない自分の姿をチェックする。

「ふむ。これなら何処からどう見ても、ただの人間の好青年だ」

変身の確認を終えた俺は、机に置かれた、ただの布でできた肩掛け鞄《かばん》を手に取った。

「さて、善は急げだ。またいつ呼び出しがあるか分からないからな」

鞄を肩に掛け、前に手を突き出して「テレポート」と詠唱し、黒い渦を作り出す。

「さて、今回の旅はどんなことが起きるかなー」

俺は期待感に胸を膨らませ、軽い足取りで渦の中に入っていった。

○

俺は青空の下にある荒野に降り立った。

「ふむ、以前はここまで来たんだっけ。もっと移動範囲を増やさないとな」

鞄から世界地図を取り出し、現在地を確認しながら目標を掲げる。

この転移魔法であるテレポートは、俺が一度行ったことのある場所にしか行けない。よって、この世界地図に記された所に、好き勝手何処にでも移動できるわけではない。

だから、俺は空いた時間を利用し、様々な地を訪れてテレポートの範囲を広げているのだ。

「じゃあ、早速隣町まで行くとしようか」

荒野に作られた一本道を、軽い足取りで歩き出す。

天気は快晴で、日の光がぽかぽかと体を温めてくれる。基本的に曇り空で湿気も高い魔大陸では、あまり感じられない陽気だ。

空には小鳥が自由に飛び交い、心地よいさえずりを奏でている。

巨大な怪鳥が飛び、他の怪鳥と「ギョエエエエエッ！」と引き裂くような鳴き声を出し、縄張り争いばかりしている魔大陸では、聞くことのできない小さな演奏会だ。

ゆっくりと歩を進める。

本来、俺の力をもってすれば隣町まで移動するのに時間は掛からない。

だが、そんなことをすれば、この普段味わうことのできない体験を素通りしてしまう。そんなもったいないことはできない。

俺は自分の趣味を楽しみ、気晴らしをしに来ているのだ。

そう。俺の趣味とは――世界を旅すること。

この世界には魔大陸という見慣れた場所だけではなく、魅力的な新世界が広がっているのだ。

その土地ならではの景色、気候、人種、そして料理。

新たな体験は、俺の知的好奇心を満たしてくれる。その時、俺は一番幸福を感じることができるのだ。

「こんにちは。今日はいい天気ですな」

道の途中、すれ違う男の老人が挨拶《あいさつ》をしてきた。

「こんにちは。そうですね。こういう日は、体の奥から自然と元気が出てきますね」

軽くお辞儀をして、普通に挨拶を返す。

普段の格好をした俺なら、姿を目にした人間は一目散に逃げだすだろう。だが、今の俺はただの旅人青年だ。皆が気兼ねなく声をかけてくる。

俺自身もそんな人々に対し、四天王暗黒騎士ラルフとしてではなく、礼儀正しい青年ウルフ（偽名）の態度で接するのだ。

旅に礼儀は付き物。その地を気分よく過ごすには、お互いの敬いが必須なのだ。

普段の生活とはかけ離れた、穏やかな散策を満喫していると、視線の先に小さな村が見えてきた。

鞄から地図を取り出し、来た道のりが間違っていないことを確認する。

どうやら、今日の目的地で合っているみたいだ。

「マリマル村か。よし！　とうとう到着したぞ」

予定通りの旅に俺は頷《うなず》き、鞄に地図をしまって歩を前に進めた。

マリマル村の入り口には『ようこそ！　スパイシーミートパイの発祥地。マリマル村へ！』と、旅人を歓迎するアーチが掲げられていた。

村の中を見ると、百数十世帯くらいの家が建てられていた。また、周りには広い土地を利用し、牛や羊などが放牧されていたり、畑で様々な野菜が栽培されたりしている。

少し胸を躍らせながら村に足を踏み入れると、肉の焼ける甘い匂《にお》いと、香辛料の香ばしい匂いが鼻を通り抜けた。

「ごくり」と、自然と湧き出た唾を飲み込む。

食欲をそそる匂いの発生源を瞬時に察知し、そこへ視線を動かす。

「へい、らっしゃい。らっしゃい。マリマル村名物のスパイシーミートパイだよーっ！　甘い肉汁と、舌をひりつかせる香辛料が交互に楽しめる絶品のパイ。ここでしか味わえないよ！」

そこには家に併設された屋台から、元気のいい呼び込みをしている恰幅《かっぷく》のいい店主のおやじがいた。

「おっ、兄ちゃん！　旅人さんかい？　こっち来なよ！　せっかくマリマル村に来たからには、うちのミートパイ食わなきゃ、一生後悔するぜっ！」

一生後悔とは、自分の商品にかなりの自信があるみたいだ。

だが、この店主の宣伝は自信過剰ではない。マリマル村のミートパイは、いくつかの村や街から噂《うわさ》を耳にしていた。

「あそこのを食っちゃ、他のはもう食えねえぜ」や「しばらくすると、無性にまた食べたくなるのよ。あれは中毒性があるわ」などの好評の声ばかりだった。

胸躍る噂を聞いた俺は、ここに来るまでにミートパイの妄想を膨らませながら旅をしていたのである。

「おじさん。スパイシーミートパイ一つください」

「おっ！　兄ちゃん、話が早いね。運が良いことに、いま焼きたてのパイが出来上がったところだぜ！」

人間界で使われている銀貨を一枚取り出し、店主に手渡した。

「まいど！　肉がぎっしり詰まった、一番いい所を切り分けてやるよ！」

気前よく声を張り上げた店主は、言葉通り肉がこぼれ落ちそうなほど詰まったパイを、紙に包んで渡してくれた。

刺激的な匂いを漂わせ肉汁がこぼれてくるパイを見て、唾を飲み込む。

「おじさん。ここで食べていってもいいですか？」

「おうよ！　うちのは冷えても美味いが、アツアツのうちに食うと弾《はじ》け飛ぶぜっ！」

俺は店主の言葉に頷き、もうこれ以上は我慢できないとパイにかじりついた。

口に入れた途端、とろける肉の甘さが広がり、少し後にそれを追い越すようなピリ辛の香辛料が走り抜ける。

そして店主の言った通り、俺の口と頭に弾け飛ぶような衝撃が襲い掛かった。

これは、以前うちの城に乗り込もうとした自称勇者が、俺に向けて放った「エンド・オブ・ザ・ワールド！」という必殺技よりも、この身を貫いた。

俺は目を見開き「うっ、美味すぎる」と自然に言葉を漏らす。

店主が俺の反応を見て、どや顔をしながら数回頷いた。

「どうだい？　うちのパイは。他と比べて一味、いや二味違うだろ？」

「はい。この美味さは、世界の終わりよりも衝撃的です」

「ん？　ちょっと言っている意味は分からねえが……まあ、なんだ。とりあえずは満足してくれたみてえだな」

一口じゃ満足できない。すぐ二口、三口と続けてパイにかじりつく。

そして、あっという間に全てを食べつくしてしまった。

俺は満足感と幸福感を胸に、小さくガッツポーズをしながら空を見上げた。

これだよ！　これこれーっ！　この未知との遭遇が旅の醍醐《だいご》味《み》だよなーっ！　これだから、

世界の旅は止められないぜ！　と心の中で、俺はこの日の勝利を祝った。

「ところで兄ちゃんは、何処に向かって旅してるんだい？」

「えーっと。特に決めてはいないですが、とりあえずは西に向かっています」

「へー、放浪旅っていうやつか。楽しそうじゃねえか」

「ええ。大変な時もありますけど、色々なことが体験できて有意義ですよ」

「そうだな。若いうちに、いろんなことを経験するのはいいことだよな」

経験か……確かに人間界を色々旅することで、魔大陸に引きこもっていては得られない体験や、出会いがあったな……。

そういえば――あの子はどうしているんだろう？

俺はふと、ある特別な人物を頭に浮かべた。

そろそろ会いに行って、状況を確かめないとな。

そんな何気ないことを考えている時に「ぐーっ」と俺の腹が音を鳴らした。

「ははっ！　兄ちゃん、まだまだ物足りねえか!?」

俺は少し照れたように自分の頭をかく。

「いいんだ、いいんだ。若いうちに食えるもんは、食っとけ。しょうがねえから、もう一切れサービスしてやるよ」

「えっ！　いいんですか!?」

店主からのはからいに、思わず高い声をあげてしまった。

その時――人との繋《つな》がりという旅の楽しいひと時を迎えようとしている俺の手首に、小刻みな振動が響き渡ってきた。

それを感じた俺は、頭に水を掛けられたように一気にテンションが下がった。

「おじさん。ちょっとすみません」

店主に軽く頭を下げ、その場を離れて人けがない所に移動する。

そして、振動をしていた手首に手を添えた。

「コール」

魔法を詠唱し、手首を自分の耳元に持ってくる。

「どうした?」

問いかけと同時に、向こう側から泣き叫ぶように訴えかける声が返ってきた。

情けない悲痛な叫びが、俺の脳天を突き抜ける。

「はあっ。……分かった、分かった。すぐにそっちに向かう」

呆れながら了承した俺は、通話を切り、再度大きくため息を吐いた――。

「おっ、兄ちゃん。やっと帰ってきたか。今新しいパイ切り分けてやるからよ。もうちょっと待ってな」

「すみません。せっかくなんですが、急用ができまして。すぐにでも、ここをたたなくちゃいけなくなりました……」

「急用？　どうしたんだい？」

「えーっと。子守みたいなものです」

○

一仕事を終えた俺は、いつも通り四天王のプライベートルームに入った。

「おい、いい加減泣き止め。あれくらいでいちいち怖がるな」

目の前には、青い顔をした直立不動状態のルシカを挟んで、お互い抱き合いながら「シクシク」と泣いているフレアとリリアがいる。

「何を言っておるのじゃ⁉　奴らの姿を見たじゃろ⁉　あいつ、あんなドデカいハサミを持って暴《あば》れていたんじゃぞ！　その他にも、顔にお面を付けてノコギリを振り回している奴もいたぞ！　いったいどこの世界のホラーじゃ⁉　少しちびりそうになったわ！」

フレアは、とても魔術王という二つ名を持った者とは思えないセリフで、地団駄を踏んだ。

「愛がありません！　あんな独りよがりな怖い変装は、全然可愛くありませんわ！　もっとこう、ホワホワとした着ぐるみとかで現れて欲しいですわ！」

いや、こんな所に可愛い変装で乗り込んでくる奴の方が、どっちかというと怖いだろ。

二人は再び「シクシク」と泣きだす。

楽しい旅をしていた俺は、城に入り込もうとしたパーティーを撃退する為に、彼女らに呼び戻されたのである。

こうしたことは日常茶飯事だ。本来こういうことに対する対処は四天王で分担して請け負うものだが、ご覧の通りの三人なので負担が全て俺に来るのだ。

名だけは四天王である、人一倍怖がりの三人を見て、俺は小さくため息を吐く。

「いや、確かに外見は個性ある奴らだったけど、実力は大したことなかっただろ？　あんなの、ただの見掛け倒しだ」

相変わらず泣いている二人から、次にルシカへと視線を向ける。

「おい、ルシカ。お前も、黙っていないで少しはなんか言えよ」

だが、ルシカは何も言わないまま微動だにしない。

「お前は鬼か？　ほら見ろ。可哀そうなルシカはすでに気絶しておる。おおっ、怖かったな。よしよし。今は安心して眠るといいのじゃ」

フレアはルシカの頭を撫《な》でながら、哀れみの言葉をかけた。

「いや、違うだろ。こいつは都合が悪くなると、すぐに気絶するだけだ。なっ？　ルシカ」

俺の呼びかけに、ルシカは少しビクッと反応したが、すぐにまた動かなくなった。

「あとな、いつも言っているが、最後に登場する時に後ろで俺のマントを握るな。いざという時に動けなくなるだろ」

「何を言っておる！　お前はオバケが出てきそうな所に行った時に、前にいる奴の服を掴んで進まないのか⁉」

フレアが拳を振り上げて、ぷんすかと意味の分からない抗議をしてきた。

「進まない。というか、魔大陸の四天王がオバケを怖がるな。もう大人だろ？」

「ラー君には愛がありません！　例えば、ダンス初心者で不安に駆られる女性がいたら、手を掴んで、支えになるのが殿方としての誉れではないんですか⁉」

今度はリリアが、何故か手伝わしてあげていると言わんばかりの態度で、変な例を出してきた。

「誉れじゃない。それに、お前らのは手を掴んで支えになるんじゃなくて、三人をおんぶして一人で踊っているみたいなものだ」

二人の自分勝手な例え方をきっぱりと否定する。

「なんだかんだ言って、頼られるのが嬉《うれ》しいくせに」

小声でフレアが見当違いのことを言った。

俺はそれを聞き逃さず「何だって？」と、ヘルムの中からギロリと彼女を睨《にら》む。

その視線に気が付いたフレアは、慌てて目を逸《そ》らし、わざとらしく「ヒュー、ヒュー」とあまり音の出てない口笛を吹いた。

「とりあえずはだ。一度でもいいから、弱い相手に戦ってみたらどうだ？」

俺は少しでも自分の負担を軽減する為に提案をする。

しかし、当然の如《ごと》くこの提案には大きい反発が起きた。

「そんなこと、できるわけがなかろう！　ハードルが高すぎるわっ！」

「そうですわ！　そうですわ！　ラー君はスパルタすぎます！　物事には順序というものがありますでしょ⁉」

「そうだ、そうだ！」

何処からか、二人に紛れて小さな声で抗議する氷女も加わる。

「順序って。じゃあ、どういうところから始めるんだ？」

俺の問いに、フレアは顎に手を添えて少し考える。

「えーっと。何もせずに、丁重に帰ってもらう説得をするところから――とか？」

「説得上手な四天王って、聞いたことあるか？」

その場にしばらくの沈黙が起きた。

○

「また帰ってきていたのか。クレマンス」

「はっ。それにしても相変わらず、お素晴らしい戦いぶりでした。ラルフ様」

クレマンスがいつものように礼儀正しいお辞儀をして、黒石の間に戻った俺に向け、称賛の言葉を述べた。

俺は「うむ」と威厳を持たせた短い返事をして、四天王の玉座に腰を下ろす。

「それにしても、やはり私は心配でございます」

「何がだ?」

「ラルフ様の激務でございます。例え貧弱な人間が相手とはいえ、ここに攻め入る愚か者の対処は、全てラルフ様が担っていらっしゃいます。その上、日頃自室にこもられての研究――」

研究か……。まあ、実際は人間界に行って趣味の旅をしていました――なんて言えないからな。

「何度も言うが、ここ第一門を守護する暗黒騎士にとって、それは致し方ないことだ。これは代々続いてきたこと。なにも俺だけが特別なわけではない」

「しかし先代の方々は、労力の分散をする為に、時々代わりながら人間どもに対処なされていたではないですか」

「うむ……。だが、父上も基本的にはお一人で戦っておられた。それでも、この第一門を一度も突破されなかったのだ」

「そうでございますね。それが先代様の誉れでもありました」

「それにだ。そう易々《やすやす》と他の三人を戦場に出させてしまうと、奴らの能力という情報を見せてしまうことになる。できる限り俺だけで対処する方が、魔大陸にとってはいいことなのだ」

「ではせめて、私を常にラルフ様のお側《そば》にお仕えさせてください。そうすれば、私もラルフ様と共に戦うことができ、いくらかのお手伝いをすることができます」

「クレマンス。お前の気持ちはありがたい。が、お前たちには魔大陸の治安維持という大切な仕事があるではないか」

魔大陸は広く、多くの魔族と魔獣がいる。故に、様々な所でいさかいや縄張り争いなどのトラブルが多く起こる。

その為、ある程度の力を保有しているクレマンスたちを、魔大陸の様々な所に送り込み、問題の対処をさせているのだ。

四天王の実務は、ただただ魔王城に乗り込んできた者を返り討ちにするだけではない。こういった采配などもしなくてはならない。本当に何と言うか……やれやれだ。

心の中では辟易《へきえき》としてはいるが、それを見せないように威厳のある態度をクレマンスに見せる。

「お前たちがしている仕事は、この魔王城を守ると同じくらいに重要なものだ。その忠義の心を、そっちで遺憾なく発揮してくれ。それが俺にとって一番の助けになる」

俺は諭すように、クレマンスの要望に断りを入れた。

「承知いたしました。しかしそれでも、度重なる戦いの疲労で、万が一にもラルフ様の身に何かあればと思うと。私はどうしてよいのやら……と考えてしまうのです」

ここまで心配されるとは。傍《はた》から見ても、やはり俺だけが戦うのは奇妙に映るのだろうか？　だとしたら、他の者に悟られないように色々と対策を考えないといけない。

実は、クレマンスの態度を見ても分かるように、あの三人が本当は弱いことは同じ魔族の中でもほとんど知られていない。

同族をこう言うのもなんだが、魔族は血の気が多い奴が多い。故に、彼らの他人への評価は血筋などもあるが、結局のところは相手がどれだけ強いかというのが大きい。

よって、もしあの三人が弱いことが知れ渡れば、内部から下剋上《げこくじょう》の名のもとに命を狙《ねら》われる可能性も十分にあるのだ。

だから、俺はこの城に攻めてくる人間だけでなく、身内にも色々と気を配ってあの三人を守ってやらなくてはいけないのだ。

そこまで色々と負担に思うのなら、さっさと他の四天王を見捨てればいいと言われるかもしれない。

だが……、俺は自分の楽の為に彼女らの破滅を望んではいない。

彼女らは幼少の時から共に育った仲なのである。俗に言う幼馴染なのだ。

子供時代に一緒に遊んでいた思い出を頭の中で蘇《よみがえ》らせる。

あの頃は良かったな……。なんの不安もなく、毎日が楽しかった――。

「――様。ラルフ様」

少し意識が違う所に行っていた俺を呼び戻すように、クレマンスの声が耳に入ってきた。

「ん？　どうした？」

「いえ。今日はもうお休みになられてはと、ご提案させていただいたのですが。もし何かあっても、私以外にもゴルゴンとペンネのラルフ様直轄隊『暗黒三連星』がいますので、ご安心ください」

クレマンスは、俺の配下でも最強の部隊である名を言い、休息を促してきた。

「そうか。なら言葉に甘えるとするか」

「はっ。……あっ！　もしよければ、私がどんな疲れも吹き飛ぶマッサージをして差し上げますが、どうでしょうか⁉」

クレマンスが目を輝かせながら身を乗り出し、奉仕の申し出をしてきた。

だが、自分で言うのもなんだが、他人に気を遣ってしまう性格の俺は、部下にそんなことをさせてはかえって気疲れすると思い「いや、いい」と断りを入れた。

「そうですか……」

何故か、クレマンスはしゅんと落ち込んだ顔をした。

黒石の間を出て、寝室に向かい門の中を歩く。

廊下の途中では、家臣がすれ違うたびに片膝を地面に付け、頭を下げ敬意を示してくれる。

そのまま少し歩を進めると、俺たち暗黒騎士一派が住まう領域を見渡せる、大きめのバルコニーに出た。

バルコニーの縁で足を止め、下の広場を眺める。

立ち並ぶ家屋。そこには多くの魔族が、ただ普通の生活を営んでいる景色が広がっていた。

洗濯物を干す者がいたり、談笑に花を咲かせる者がいたり、かけっこをして遊ぶ子供たちがいたり。

「あっ！　ラルフ様だー！」「ラルフ様って、やっぱりカッコいいよなー！」「ラルフ様ー！　また遊んでねー！」

子供たちが、俺に気が付き手を振ってくる。俺もそれに対し、軽く手を挙げる。

世界では、まるでこの世を滅ぼす悪のように扱われている魔族だが、このように人間と同じく普通に生活を送っている。

そんな何気ない風景を眺めていると、何処からともなく二つの影が現れた。

「「ラルフ様」」

隣には巨体の男と、逆に子供くらいの小柄な少女が、全身に黒い鎧を身に付け、地面に片膝をついて頭を下げていた。

「ゴルゴンとペンネか」

この二人は『暗黒三連星』という、俺の直轄隊だ。暗黒騎士一派の中でもトップクラスの実力があり、いざという時に頼りになる存在だ。

「ラルフ様。もし何かございましたら、わいにご指示ください。わいはラルフ様の為なら、地獄の果てにでも赴きますから」

「ゴルゴン。そうはいっても、お前には奥さんと、小さい子供がいるだろ。そんなお前に無理はさせられないさ」

俺より一回り大きい体の男の名は、ゴルゴン。

妻子持ちで、その図体には似つかわしくない、穏やかな心の持ち主だ。

「きっししししっ！　そうだ、あんたは家で大人しくしてな。ラルフ様、ご命令があるなら、このあたいに！　あたいなら、どんな任務もこの素早さで、サササーッと終わらせるきゃ！」

「ペンネ。お前は筋がいいが、のめり込んだら周りが見えなくなる癖《くせ》がある。まだまだ学ぶことは多いぞ」

この小柄で、いたずらっぽく笑う少女の名は、ペンネ。

好奇心が強く、どんなことにも果敢に飛び込んでいく、将来有望な少女だ。

「そうだど。お前は猪突猛進すぎる。少しはラルフ様のように、冷静沈着に物事を見ないといかんど」

「むーっ。そういうゴルゴンは、なんなのきゃ。いつものんびりしてて、遅い遅いーっ！」

「こらこら、仲間同士で言い争うな。暗黒三連星は『仲良く、協力し合って』がモットーだろ」

俺がなだめるように声をかけると、二人は笑って自分のヘルムを手でさすった。

いつもの見慣れた穏やかで平和な風景――。

こういう彼らを目にすると、自分が戦うのはあの三人以外も守ることになると言い聞かせられる。

だが同時に、どうしても自分の欲が出てくるのだ。

俺は二人に軽く挨拶をしてその場を離れる。そして、本来の目的地である寝室を通り過ぎると、いつもの趣味が詰まった個室に向かった。

個室に入り光を灯すと、壁に掛けられた地図の前に立つ。

「ああ。早く続きがしたいな」

自然と願望が口から漏れる。

綺麗《きれい》な景色。気持ちのいい気候。その地でしか味わえない美味な食事。

想像すればするほど、胸の内が弾む。

俺は何時から、こんなにも外の世界に興味を持ち始めたのだろうか？

昔の記憶を掘り起こし、その始まりを思い出す。

それはまだ俺が暗黒騎士になる前の子供時代だった。先代の暗黒騎士である父上に連れられ、魔大陸の外にある人間界の地に旅に出たのだ。

短い時間の旅だったが、自分のいる魔大陸しか知らなかった俺は、目新しい世界に無限の可能性を感じ感動した。

あの森の向こうにはいったい何があるのだろう？　あの山の向こうにはいったい何があるのだろう？　あの川、海の向こうにはいったい何があるのだろう？

あの時の真っ白な紙に様々な色が彩《いろど》られていくような感覚は、今でもはっきりとこの脳裏に蘇ってくる。

さらにその時、俺は人生の目標となるものを手に入れた。

旅をしている時に、父上から教えてもらった。

なんと……この世界の何処かには、ありとあらゆる美食や遊び場がある、伝説の秘境の地が存在することを！

その日から、俺はいつかその地を訪れると、固く心に決めたのだ。

それから、父上にねだって世界地図を買ってもらい、自分一人で旅に出られる大人に成長するまで、この部屋で一人様々な妄想を膨らませていた。

伝説の秘境にたどり着くという夢を叶《かな》える為、俺は自分を鍛え上げ、暗黒騎士を名乗っても恥ずかしくない男にまで成長することができた。

これから四天王としての責務を果たしながら、合間を縫ってひっそりと旅をしようとしていたのだ。

だが、残念なことに他の四天王は全くと言っていいほど成長しておらず、現状のように全ての仕事は俺が請け負うような形になってしまった。

よって自分が予定していた時間を確保できず、ほんの僅かな時を利用した趣味の範囲でしか旅ができていないのだ。

「このままでいいのか……」

大きな地図を眺めながら、ため息と共に小さく呟く。

本当は時間をたっぷりと使って旅を満喫したい。だが偶然か必然か、今日みたいに良い所であの三人から呼び出しを食らい、お預け状態になってしまうことが多い。

夢が大きいほど、上手《うま》くいっていない現状に不満が募っていく。

最初は時が解決してくれると思っていた。だが結果として、ただただ時間が過ぎていくだけだった。

そうこうしているうちに、俺たちの中で一番年下のルシカも、とうとう魔族の成人年齢となる十五歳になってしまった。

現状、状況は何一つ改善に向かっていない。いや、あいつらの態度を見るに、悪化していっているとさえ言えるだろう。

俺は自分の夢が詰まった世界地図を指でなぞる。

あの三人を守る為にしょうがないと諦《あきら》めて、このままささやかな趣味として受け入れ、時を過ごしていくのか……。

俺は大きく首を横に振った。

「諦めてたまるか！　これは、俺の子供の時からの夢だ！」

決意を固めた俺は、拳を握り締めて勢いよく部屋を飛び出したのであった。

2章　四天王は自分を貫き通す

魔大陸の西側にある、海の向こう側の大陸には『クリスタ聖王国』という、人間たちが住まう国があった。

クリスタ聖王国の城下町の中にある教会。その中にある懺悔《ざんげ》室の中に、神聖な服に身を包んだ一人の司祭がいた。

その司祭は、頭皮には一本の髪も生えておらず、顔には複数のしわがあり、体全体がふっくらとしている、穏やかな表情をした男の老人であった。

「次の迷える子羊。入りなさい」

司祭の優しい声色の呼びかけを受け、少しやつれた若い青年が懺悔室に入ってきた。

「神の慈しみを信頼して、あなたの罪を告白しなさい」

司祭の促しに、青年は両手を握り合わせて、神妙な面持ちでゆっくりと口を開く。

「神よ。罪深き私をお許しください。私は……私はっ！　推しである、この町の歌姫ミレーヌちゃんを裏切って、隣町の新星カルラちゃんに心移りをしてしまっているのですっ‼　この前なんて、今まで出したことのない額の投げ銭を、カルラちゃんにしてしまった！」

青年は震える両手で自分の顔を覆《おお》った。

「わっ、私は……推し活をする身として、何たる罪を犯してしまったのか……。司祭様、この罪深き男は、一体どうすればいいのですか⁉」

傍《はた》から見れば馬鹿馬鹿《ばかばか》しいことだが、当の本人は真剣な表情で答えを求める。

「神は心の広いお方。どんな罪もお許しくださる。己《おのれ》が心のままに生きなさい。カルラちゃんが好きなら、思う存分手のひらを返していいのです。状況に応じて、ドリルのように手のひらをクルクルと回し、己が満足する推し活に努めなさい」

自分にとって都合のいい助言を聞いた青年は両目から涙を流して、優しい微笑みをしている司祭を仰《あお》ぎ見た。

「おおっ、ミラー司祭様。私は間違っていなかったのですね。心が、心がとても軽くなりました！」

青年は、自分の罪の告白を聞いてくれたミラー司祭に感謝の言葉を告げると、軽い足取りで懺悔室を後にする。

ミラー司祭は笑顔で頷《うなず》きながら、手に持った一冊の黒い本を撫《な》でた。

「司祭様。今日も話をお聞きくださって、ありがとうございました。ご助言通り、私の服の為に、これからも夫の小遣《こづか》いをカット、美味《おい》しいランチの為にカット、高価な宝石の為にカーット！　していきます！」

　この日最後の懺悔を終えた中年女性が、罪悪感から解放された清々《すがすが》しい顔をして、ミラー司祭に頭を下げ教会を後にしていく。

　本を両手で大事に抱えるミラー司祭は、そんな幸せそうな信者の後姿を、微笑みを絶やさずに見送るのであった――。

○

　自分の夢の為に玉座を飛び出た俺《おれ》は、一つ奥にある第二守護門の前に到着していた。

　俺のいる第一守護門の周りは黒い空に覆われ、枯れ果てたような地が広がっている。

　しかし、ここの気候は吹雪が吹き、地が凍り付いた氷の世界だ。

「四天王が一人。ラルフ・オルドレッドだ。ルシカ・シルヴァと面会したい」

　ルシカの従者である、白い着物を羽織った一人の雪女に、ここに来た用件を伝える。

「これは、これは、オルドレッド様ではないですか。ご案内させていただきます」

　ルシカの従者は、俺と共に門の中へと入り玉座までの道を同行する。

「……くくくっ」

　前を歩く雪女は、一人で小さく不気味な笑い声を出した。

ルシカの配下にある氷魔族一派は、こういう者が多い。

表情が乏しく、口数も少ない。だが、決して感情がないわけではない。いや、むしろその胸の内は豊かな部類に入ると思う。

しかし、彼女らのこだわりというか、演出というか、独特な感情表現をするのだ。

「くくくっ。流石は四天王のお一人、ラルフ・オルドレッド様。この私の肌をヒリヒリさせる程のオーラ。くくくっ」

いや、別に今はそんなオーラ出していないのだが。恐らく、そんな感じのことを言ったら、カッコいいと思って言っているんだろうな。

彼女は、雪のように白い髪から目をのぞかせ、含みのある笑みを見せる。

「そっ、そうか？　私の力を感じ取れるとは、流石ルシカの従者だな」

仕方がなく、雪女のノリに付き合ってあげる。

「これくらい、我ら一族にとっては他愛のないことですよ」

雪女はそう言うと、いきなり立ち止まり両手を横に広げた。

「しかし、我らの主《あるじ》であられるルシカ様は別物！」

天を仰ぎ見た雪女は、崇拝する主人を礼賛するような表情で声をあげた。

「どんな状況でも氷のように冷静で、どんな相手でも氷のように冷徹！　ルシカ様の、あの瞳《ひとみ》に見つめられたものは、誰《だれ》であってもその身を凍らせられる！」

雪女は、天を見上げ両手を広げながら、その場でクルクルと回転しだした。

「くくっ、くくくっ。さあ、怯《おび》えなさい。哀れな人間たちよ。さあ、無駄に抗《あらが》ってみなさい。惰弱な人間たちよ」

俺は口を挟まず（めんどくさいなー）と思いつつ、彼女の一人演劇を見続ける。

「どのみちあなたの行き着く先は、温《ぬく》もりのない氷の世界なのだから……」

締めくくりのセリフを口にした雪女は、魔法で自分の身の回りに、キラキラと光る雪の結晶を散りばめさせた。

全《すべ》てを見届けた俺は、パチパチと拍手をする。

「お粗末さまでした」

雪女は満足げな表情を浮かべ、一礼をした。

俺はここに来るたびに、この一連の演劇を見せられるのだ。

一度面倒なので、途中で言葉を遮《さえぎ》ったことがある。だが、彼女はショックを受けた表情をして、もの凄《すご》く落ち込んでしまったのだ。

それ以降、この雪女の演出に、わざわざ付き合ってあげているのだ。

魔族は変わり者が多いが、氷魔族はそのかなり上位に入ると思う。

「お待たせいたしました。ルシカ様の玉座の間でございます」

雪女に案内され、大きな扉の前に到着した。扉の上には『青氷の間』と書かれてある。

雪女はノックをし「オルドレッド様がお越しになられました」と言うと、中から「……入れ」と短い返事が返ってきた。

それを受け、雪女はゆっくりと扉を開く。

俺は案内されるまま、部屋の中に足を踏み入れた。

部屋の中は、氷のように青く透き通るような床と壁に覆われている。周りを見渡すと、いたるところに氷像などが飾られてあり、部屋中が光り輝いて美しい雰囲気を演出していた。

この部屋の造形美に少し感心しつつ、玉座に目を向ける。

部屋の中央奥の高い位置に作られた氷の玉座に、ルシカは氷結魔女の二つ名らしく、涼し気な表情で腰を下ろしていた。

四天王の一人らしく、堂々として落ち着いた態度のルシカは、その青い目を細め俺を見据えた。

「よくきた、ラルフ……。我が同胞、案内ご苦労」

ルシカは、小さく口を開いて最小限の言葉を発する。

俺の後ろにいた雪女は、ルシカの言葉を受けると「くくっ」とまたよく分からない笑い声をあげつつ、頭を下げて部屋を出ていった。

こうして、部屋には俺とルシカの二人きりとなった。

氷のような無表情をしていたルシカは、従者の足音が遠のいたのを確認すると、表情を和らげ「ふっ」と口角を上げた。

ルシカは玉座から腰を上げ、階段を駆け下り、俺の前に来た。

「ラルフ、どうした？　暇で遊びにでも来たの？　こんな所にいては気が休まらない、ルシカの部屋に来て。……お茶でも出す」

ルシカは、いつもの涼し気な表情で、自分の部屋に俺を誘った。

ルシカは人見知りで普段は無口だが、心を許した相手にはこのように多少口数が多くなるのだ。

ルシカに連れられ、青氷の間に併設された彼女の私室に入った。

手頃な広さの部屋には、ふかふかのソファーがあり、その上には可愛《かわい》らしいペンギンの人形が置かれてある。

「そこに座って少し待っていて。今、お茶を用意してくるから」

来客が嬉《うれ》しかったのか、ルシカは軽い足取りで部屋の中にある台所に向かった。

言われたとおりに、ソファーに腰を下ろし、彼女が戻ってくるのを待つ。

さて……。どうにかして、話を聞いてもらわないとな。

ここに来た理由を胸に、俺はどう話を付けるか頭を悩ませる。

そんなことを考えていると、ルシカが「お待たせ」と戻ってきた。

彼女はソファーの前にあるテーブルに、ペンギン型のかき氷機をドカンと置いた。

「またお茶という名の、かき氷か……。たまには、本当にお茶を持って来てもいいんだぞ」

俺の提言に、ルシカは首を傾《かし》げた。

「何を言っている？　ルシカの辞書には、お茶の類義語にはちゃんと『かき氷』が入っている」

「どこの世界の辞書だよ？」

いつも通りのルシカの反応に、俺はやれやれと首を軽く横に振った。

「どうした？　何か問題でもある？」

ルシカは、本当に何が問題か分からないといった表情で問いかけてきた。

「いや、たまには温かいお茶でも欲しいなと思って。ここは結構寒いからな」

俺の要求に、今度はルシカがやれやれと首を軽く横に振る。

「しょうがない。今度、抹茶味のシロップを用意しといてあげる。これで満足？」

「いや、それただのかき氷じゃん。全然、冷たいままじゃん」

俺はごく自然なツッコミをルシカに入れる。

だが、こうなることはある程度予想していた。何故《なぜ》なら、かき氷作りはルシカの子供の頃からの趣味だからだ。彼女にとって、かき氷が全てなのだ。

ここに来るたびに、ルシカが作るかき氷をよく食べさせられたものだ。

「待っていて。今すぐに、美味しいかき氷を作ってあげるから」

ルシカはそう言うと、ぽっかりと空洞状になっているペンギンの腹部部分に、透き通るように綺麗《きれい》な氷を入れた。続けて、ペンギンの下にガラス状のお椀《わん》を設置する。

上機嫌なうら若きかき氷屋は、ペンギンの頭部に取り付けられたハンドルを、鼻歌を歌いながらクルクルと回しだした。

すると、台座の下に置かれたガラス状のお椀に、綺麗な粉雪が降ってきた。

きめ細かい氷の粉が次々とお椀に積もっていく。そして、少しすると小さな氷の山が出来上がった。

「よし。第一段階は終わった」

ルシカは一仕事終えたかのように、額の汗を手の甲で拭った。

「さて、第二段階にいく」

ルシカは部屋の隅に置いていたキッチンワゴンを押してきた。

ワゴンには様々な種類の液体が入った瓶《びん》が置かれている。

「さあ、好きなのを選んで。イチゴ、レモン、メロン、ブドウ、などなど色々ある」

俺は目の前に並べられた数々のシロップを見比べ――「じゃあ、スイをもらおうか」と注文した。

スイとは、ただの砂糖水のことをいう。これならシンプルなので味のごまかしは効かず、氷本来の味を楽しめるのだ。

「ほう……スイか。ふっ、ラルフは相変わらず。だが、嫌いじゃない」

ルシカは『こいつ分かっているな』というような含み笑いをし、小さく頷いた。

カラフルな色の瓶の中から、透明な液体が入ったものをルシカは手に取った。そのままその液体を、さっき作った氷の山にゆっくりとかける。

白い肌に白い化粧をして、氷の山は綺麗にキラキラと光り輝いた。

「さあできた。早く食べて。かき氷は時間によって色々と顔を変える。シャリシャリとしたところから、溶け切った最後までしっかりと味わって」

ルシカは出来上がったかき氷を、スプーンと共に俺の目の前に置いた。

「では頂きます」

ヘルムを脱ぎ、スプーンを手に取る。

氷の山を崩さないように、小さなシャベルをゆっくりとその柔肌に差し込む。

俺はすくい上げたかき氷を、そのまま口に入れ目を閉じ味わった。

「……うん、美味い。このきめ細かさ、歯ごたえ……氷が違うな」

俺は目を見開き、まるで鑑定士のように、かき氷の感想を述べた。

「分かる？　そう、この氷は魔大陸北部のシルバル氷山から取り寄せた一級品。知っている？いい氷は、いくら食べても頭が痛くならない」

自分の力作が認められて嬉しいのか、ルシカは鼻を高くし雄弁に語りだした。

俺はその後、この傑作を楽しむ為に黙々と食べた。

溶けてできた氷のスープを最後まで飲み切り、ゆっくりとお椀をテーブルに置く。

「ご馳走様でした。ルシカ、また腕を上げたな」

「ふっ」

俺たちは多くの言葉を交わさなくても、お互いの心が通じ合ったかのように、小さく笑い合った。

満足し切った俺はソファーから腰を上げ、部屋の出口に向かう。

「それじゃあ、また来る」

「うん。次に来たときは、もっと美味しい氷を用意してあげる」

「ああ、楽しみにしているよ…………てっ、ちがああああああああうっ!!」

突然叫び出した俺に、ルシカはキョトンとした顔をした。

「どうしたの？　ルシカが用意したかき氷は、思っていた味じゃなかった？」

「違う！　俺がここに来たのは、かき氷を食べる為じゃない！」

「えっ？　ラルフがここに来る用なんて、それ以外何かあるの？」

「俺をただの食いしん坊みたいに言うな！　もっと大切な用があって来たんだ！」

落ち着きを取り戻した俺は、再びルシカの部屋のソファーに腰を下ろした。ルシカも向かいのソファーに座る。

「ごほん！　……今日ここに来たのは他でもない。ルシカ、お前に大事な話があってだな」

神妙な面持ちの俺を前に、氷結魔女と呼ばれる四天王は、自分用のイチゴ練乳かき氷を食べていた。

「おい。人が大事な話と言っているのに、食べるのを止《や》めないのか？」

「シャク、シャク、シャク。別にいいじゃない。ラルフとルシカの仲だし。何？　機嫌が悪い。もしかしてこっちのかき氷を食べたかった？　しょうがない、一口あげるから機嫌を直して。はい、あーん」

ルシカはスプーンで一口分すくい、俺に向け差し出し口に押し込んできた。

「シャク、シャク、シャク。うん、イチゴも甘くて美味しいな。……じゃなくて。ルシカ、お前はこのままでいいと思うか？」

俺からの問いかけに、ルシカは首を傾げる。

「よく分からないけど、いいんじゃないの？」

「よく分からないのに、結論付けるんじゃない」

俺は自分の顔の前で両手を組み、真剣な表情を作って説得に入った。

「ルシカ。今俺たち四天王は、非常に危険な状態にある」

「そう？　ラルフが頑張ってくれているから、案外上手《うま》くいっていると思う」

「現状はな。だが、それはすなわち俺一人で何とか耐えているにすぎないということだ。もし、俺の身に何かあった時、一気に保たれていた平和が崩壊するということになる」

「そっ、それは……。でっ、でも！　ラルフはすごく強いし、大丈夫だよ！　自分にもっと自信を持って！」

何でこいつは、人におんぶに抱っこ状態の立場で、俺を励ましているのだろう？

少し思うことはあるが、ここではそのことは触れないでおいた。何故なら、俺はここに不満をぶちまけに来たわけではない。こいつを説得しに来たのだ。

「この世界は広い。俺より強い奴なんて、いつか必ず現れる」

俺の危惧に、ルシカは不安げな表情を浮かべる。

「そんな時、お前たちはどうするんだ？　何か策でもあるのか？」

「策なんて……特にない」

「ルシカ。俺はな、お前たちの身に何かあったらと思うと、この胸が締め付けられるように苦しめられるんだ」

本当は自分の欲の為の行動だ。だが、あくまでこいつらのことを想《おも》って、話をしに来た体《てい》を装った。

「ラルフ……。お前ってやつはっ……」

ルシカは目を潤ませ、俺の友情に感動したような顔をした。

ここだ！　ここで、一気に話を進めるぞ！

釣りの浮きが水面に沈んだ瞬間を逃さぬように、俺は本題に入った。

「分かってくれたか、ルシカ！　だから、お前も戦えるようになる為に、これから俺と一緒に

「特訓をしよう！」

　俺はソファーから立ち上がり、感情を前面に押し出して、同意を得にかかった。

　――が、俺の提案を聞いた途端、ルシカの表情は無となった。

　そして感情を失ったルシカは――「いやだ」と言葉を漏《も》らした。

　これ以上ない端的でぶれのない、意志の表明だ。

「なっ、何を言っている？　これはお前の為なんだぞ」

　声を荒らげることなく、なだめるようにルシカに語り掛ける。

「いやだ」

　同じトーンで、まったく同じ言葉が返ってくる。

「ルシカは特訓なんていう、怖くて痛いことなんてしたくない。ルシカはそんなことよりも、美味しくて楽しい、かき氷作りを極めたい」

　ルシカは、決して引かぬというように、不動の心で拒絶してきた。

　こいつ……。怖がりで人一倍人見知りなのに、何故か昔から、俺だけには強気だな。

「ルシカ、そう言わずに、もう少し俺の話を聞いてくれ」

　何とか話を続けようとした時、ルシカは何処か遠くの方を眺め出した。

　そんな彼女の異変に気が付いた俺は（しまった！）と心の中で叫んだ。

「ルシカ……まさかお前、気絶しようとしてないか？」

俺の問いに、ルシカは体を少しビクッとさせた。だが、すぐに彼女はスゥーと遠くを眺め続ける。

そう。ルシカにはこれがあるのだ。

自分にとって都合が悪くなると、この氷結魔女はすぐ気絶をして戦線離脱をするのだ。

「ルシカ、ちょっと待て！　まだ話は終わってない！　逃げるな！」

俺は自分の手を前に突き出し、ルシカの思惑を阻止しようとする。

だが時すでに遅し。――ルシカの瞳から光は消え、体は微動だにしないものとなっていた。

「おい！　ルシカ、戻って来い！　お願いだから、カムバック！」

俺はルシカの肩を摑《つか》み、体を揺さぶって呼び戻そうとする。

だが、何度呼び掛けても反応はなく、そこにはただの気絶したルシカしかいなかった――。

○

第一ラウンドは敗北に終わった……。

だが、俺は諦《あきら》めるつもりはない。

第二ラウンドに向けて、さらに奥にある、第三守護門前に訪れていた。

ここでは、ルシカの領域である氷の世界とは違い、草木などが生えている普通の土地が広がっている。

だが、ここでは様々な魔獣の鳴き声が、四方から不気味に響き渡ってくる。

リリアの領域に来た俺は、少し隠れるように歩を進めた。

本当は、リリアの家臣に来訪を伝えて、案内してもらうのが礼儀である。だが、ある理由があって、俺はこっそりとリリアの玉座の間を訪れようとしているのだ。

どうか見つかりませんように……。

四天王という身分にもかかわらず、俺は抜き足差し足忍び足といった、少し情けない格好で道を歩く。

だが――「これは、これは。オルドレッド殿ではないですか！」と、野太い声が背後から響き渡ってきた。

くそっ！　相変わらず、鼻のいい奴《やつ》らだ。と、俺は心の中で舌打ちする。

後ろを振り向くと、そこには狼のような姿をした獣人が数人いた。

筋骨隆々な獣人たちは両腕を組み、自信満々な表情を浮かべながらこっちを見ている。

「オルドレッド殿。とうとう決心なされたみたいですなっ！」

先頭に立った獣人が、意気揚々と見当違いな言葉を投げかけてきた。

「いや。違う」

俺は短くきっぱりと否定する。

「はっはっはっ！　そう、謙遜なさらなくていいですぞ！　我々の一員になれば、そんな自信のない自分とはおさらばできますからな！」

獣人たちは、一斉にそれぞれ自分の肉体美を表すポーズを取った。

「そう！　我々『アニマル・マッスル・ゴールデン・ブートキャンプ』の一員になればっ！」

獣人たちは、自分たちのチーム名を高らかと言い放ち、鍛え抜かれた体中の筋肉を盛り上がらせた。

上腕二頭筋、胸筋、腹筋などが、脈を打つようにピクピクと動いている。

「いや、謙遜しているわけじゃなく、きっぱりと断っているだけだ。そもそも、俺はアニマルではない」

「はっはっはっはっ！　そんな細かいことを気にしてはいけませんぞ！　みんな元をたどれば、なにかしらのアニマル！　我々は来る者拒まず！　このマッスルのように全てを受け止める！」

獣人が、続けて自分の背筋を見せびらかすようにポーズを取った。

「よっ！　背中から、獣の顔が浮き出てるねっ！」

仲間の獣人が、合の手のように掛け声をかける。

いや、顔も獣なのだから、いちいち背中にも獣の顔を浮かび上がらせなくてもいいだろ。そもそも来る者拒まずって、最初から行ってないんだよ。

「いま『いや、顔も獣なのだから、いちいち背中にも獣の顔を浮かび上がらせなくてもいいだろ』と思いましたな？」

心読まれたよ。

獣人は「チッチッチッ」と舌を鳴らしながら、人差し指を横に振った。

「我々獣人は、魔法などという貧弱な力に頼らない。この圧倒的な肉体を駆使して戦うのです。そんな時、相手に背後を取られたら、我々はこの背中で相手を威嚇するのです」

別に背後に顔を浮かび上がらせて威嚇をしても、背中が無防備なのは何一つ変わらないんだけどな……。

「さあ、オルドレッド殿もその無粋な鎧《よろい》を脱ぎ捨て、我々と共に唯一無二の肉体美を探求いたしましょう！」

一瞬、この獣人たちと共にマッスルポーズを取る自分を想像し、慌てて頭を数回横に振った。

「いや、だからいいって。それよりも、俺はリリアに会いに来たんだ」

ここにきて、やっと俺は自分の目的を告げることができた。

「むっ。リリア様に？　それなら急がねば。リリア様の貴重な時間を、無駄にすることは許されませんからな」

「ん？　時間が無駄にできないって、リリアは何かをしているのか？」

「いえ。我々は詳しいことは知りませんが、リリア様は普段から自室にこもられておられる。

恐らく、私が想像するに……」

獣人は推理して、思考を巡らすような顔をした。

「私が想像するに、我々獣人の頂点におられるリリア様は、自室で途轍《とてつ》もないマッスル・アクティビティをしておられるはずなのですっ!!」

獣人が真剣な表情で拳《こぶし》を握り締めながら、自分の想像を言い放った。

「どう考えても違うだろ」

俺は考える間もなく、こいつの想像を否定した。

「いいえ！　きっとそうに違いありません！　魔獣大帝であられるリリア様は、日頃から絶え間ないトレーニングをしているはず！　あの可憐《かれん》な顔の下には、密集された筋肉の鎧があるはずなのですっ！」

こいつらのリリア像は、一体どんなものになっているのだ？　というか、あんなほんわかな表情の下に、そんなゴツイものがあったら逆に嫌だろ。

「さあ、オルドレッド殿！　善は急げですぞ！　早速、リリア様の玉座の間に向かいましょう！　トレーニングのスクワットをしながらっ！」

「いや、何でだよ!?　どう考えても、非効率的すぎるだろうが！　急ぎたいのか、ゆっくりしたいのかどっちだよ!?」

「アニマル・マッスル！　ワン！　トゥー！　ワン！　トゥー！」

……だから、こいつらには会いたくなかったんだよ。

こうして俺は、獣人がスクワットしながら進む横を歩きながら、ゆっくりとリリアの玉座の間に向かったのであった。

○

多種多様な魔獣が獰猛《どうもう》な風貌で描かれた大扉の前に立つ。扉の上には『竜人の間』とその部屋の名が書かれてあった。

「はあっ、はあっ、はあっ、はあっ……オルドレッド殿。どうにか、無事に到着することができましたな」

隣にいる獣人が、息を切らし大量の汗をかきながら、何か途轍もないことを成し遂げたかのように話しかけてきた。

「お前らが、無駄に難しくしただけだろうが」

扉の向こうには、この部屋の主にふさわしい二つ名である魔獣大帝が鎮座している。

「では、早速入りましょう」と獣人は言い、ノックをして「お入りなさい」という返事が聞こえると扉を開いた。

俺はゆっくりと開いた扉の先に、覚悟を決めて足を踏み入れる。

部屋の奥には、高い位置にある玉座に、隣に獰猛な魔獣を侍《はべ》らせたリリアが悠々自適に腰を据えていた。

主の隣にいる魔獣ライガが、獣独特の獲物を見定めたかのような鋭い眼光を飛ばしながら、先端に炎が灯《とも》った尻尾《しっぽ》を揺らしている。

獰猛な自分の眷属《けんぞく》をなだめるように、リリアはライガの頭を軽く撫でた。

「こっ、これは……膨大なマッスルの波動を感じますな。流石はリリア様だ」

隣にいる獣人が、額から汗を垂らし、畏怖の念がこもった言葉を発した。

いや、何処にそんなものがあるんだよ。というか、マッスルの波動って何？

「では、我々はここでお暇《いとま》させていただきますぞ。リリア様、失礼いたします」

獣人は、俺とリリアに頭を下げてその場を去ろうとする。

「ああ、ここまで案内ご苦労」

自分一人の方が断然早く到着できたが、俺は一応獣人たちに礼を言った。

「ふっ、オルドレッド殿。自分のマッスルに素直になれたら、いつでも我々の所に訪れてくだされ。そこからが、あなたの新たなマッスルライフの幕開けだ」

獣人が親指を立て、何かの名言を残した感じで笑った。

「いや、何度も言うが、俺はお前らの一員になる気は――」

「それでは失礼！　アニマル・マッスル！　ワン！　トゥー！　ワン！　トゥー！」

獣人たちは、俺の断りを最後まで聞かずに、またスクワットをして玉座の間を出て行った。

あいつら……今度、俺のマッスルで叩《たた》き潰《つぶ》してやろうか。

暑苦しい嵐《あらし》が去り、玉座の間は俺とリリアと魔獣ライガだけになる。

今まで悠々自適な雰囲気を出していたリリアは――「ラー君！　遊びに来てくれたのですね！　嬉しいですわ！」と目を輝かせながら玉座を駆け下りてきて、俺に抱きついてきた。

「おっ、落ち着けリリア。苦しい」

人懐っこい性格であるリリアに、強く抱きしめられた俺は、力を抜くように言った。

雰囲気はほんわかした感じのリリアだが、種族としては竜人である彼女は、力だけは凄く怪力なのである。

本当なら、この才を他のことに活かして欲しいが現実はそうなっていないことに、もどかしい気持ちになった。

「ほら、プリンちゃんもこっちに来なさいな。大好きなラー君ですよ」

リリアはライガに向けて、その外見には似つかわしくない可愛らしい名前を呼んで手招きをする。

それを受けて、さっきまでの強者のような顔から、つぶらな瞳の可愛らしいフォルムとなったプリンは「キュル～ン」と鳴き声を出しながら駆け寄ってきた。

そして、そのまま俺に覆い被《かぶ》さるように抱き着き、ペロペロと舐《な》めてきたのだ。

「おい。プリンも止めろ。というか、何でお前はヘルムの上からでも舐めてくるんだよ?」

俺は何とか一人と一匹を引き離す。

ちょっとした挨拶《あいさつ》を終えると、ルシカの時と同じようにリリアの私室に案内された。

リリアの部屋は、カラフルなものだった。

壁紙はピンク色で、ソファーや椅子《いす》は水色、テーブルは黄色。その他の備品なども、可愛らしい色に包まれていた。

さらには部屋のそこかしこに、動物や魔獣を模したぬいぐるみが飾られている。

獣人たちが言っていた、マッスルとは無縁の空間だ。

そんな、少し見ているだけで胸がいっぱいになってきそうな雰囲気に当てられながらも、俺はリリアの案内でソファーに腰を下ろす。

「ラー君。ちょっと待っててくださいね。渡したいものがあるんです」

上機嫌なリリアは、ぴょんぴょんと軽く飛び跳ねるように、隣の部屋に入っていった。

そして、少しするとあるものを手に持ったリリアが帰ってきた。

「昨日やっと出来上がったんです!」

ほがらかな顔をしているリリアの手には、ピンク色のマフラーがあった。

「はい。いつも頑張ってくれているラー君に、プレゼントです」

そう言いつつ、リリアは俺の首元にマフラーを巻き付ける。

「わーっ、思った通り似合っています～」

「そっ、それはどうも……」

全身黒い鎧姿に、ピンク色のマフラーという何ともいえない取り合わせに、微妙な反応しかできない。

「それに、ほらほら見てください！　皆の為にこんな物も作っちゃいました～」

リリアはホワホワした笑みで、俺の前に四つのセーターを出した。

セーターは赤、青、黄、ピンクと色違いのお揃《そろ》いだ。

「これを皆で着たら、わたくしたちの友情が一段と強く結ばれるはずですわ！」

脳内で、四人がこれを着て並んでいる絵を思い浮かべる。

どう表現していいか分からない絵面に、俺は頭を横に振って想像を離散させた。というか、何で俺のイメージカラーがピンク？

「相変わらず、リリアはこういうのを作るのが上手いな」

「はい！　わたくしの趣味ですから！」

そう。こういう編み物はリリアの趣味だ。

衣服だけでなく、この部屋に置かれてある人形も、彼女の手によって作られたものだ。ちなみに、ルシカの部屋にあったペンギンの人形もリリアからの贈り物だ。

「そうか、そうか。リリアは本当に編み物が好きだよな」

「ええ！　これなら時間や嫌なことを忘れられるほど熱中ができるんです！」

嫌なことって……普段結構好き勝手に生きているよな？　と思ったが口にはしない。

そんなことよりも、俺はこの会話の話題からゴールへの糸口を見出《みいだ》した。

「そうだよな。趣味は大事だよな。いつまでも、元気に楽しみ続けたいよな……」

少し含みを持たせた言い方をする。

「ラー君。どうかなされたのですか？　なにやら元気がなさそうです」

リリアが心配したような顔で、俺に語り掛けてきた。

「いや……俺というか、お前たちのことを思うとな……」

「わたくしたち？」

「俺は皆を守りたくて、日頃必死に戦っているんだが。だが……最近、どうも体の調子が良くなくてな。……あまりよく眠れないんだ」

「まあ。そんなことが……」

「このままいくと……俺のことはいいんだ。でも、フレア、ルシカ、そしてリリア。お前たちの幸せな生活が……な」

ルシカの時と同じように「あくまで君たちのことを想ってのことだよ」といったような言い回しをする。

「ラー君。わたくしたちのことを、それほどまでに……」

リリアが目を潤ませ、感動で胸が満たされたかのような表情で見つめてきた。

「そうなんだ。だから、お前たちにもこの幸せな生活を守る為に、協力をして欲しいんだ！」

「はい！　分かりました！　是非とも協力させていただきますわ！」

リリアの二つ返事に、心の中でガッツポーズをした。

「分かってくれたか！　ありがとう、リリア！　これで、俺の心の荷も軽くなる！」

「はい！　ではより一層、編み物に力を入れますわ！」

「……えっ？」

俺は、彼女が一体何の話をしているのか分からない。

「ラー君の大事な体が冷えないように、沢山のセーターやマフラーを編みますわ！　あっ、よく眠れないのは、きっと寝具の質が悪いんです。だったら、寝心地が良くなる枕《まくら》も作らないといけませんね！　これから、忙しくなりますわーっ！」

「協力の仕方が、内助の功すぎる！」

斜め上すぎるリリアの協力計画に、俺はツッコまずにはいられなかった。

というか、鎧の上からセーターやマフラーを付けながら戦えとでもいうのか？

俺は一瞬、そのふざけた格好の自分を想像し——後悔した。

「いきなり怒鳴って、どうしたのです？」

リリアは不思議そうな顔をして首を傾げている。

「あっ！　ごめんなさい！　わたくし、うっかりしていましたわっ！」

よかった。どうやら俺が伝えたかった本意に気が付いてくれたみたいだ。

「分かっています。ラー君のお望み通り、ちゃーんと可愛いアップリケを縫い込んであげますね！」

「全然違うっ！」

満面の笑みで、見当違いな手助けをしようとしているリリアに、俺は軽くズッコケた。

「いやいやいや。俺が言っている協力ってのは、一緒に戦おうって話で――」

リリアの勘違いを解《ほど》こうとして、正面突破な言葉を発した――が。

「無理です」

ついさっき、かき氷屋少女から聞いたような、短くもはっきりした言葉が返ってきた。

「あのだな、リリア――」

「無理です」

魔獣大帝は、のほほんとしながらも、揺るぎない表情で同じ言葉を発した。

「わたくしは、編み物が好きなだけの、か弱い女の子なのです。そんな、過激なことをできるわけがないですわ」

「ちょ、ちょっと待ってくれ！　リリアは竜人だ。他にはない才能があるんだ！　その力をもってすれば、努力次第できっと強くなれる！」

「ひっ、ひどいですわ！」

リリアは目尻に涙を溜《た》めて怒り出した。

「こんな女の子に向かって、怪力自慢の傍若無人女だなんて！」

「いや、そんなこと一言も言っていないぞ！」

リリアは走り出し、プリンに抱きついて泣き出してしまった。

そんな主人を見て、プリンは「クウ〜ン」と心配するような鳴き声を出す。

「プリン！　お前も、元はライガっていう、誰もが恐れる魔獣だろ⁉　主の隣に並び立って戦えるはずだ！」

だが猛獣ライガもといプリンは、つぶらな瞳で再び「クウ〜ン」と鳴くだけだ。

「ラー君、ひどいですわ！　プリンちゃんも、心優しい女の子なのに！」

そうだ。プリンは本来戦いに適した魔獣だ。だが、こんな性格のリリアに幼少から育てられ、見ての通り完全に牙《きば》の抜かれた獣状態なのだ。

「ほら！　プリン、来い！　主人が困っているぞ！　俺に立ち向かって来い！　ライガなら、お前でも何かできるはずだ！」

俺は、プリンの力を引き出す為に促す。が、プリンは困ったような顔をするだけだ。

「ひどいですわ！　まるで、プリンちゃんが何もできない子みたいに言うなんて！」

リリアは、自分の友をかばうように前に出た。

「この子には、ちゃんと躾《しつけ》はしています！　ほら、プリンちゃん。お手！」

「ワン！」

プリンは、美しいと言えるほど姿勢よく、ご主人様の手に自分の手を乗せた。

そしてリリアとプリンは、何故かドヤ顔をして同時にこっちを見てきた。

「もう、ただの犬じゃねえかっ！」

竜人の間に、俺の虚《むな》しいツッコミだけが響くのであった。

○

戦いは第三ラウンド。
一、二ラウンドと辛酸をなめさせられたが、俺はまだ諦めていない。
何故なら、この最終ラウンドを手にすれば、逆転の目があるからだ。

勝利を信じ、第四守護門の前に立つ。

ここの守護領域の周りには火山などがあり、そこから灼熱《しゃくねつ》のマグマが噴出し、熱気を充満させている。そのせいか、木々は枯れたものしかなく、命の鼓動を感じさせない。

人間から見れば、正に地獄の果てみたいな地だ。

「相変わらず、ここは熱いな。こんな鎧姿で来る場所じゃない」

俺は黒い鎧に、ピンクのマフラーを巻き付けた姿で、言葉を漏らした。

ここにいるのは、魔術王フレア・ゲーテ。一応だが、あの三人のリーダー的存在だ。

もし、あいつを説得できたのなら、他の二人も芋づる式に引っ張り出せるかもしれない。

俺は微《かす》かな希望を胸に、門の番人に自分の来訪を伝えた。

少しすると門が開き、中から執事姿の男の老人が姿を現した。

その男は、きっちりと七三分けされた白髪に整った白口髭《くちひげ》、目には片眼鏡《めがね》。そしてフレア同様、腰から細長い魔人の尻尾が生えた人物であった。

「これは、ラルフ様。わざわざ、こんな所までお越しいただき、ありがとうございます」

彼は他の領域にいた従者たちとは違い、心の底から敬意を持った挨拶をしてきてくれた。

「ベルフェルさん。お久しぶりです」

「ラルフ様。そんな敬語おやめください。わたくしはただの執事ですから」

「そういうわけにもいきませんよ。子供の時から、俺たちの面倒をよく見てくれたじゃないですか。俺にとっては先生みたいな人ですよ」

ベルフェルさんは、俺たちが子供の時から身の回りのことを見てくれた世話係だった。俺は成長してからは面倒を見てもらわなくなったが、他の三人は依然として世話になっている。

「はっはっはっ。そう言っていただけると、わたくしも人生を皆様に捧げた甲斐があったというものです。このベルフェル、もう思い残すことは何一つございません」

ベルフェルさんは、物腰柔らかく、気品のある笑い声を出した。

「何を言っているんですか？　まだまだ長生きして、俺たちを見守っていてください」

昔からそうだが、ベルフェルさんは本当にいい人なんだ。

そう。……いい人なんだけどなー。

「こほん。それで、本日はフレアお嬢様にご用がおありで、お越しになられたのですか？」

「はい、そうです。ちょっと提案がありまして」

「そうですか。では、早速ご案内させていただきます」

ベルフェルさんの丁重な案内に連れられ、フレアが待つ玉座の間に向かった。

部屋の前に着くと、そこには他の玉座の間と同じように大きな扉が出迎えた。

扉には両翼を横に大きく広げた、一体の悪魔が描かれてあり、ここに来た者の恐怖心を呼び起こすものとなっていた。

扉の上に目をやると、そこには『魔導の間』と書かれてある。

「フレアお嬢様、失礼いたします」

ベルフェルさんが、ノックをして声掛けの後に扉を開いた。

ベルフェルさんの後ろに続いて、玉座の間に足を踏み入れる。

さて、ある意味一番厄介な相手だが、俺の信念をぶつければきっと理解してくれるはずだ。

鋼《はがね》の決意を胸に、対戦相手が座っているであろう玉座に目を向ける。

だが、部屋の中央奥にある玉座には誰も座っていなかった。

「……あれ？」

「ベルフェルさん。フレアは？」

俺の問いに、ベルフェルさんは小さく苦笑いを浮かべた。


「おっ、ラルフではないか。どうしたのじゃ？　一人が寂《さび》しくなって、遊びに来たのか？　しょうがないのー、相手をしてやろう」

冷風魔法によって、快適な室温に設定された私室。水玉模様のパジャマ姿で、尻尾をゆらゆらと揺らして、ベッドの上に寝転がっているフレアがそこにはいた。

「お前……一応は四天王だろ？　せめて、客が来たら玉座に座って迎え入れろよ」

「えっ？　客ってラルフじゃろ？　別にそこまで気を遣わんくても、いいじゃろ」

フレアは悪びれる様子もなく、ベッドの上でゴロゴロと転がった。

「まあなんじゃ。とりあえずは、お茶とお菓子でも食べようではないか。ベルフェル、頼む」

「はい、フレアお嬢様。すぐにご用意いたしますね」

四天王としての最低限の役割さえも全うしないフレアの要望を、ベルフェルさんは怒る様子もなく満面の笑みで承《う》けた。

「フレアお嬢様。お飲み物は冷たいものがよろしいでしょうか？　それとも温かいものがよろしいでしょうか？」

「そうじゃなー。今日は少し暑いから、冷たいものにしよう」

「承知いたしました。では、お菓子は何にいたしましょう？　クッキー、キャンディー、チョコレート、アイス、好きなものをお選びください」

「そうじゃあなー。うーむ。迷うから、全部持って来てくれ」

「はい。承知いたしました」

俺は、子供の時から見慣れたそのやり取りに、呆《あき》れるしかない。

ベルフェルさんはいい人だ。いい人だが、見ての通り、フレアたちに対して甘々すぎるほど過保護なのである。

あの三人がここまで自分に甘くなったのも、ベルフェルさんに責任の一端はあると俺は考えている。

しばらくして、ベルフェルさんに用意してもらったアイスティーや色とりどりのお菓子たちを乗せたテーブルを挟んで、俺とフレアはソファーに腰かけた。

「ポリポリポリ。でっ、ラルフは何がしたいのじゃ？　この前やった人生ゲームでもするか？　でも、二人だけでやるのも味気ないしのー。ポリポリポリ」

フレアはパジャマ姿のまま、クッキーを頬張《ほおば》り、的外れな提案をしてきた。というか、いい加減着替えろよ。

「いや、俺は別に遊びに来たわけじゃ――」

「あっ、そうじゃ！　せっかく来たんじゃ。お前にわしの新作を見せてやろう！」

相も変わらず、フレアは俺の話を聞かずに、自分のペースで話を進めた。

フレアは何処かに駆け足で去って行くと、手に大きな板を持って帰ってきた。

「ほら見るのじゃ！　わしの溢《あふ》れ出る創作意欲が爆発《ばくはつ》した作品じゃ！」

フレアは、俺の前にドンッとその板を置いて、自慢げに見せびらかせてきた。

目の前には、様々な色の絵の具で塗りたくられた絵画があった。

「どうじゃ？　わしの日頃から抱える苦悩と閉塞感。そして、その開放！　見事に表現できていると思わんか⁉」

フレアに説明されたが、全く形をなしていないそれは、正直言って何を描いているのか分からない。

むしろ、これを見せられた俺が苦悩を感じている。

「今は絵にハマっているのか？」

「ん？　まあな。今、わしの衝動は描画に燃えておるのじゃ」

「つい最近までは、小説に燃えてなかったか？　あれは読ませてくれないのかよ？」

「あっ、あれはダメじゃ！」

フレアは顔を少し赤くし拒む。

「何でだよ？　最近は、何故か小説だけは頑《かたく》なに読ませようとしないな」

「あっ、あれはだな……そうじゃ！　あれはラルフには少し刺激が強すぎるのじゃ！　精神的に未熟なお前が読んでしまえば、頭がドッカ――ンっと爆発してしまう！」

「いや、どんだけ危険なものを作ってるんだよ⁉」

こいつは本当に多趣味というか何というか。確か小説の前はピアノで、その前は陶芸とかやっていたよな。

「まあ、なんだ。わしの多岐にわたる才能は、一つのことでは縛り切れんのじゃ」

「あっそ」

俺の疑いの目に、フレアは口を尖《とが》らせた。

「ふんっ！　孤高の天才芸術家は、周りからは理解を得れんものなのだ。それに、わしはまだ成長中の身。いわゆる未完の大器というやつなのじゃ！」

「そうか。それは悪かったな」

ここで色々ツッコむと、へそを曲げて面倒くさくなること間違いないので、適当にこの永遠の未完の大器に合わせておいた。

そうだ、俺はこいつに不満を言いに来たのではない。説得する為に来たのだ。

俺は本題に入る為、あえてこいつの言葉に乗って話題を変えにかかった。

「そうだな。お前は未完の大器。これから、まだまだ成長していく。俺も同感だ。そこで少し話があるのだが――」

数分後――。

「嫌じゃ！　嫌じゃ！　嫌じゃ！　嫌じゃ！　嫌じゃ！　嫌じゃやあああああああっ!!」

目の前で、フレアは地面を転がりながら泣きわめいていた。

「フレアお嬢様。おいたわしや……」

隣では、ベルフェルさんがハンカチで自分の涙を拭っている。

ここまでとは……。

もちろんスムーズにことが進むとは思ってはいなかった。ある程度の抵抗は予想していた。

だが、とても四天王には見えない……いや、もうただの子供にしか見えないフレアに、俺は開いた口が塞《ふさ》がらなかった。

「なあ、フレア。そんなに怖くて嫌なら、この際、他の奴に四天王の座を譲ったらどうだ？　引退とか上手いこと言えば、今までのことはバレずに身を引けると思うぞ。なんだったら、俺が手伝ってやってもいい」

あまりもの惨状に、俺は説得を諦め、違う道を提案することにした。

だがしかし――「それも、嫌じゃ」と小さい否定が返ってきた。

「どっ、どうしてだよ？　お前は心が穏やかにいれる、平穏な生活が送りたかったんじゃなかったのか？」

俺はこの魔術王の本意が分からず、戸惑いを隠せない。

そんな俺に、フレアは驚くべきことを言ってきた。

「だって、四天王の座を降りたら、この裕福な生活を手放さないといけなくなるからの」

「……はっ？」

「これだけの財産を手に入れたのは、先代からの四天王を受け継いだからだ。もし、その座を退いたら、次の奴に引き継がなくてはいけない。わしは無一文でこの荒波の現代社会に放り出されることとなるのじゃ」

フレアは何か悟ったかのような表情をして、俺の顔を寝転がりながら見上げた。

「ラルフよ。平穏な生活には……金が必要なんじゃ」

俺は頭を棍棒《こんぼう》で殴られたかのような衝撃を受け、あまりものわがままに立ち眩《くら》みがした。

片手で頭を抱えている俺に対し、身勝手を極めた魔術王は「ん、どうしたのじゃ？　それより、こんなくだらない話は止《や》めて、お菓子でも食わんか？」とケロッと表情を変えて、話題を変えてきた。

俺はそんなフレアに対し、体をワナワナと震わせ――。

「おっ……お前なあああっ！　甘えるのもたいがいにしろおおおおおっ!!」

「うっ、うわああああああああん！　ラルフが怒ったあああああああっ！」

「フレアお嬢様。おいたわしや……」

こうして第三ラウンドは、虚しく終了のゴングが打ち鳴らされたのであった。

俺とフレアが虚しい言い争いをしていると、ベルフェルさんが割って入ってきた。

「戦え！」『嫌じゃ！』『戦え！』『嫌じゃ！』『戦ええええっ！』『嫌じゃああああっ！」

「フレアお嬢様。お忙しい中、恐縮なのですが。そろそろ定例集会のお時間でございます」

「はあっ、はあっ、はあっ。むっ、もうそんな時間か。めんどくさいのー。仮病かなんかで休めんのか？」

ナチュラルに仮病というカードを切るフレアに、染みついた堕落根性が垣間見える。

「しかし、フレアお嬢様。本日はアイシャお嬢様が、見学に来られる予定ですが」

ベルフェルさんの口から『アイシャ』という名を聞いたフレアは「むっ、そう言えば、そうじゃったな」と返事した。

フレアはそのまま衣装室に入っていく。そして少しすると、いつもの赤いマントと赤黒のドレスに着替えて出てきた。

「お前は、本当にアイシャの前では見栄を張るよな。その調子でいつも頑張れよ」

「うっ、うるさい！　わしは理想的な姉として、妹の期待に応《こた》えてやっているだけじゃ！　ラルフには、姉という立場の大変さは理解できないんじゃ！」

フレアは、まるで義務を一生懸命果たしているような口ぶりで反論してきた。だが俺からすれば、そういう態度を見せないといけなくなったのは、自業自得としか言いようがない。

「さて、では玉座に行くとするかの」

フレアはそう言うと、自室の隣に併設された玉座の間に向かった。

というか、俺の時もそうやって出迎えろよ。

○

フレアとベルフェルさんと共に魔導の間に入る。

フレアは玉座に座ると「こうかの。それともこうか？」と色々と威厳のある座り方を模索しだした。

「フレアお嬢様。とても素晴らしいお姿でございます」

ベルフェルさんに褒められたフレアは、足を組み、肘掛けに肘を置いて、小さな拳に頰《ほお》をもたれかけさせるポーズに決めた。

そうこうしているうちに、部屋の扉をノックする音が聞こえてきた。

ベルフェルさんが「お入りください」と入室の許可をすると、扉がゆっくりと開かれる。

すると、開いた扉の隙間《すきま》から、一つの小さな影が飛び込んできた。

「フレアねーちゃん、きたよーっ！」

フレアをそのまま小さくしたような女の子が、元気よく手と尻尾を振ってフレアの方に駆け寄ってきた。

「かっかっかっ。よく来た、我が妹――アイシャよ」

まるで威厳のある四天王のように、雄大な態度で、フレアは自分の妹であるアイシャを迎い入れた。

「フレアねーちゃん、毎日忙しいのにごめんね！　でも、どうしても会いたかったから！」と言いつつ、アイシャは興奮したように尻尾をブンブンと振った。

忙しい？　さっきまでゴロゴロしていたのに、何が忙しいんだ？

アイシャの不可解な気遣いに首を傾げる。そんな俺に、アイシャは顔を向けてきた。

「ラルフにーちゃん、久しぶり！」

「あっ、ああ。久しぶりだな、アイシャ」

「ラルフにーちゃんは、最弱だからしょうがないけど、あまりフレアねーちゃんに頼ってばかりじゃダメだよ！　でも、頑張ってたらいつかは報われるはずだから、アイシャは応援しているねっ！」

俺はアイシャが何を言っているのか理解ができず、またまた首を傾げる。

「もーう。恥ずかしいかもしれないけど、そうやってとぼけちゃダメだよ！　自分のそういうところも受け入れないと成長できないって、フレアねーちゃんが言ってたよ！」

分からない。俺には、今何が起きているのか分からない。

首を傾げ続ける俺を見て、アイシャは「はあーっ」と大きくため息を吐《つ》いた。

「アイシャ知ってるよ！　ラルフにーちゃん最弱だし、いつもうまく戦えなくて悪い奴らを追っ払えないから、フレアねーちゃんに手伝ってもらってること！」

アイシャの言葉を聞いて、俺は信じられないといった顔でフレアの方を見た。

「かーっ、かっかっかっ！　そう責めてやるな、アイシャよ！　わしにとって、そんなこと昼飯前の二度寝より簡単なことじゃ！」

寝すぎて昼飯になってるじゃねーか。というか、そこまできて二度寝するなよ。偉大さを表現したいのだろうけど、行きすぎて、ただの怠惰な奴になっているだろーが。

俺は辟易《へきえき》とした表情で、高笑いを続けるフレアの顔を見る。

すると、フレアはバチッ、バチッと大きくウインクして「合わせてくれよ」というような合図を送ってきた。

「でも、アイシャ心配だよ！　この前だって、魔大陸に攻め込んできた一万の敵を、たった一人でやっつけたんでしょ⁉　頑張りすぎだよ！」

一万どころか、一人でも隠れるのにどうやってやっつけたんだ？

フレアは「やってやりましたよ」というような感じで、自分の肩を回した。

「そうか。流石はフレアだ。とても俺にはできない芸当だな」

俺の皮肉めいた言葉を聞いたアイシャは、両腰に手を添えて、得意げに鼻息を荒らげた。

「そうだよ！　その前は、この星に降ってきた巨大な隕石を、ビーム一つで吹き飛ばしたんだからねっ！」

何だよその武勇伝⁉　もうそれ魔大陸の四天王じゃなくて、ただの世界の救世主じゃねーか！

「かーっ、かっかっかっ！　つい最近では、干ばつした大地に雨を降らせて、草木を生やし自然豊かな地に戻してやったわ！」

もうこいつは神か何かなのか？

「すっ、すげーっ！　フレアねーちゃん、すげーっ！」

純真で疑うことを知らないアイシャは、目をキラキラ輝かせ、尊敬する姉の姿を見上げた。

こいつ、こんなにも嘘《うそ》を重ねて、どうなっても知らないぞ。だが結局のところ、その尻拭《しりぬぐ》いも俺に押し付けてきそうだな。……隕石を吹き飛ばせって言われたら、どうしよう。

「フレアお嬢様、そろそろお時間でございます」

ベルフェルさんが一歩前に出て、フレアに報告する。

「そうか。では、そろそろ行くかの。家臣たちも、偉大なわしの顔を拝みたいだろうしの」

フレアはそう言い、玉座から腰を上げた。

俺は、このままいくと変なことに巻き込まれそうな気がしたので「じゃあ、俺はそろそろ行くよ」と言い、自分の領域に帰ろうとした。

だが、誰かが、その場を去ろうとしている俺のマントを掴み引っ張ってきた。勿論《もちろん》、その人物はフレアだ。

「どうした？　フレア」

「いや。ラルフにも、これからわしの勇姿を見せてやろうと思っての。付いてくるのじゃ」

「いや、俺は普段から十分に見せてもらっているから、大丈夫だ」

フレアはさらに強く、マントを引っ張ってきた。そして、その赤い目をウルウルと潤ませながら「いいから、付いてくるのじゃ」と迫ってくる。

今にも泣き出しそうなフレアを見て、俺は結局のところ、いつものように流されるのであった――。

○

俺はフレアたちと共に、第四守護門の先にある領域に足を運んだ。

フレアたちの玉座には時々訪れてはいたが、そこに住まう魔人の領域に来るのは久しぶりだ。

広場を見渡せる大きなバルコニーに到着すると、そこには既に数人の魔人が待機していた。

フレアの姿を見た魔人たちは、すぐに片膝《ひざ》を地面について「ジーニアス」と、訳の分からない言葉を発し頭を下げる。

「かっかっかっ。苦しゅうない。面を上げるのじゃ」

相変わらず外面だけは雄大なものをフレアは見せる。そんな姉を見て、アイシャは目をキラキラさせていた。

「閣下。たかだか人間との戦果報告という些細《ささい》な会の為に、わざわざお越しいただき、家臣一同感動で胸がいっぱいでございます」

キッチリとした黒スーツに身を包んで、一番前で頭を下げていた、腰に細長い尻尾を生やしている赤髪女魔人が、感謝の言葉を述べた。

「それでは、これより我ら魔人族の定例集会を、始めさせていただきますが、よろしいでしょうか？」

「うむ。許可しよう」

フレアの了承を得た女魔人は立ち上がり、バルコニーの縁の方に向けて歩き出す。

「のう。ラルフ」

隣にいるフレアが、尻尾で俺の体をツンツンと突いてきて、小声で話しかけてきた。

「どうした？」

「ラルフ。もし何か起きたら、なんとかして、わしを助けるのじゃよ」

いや、なんとかしてって、どれだけふわふわした要求だよ。

フレアの話を聞いている間に、女魔人がバルコニーの縁にたどり着き、広場に視線を下ろした。下の広場には、大勢の魔人が規律正しく整列をしている。

女魔人は大きく息を吸い、そんな者たちに向けて声を発した――。

「フレア・アルティメット・ジーニアス・レジェンドオブレジェンド・天上天下唯我独尊・一騎当千・才色兼備・超絶カワイイ・ゲーテ閣下！　の、ご光臨!!」

女魔人は、いきなり何かの詩を詠《うた》っているのかと思うような、長文の名を叫んだ。

それと同時に――「「「ジーニアス！　ジーニアス！　ジーニアス！　ジーニアス！　ジーニアス！　ジーニアス！」」」

フレアの家臣たちが、目を血走らせながら拳を振り上げ、ジーニアスコールを始めた。

近くでは、アイシャも「ジーニアス！」とノリノリで言いながら、小さな拳を振り上げている。

「……おい、フレア。あのふざけた名前は、いったい何なんだ？」

俺の問いに、フレアは少し気まずそうな顔をする。

「うっ、うむ。わしの名をカッコよく世界に轟《とどろ》かせたくての。呼んで欲しい二つ名を言っていたら、いつの間にかこうなっていたのじゃ。これでも、どうにかして短くなった方なのじゃよ」

なるほど。こいつの調子に乗りやすい性格が災いして、こうなったのか。というか、色々詰め込みすぎて、本当の名前が影薄くなってるじゃねーか。

「あと、私生活で使われると面倒くさいから、こういう正式な場だけにしてもらっておる」

「まあ、それはそうだろうな。こんな名を普段から使われていたら、まともに会話できないだろ」

家臣たちは相変わらず、ジーニアスコールを精一杯に続けている。

心酔し切った家臣たちの目を見て、俺は少し……いや、だいぶ引いた。

同じ魔族であるこの俺でさえ、この集団をどうにかしなければ、世界が闇《やみ》に包まれるのではないかと危惧してしまうほどに。

「フレア・アルティメット・ジーニアス・レジェンドオブレジェンド・天上天下唯我独尊・一騎当千・才色兼備・超絶カワイイ・ゲーテ閣下。どうぞ、こちらに」

長い名をスラスラと言った女魔人は、フレアをバルコニーの縁に案内する。

フレアは頷くと、そこに向けて足を前に進めた。何故か俺のマントを引っ張りながら——。

「おい。呼ばれたのはお前だろ？　一人で行けよ」

「嫌じゃ。だって、あいつら何か怖いんじゃもん」

確かに……。俺は珍しく、フレアに同調した。

家臣たちはフレアの姿を目にすると、一斉に喝采し始めた。

それに対し、フレアは手を軽く上げる。

すると、今までの騒音が嘘かのようにピタッと鳴り止《や》んだ。

「それでは、これより定例集会を始める！」

進行役の女魔人が、会の開始を宣言した。

下で整列している家臣たちの中から、一人の男魔人が数枚の書類を手に前に出た。

恐らく、何かしらの報告をしに来たのだろう。

緊張で強張《こわば》った表情をしている男魔人は、持っていた書類を自分の顔の前に持ってきて、大きな声を出した。

「我らの主、フレア・アルティメット・ジーニアス・レジェンドオブレジェンド・天上天下唯我独尊・一騎当千・才色けんびゃっ……」

長ったらしいフレアの名前を、男魔人は途中で噛《か》んでしまった。

だがそれも無理はない。こんな面倒くさい名前を、スムーズに言い切る方が難しい。

俺は特に気に留めなかった。しかし、周りは違った——。

周囲の魔人たちが、ざわざわと騒ぎ始める。噛んでしまった当の本人は、顔を青くして何故かぷるぷると震え出した。

「きっ、貴様ああああああっ!!」

進行役の女魔人が、いきなり怒号をあげた。

「貴様！　敬愛なる、我らが主様のご尊名を噛むとは、何たる不敬！　誰か、その不届き者を引っ立てろおおおおおっ!!」

鬼のような形相の女魔人が指示をすると、すぐに数人の魔人が飛び出してきて、噛んでしまった男魔人を取り押さえる。

「おっ、お許しください！　どうか、お許しください！　フレア・アルティメット・ジーニアス・レジェンドオブレジェンド・天上天下唯我独しょんっ！　あっ、また噛んじゃった!!」

取り押さえられた男魔人の隣に、鈍く光る剣を手に持った魔人が現れた。

「これより、フレア・アルティメット・ジーニアス・レジェンドオブレジェンド・天上天下唯我独尊・一騎当千・才色兼備・超絶カワイイ・ゲーテ閣下不敬の罪により、処刑を執り行う！」

女魔人がとんでもないことを宣言した。

おいおいおいおいおいおい。これは冗談じゃ済まされないぞ。そもそも何だ、その罪状は？　こんな、ふざけた罪の元に処刑なんてされたら、あいつ可哀想《かわいそう》すぎるだろ！

そんなことを思っている中、剣を持った魔人は躊躇《ちゅうちょ》なく、それを高々と振り上げた。

「ちょっ、ちょっと待つのじゃあああああっ！」

焦《あせ》ったフレアの声が響き渡り、それによって皆が動きを止める。

「閣下、どうかなされましたか？　あっ！　打ち首だけでは、その罪に対して余りにも寛大すぎましたか⁉　もっ、申し訳ございません！　今すぐ会議を開き、ありとあらゆる苦痛を伴った処刑を考案させていただきます！」

女魔人が地面に片膝をつき、真剣な顔をして頭を下げた。

「違うわっ！　どれだけ猟奇的なんじゃ、お前らは⁉」

「えっ！　違うのですか⁉」

「そうじゃ！　わしはただ、これくらいのことで、わざわざ処刑なんてしなくてもいいと言いたいのじゃ！」

女魔人は、フレアのどちらかというと常識的な言葉を聞くと、目を丸くして言葉を失った。

少しすると、女魔人はその場に立ち上がり、下にいる家臣たちに体を向けた。

そのまま動かなくなった女魔人の様子が気になり、俺は彼女の横顔をのぞく。

そして、女魔人の表情を見た俺も言葉を失った。

女魔人は――その両目から大量の涙を滝のように流し、体を小刻みに震わせていたのだ。

「皆の者！　よく聞け！　我らの主、フレア・アルティメット・ジーニアス・レジェンドオブレジェンド・天上天下唯我独尊・一騎当千・才色兼備・超絶カワイイ・ゲーテ閣下は、その寛大なお心で、この大罪を不問に処すと仰せられた‼」

女魔人は、片手を横にズバッ！　と振り、家臣たちに演説を続ける。

「私は、こんなにも寛容で慈しみ深いお方は知らない！　今、私は感動で心が震えている！　そして、それと同時に魔大陸創生神に感謝している！　こんな素晴らしいお方の、家臣でいられることをっ‼」

女魔人の気持ちが籠《こも》った言葉を聞いた家臣たちに、感動の輪が広がった。

家臣たちも、その両目からキラキラと光る涙を流し始める。

「ああ……閣下はなんて心の清らかなお方なんだ」

「俺、閣下の為なら、この命を何度でも投げ出せるぜ！」

「大聖人……閣下は大聖人だわ。これからは、この二つ名も新たに入れるべきよ！」

今まで捕らえられていた男魔人も、その目から涙を流していた。

「あっ、ありがとうございます！　閣下！　この御恩は、私の孫の孫……いや、末代まで語り継がせていただきます‼」

まるで、物語がハッピーエンドを迎えたように、大団円の雰囲気が広がる。

「フレアお嬢様。なんと立派にお育ちになられて……このベルフェルは、もう思い残すことは何一つございません！」

ベルフェルさんは、何を満足したのか、拳も握りしめ感動の涙を流している。

さらに横を見ると、アイシャは涙をハンカチで拭い、俺の顔を見ながら「うんうん」と頷いていた。

「分かるよ、ラルフにーちゃん。ラルフにーちゃんも、そのヘルムの中でいっぱい涙を流しているんだねっ！　アイシャ、分かるよっ！」

いや、一粒も流していないんだが……。何？　今、俺だけが泣いていないんだけど。俺がおかしいの？　俺の感性がおかしいのか？

あまりもの異様な雰囲気に、一瞬自分の常識を疑ってしまった。

「フレア・アルティメット・ジーニアス・レジェンドオブレジェンド・天上天下唯我独尊・一騎当千・才色兼備・『大聖人』・超絶カワイイ・ゲーテ閣下。寛大なお心に、家臣代表として感謝いたします」

目尻を赤くはらした女魔人が、頭を深々と下げた。

「ん？　ちょっと待て。今、名前がまた一つ増えた気がするのじゃが」

常識というものが歪《ゆが》んだ世界を目にし、俺はただ呆然《ぼうぜん》と立ち尽くす。

確かに魔族とは変わった者が多い印象だ。だがここまでとは――。

「なあ、お前らっていつもこうなのか？」

隣で、何とか騒動を収めホッとした表情を浮かべているフレアに問いかける。

「いや、今日はいつもより感情的になっている気がする。恐らく、他の四天王であるラルフが来たから、良いところを見せようとちょっと勇んでおるのかもな。まったく、ラルフには困ったものじゃな」

「なに、ナチュラルに俺のせいにしようとしているんだよ。お前が無理やり連れてきたんだろうが」

その後、定例集会は何とか問題なく進んでいった。

「それでは、これにて報告を終えるとする！」

女魔人が、終了の合図をした。

あれ以降、誰もフレアの名前を噛まなくてよかった。あいつの名前が呼ばれるたびに、まるで足がおぼつかない赤ん坊を見守るようなソワソワした気分になった。

俺は無駄な緊張感に少し疲れつつ、胸を撫で下ろす。

「フレア・アルティメット・ジーニアス・レジェンドオブレジェンド・天上天下唯我独尊・一騎当千・才色兼備・大聖人・超絶カワイイ・ゲーテ閣下。もしよろしければ、今ここで何かしらの魔法を見せてはいただけないでしょうか？」

女魔人が軽く頭を下げ、フレアに提言してきた。

「魔法？」とフレアは首を傾げる。

「はい。閣下の偉大なお力を目にすれば、家臣たちはそれだけで飯を三杯いけるほど歓喜して、今まで以上に志気を上げるでしょう。かくいう私もすごく！　すごーくっ、見たいです！」

女魔人は拝むように両手を握り合わせ、期待に満ちたキラキラした目でフレアに懇願した。

いや、何で魔法が、味が濃いおかずみたいになっているんだよ。そもそも、フレアがそんなことできるわけがないだろ。

思った通り、フレアは困った顔をしている。

「そっ、それはどうかのー。……あっ、あれじゃ！　もし、わしがここで力を使ってしまえば、ここら一帯は全て無と還ってしまう！　大事な家臣をそんな危険に巻き込めん！」

フレアはもっともらしい言い訳で、この場を乗り切ろうとした。

「なっ、なんと！　閣下のお力はそれほどまでとはっ！」

驚愕《きょうがく》の顔を見せた女魔人は、フレアの嘘を何一つ疑うことなく受け取った。

「そっ、そうでございますか。それは仕方がないですね……」

見たかったものが見られないと知り、女魔人は残念といったような表情をする。

「でっ、でもあれじゃのー。せっかく皆が集まってくれたからの。何か他にいい案はないかのー」

自称芸術家気質があるからなのか、無駄にサービス精神があるフレアは、少し考えるようなポーズをした。

そして少しすると、自分の拳で掌《てのひら》をポンと叩き「いいことを思いついたのじゃ！」と声をあげた。

俺はそんなフレアを見て嫌な予感がした。何故なら、こういう時のフレアは絶対にいいことを思いついていないからだ。

「ラルフが、わしの代わりに何か技を見せてやるというのはどうじゃ⁉」

「おっ、おい！　何でそうなる⁉　皆は、お前の力が見たいんじゃないのか⁉　俺の技を見てどうなるって言うんだよ⁉」

「いっ、いいじゃろ！　ラルフもわしと同じ四天王じゃ！　ということは、ラルフがしたことは、わしがしたと言っても過言じゃないはずじゃ！」

「いや、過言だろ！　どうやったら、そんな論理に行きつくんだ⁉」

断りを入れようとすると、フレアはまたマントを引っ張り、こっちを見上げてきた。

赤い目をウルウルさせ「ラッ、ラルフ～」と小さく声を漏らしながら見つめてくる。

こいつ、そうすればもう何でも言うことを聞いてくれると思っているな。

フレアの甘えた考えに呆れていると、今度は反対側のマントを誰かが引っ張ってきた。

そっちの方向を向くと、そこにはアイシャが口をへの字にして、ジト目でこっちを見上げていた。

「ラルフにーちゃん。……そんなわがまま言って、フレアねーちゃんをこれ以上困らせたらダメだよ」

アイシャは「困った奴だな」といったような顔で、やれやれと鼻息を吐いた。

「へっ？」

「いつも、フレアねーちゃんに助けられているんでしょ？　だったら、こういう時に恩を返さないと、フレアねーちゃんみたいな立派な四天王になれないよ！　それにほら、こういう機会を利用して練習しなくちゃ。成長することを諦めたら、怠惰でダメな大人になっちゃうよ！」

何故か、少女に意味不明な説教を食らった。

言葉を失っている俺の肩に、フレアは手を置いた。

「ラルフ。もう、そこまで言われたらやるしかないの」

「おっ、お前な……」

事の成り行きを見ていた女魔人は、自分の腰に手を添え苦笑いをする。

「仕方ありませんね。今回は、それで手を打つとしましょう」

いや何で、妥協案で渋々みたいな感じなの？

「さあ、ラルフ。そうと決まれば、さっさとやってしまうのじゃ」

俺はこの自分勝手な魔人たちに、ふつふつと怒りが湧《わ》いてきた。

「皆の者聞け！　これより、フレア・アルティメット・ジーニアス・レジェンドオブレジェンド・天上天下唯我独尊・一騎当千・才色兼備・大聖人・超絶カワイイ・ゲーテ閣下の代わりに、同じ四天王であるラルフ・オルドレッド殿が、皆の為に剣技を披露してくださる！」

女魔人は大声で宣言する。だが、それを聞いたフレアの家臣たちは、盛り上がりを見せない。

「えっ？　閣下の魔法は見ることができないのか？」

「がっかりだわ。せっかく四天王最強のお力を見られると思ったのに。最弱のだなんて……」

「しょうがないさ。閣下のお力は、俺たちみたいな下っ端にはもったいなさすぎる。こういうのは、もっと出世した時に残しておくものだよ」

「そうね！　そう考えたら、私もっと頑張らなくちゃ！　って思えてきたわ！　今日はまだまだ未熟な自分を鼓舞する為に、我慢するわ！」

随分と失礼なことを話し合い、納得した魔人たちは「しょうがない。見てやるか」といった顔で、俺を見上げてきた。

俺は手に、黒い大剣を召喚する。

「おっ、お前らなぁ……」

そのまま大剣を振り上げ、自分の体全体に暗黒オーラをまとわせた。

あまりもの膨大な暗黒オーラによって、空が暗闇《くらやみ》に包まれる――。

「お前らなああっ！　いい加減にしろよおおおおおおおおおっ!!」

久しぶりにキレてしまった俺は、その怒りのまま大剣を振り下ろした。

激烈な一撃が、大剣から放たれる。

漆黒の斬撃が轟音《ごうおん》と共に、魔人たちの頭上を飛び越えていった。

そして、斬撃は遠く飛んでいくと、はるか遠くにある一つの山に直撃した。

次の瞬間、山は「ドッカアアアアアアアアンッ!!」と大爆発を起こし、その身のほとんどが消え去ってしまった。

「……あっ、やっちゃった」

怒りで少し我を忘れてしまった俺は、理性を取り戻し、恐る恐る自分のしたことに対する周りの反応を見た。

隣にいる女魔人は、口を半開きにしてポカーンとした表情で、黒煙が上がる山だったものを見ていた。

下にいる家臣たちも、皆同様な表情をして、誰も一言も発しない。

しまった。つい本気を出してしまった。一応、俺は四天王最弱という体《てい》なのに、こんな圧倒的な力を見せてしまってはフレアたちの嘘がばれてしまう。

俺がそんな懸念を抱いている時、静まり返ったその場に大きな笑い声が鳴り響いた。

「かっ、かーっかっかっかっかっかっ！　見たか、我ら四天王最弱の力を！　言っておくが、わしはあれの十倍の力を保有しておるのじゃ！」

フレアの言葉で止まっていた時が動き出し、魔人たちはざわざわとしだした。

「きっ、聞いたか⁉　閣下は、あの十倍の力を持っておられるらしいぞ！」

「ああっ！　十倍がいったいどれ程のものか、ちょっと分からないけど、とにかく凄いことは分かるぜ！」

「やっぱり、私たちの閣下は天才的なお方だわ！　私、鳥肌が立っちゃった！」

まったく疑うことを知らない魔人たちは、主の言葉をそのまま鵜《う》呑《の》みにし、歓喜の声をあげだした。

「「「ジーニアス！　ジーニアス！　ジーニアス！　ジーニアス！　ジーニアス！　ジーニアス！　ジーニアス！」」」

再び、魔人たちは拳を振り上げ、馬鹿《ばか》みたいな掛け声を始めた。

「あっ、あれじゃぞ！　だから、むやみやたらにわしに力を見せて欲しいとか、言っちゃダメだからな！　もし、そうなったらあれじゃぞ！　もう大変なことになっちゃうんじゃからな！」

異様な盛り上がりで、すでにその存在を忘れさられた俺は一人そこで佇《たたず》む。

そんな俺のマントを、アイシャがクイクイと引っ張って屈《かが》むように促してきた。俺は彼女の目線に合わせるように、地面に片膝をつく。

「ラルフにーちゃん。よく頑張ったね。まだまだ目標は遠いけど、えらい、えらい」

アイシャはそう言いつつ、俺の頭をよしよしと撫でた。

「…………もう、なんでもいいです」

3章　魔大陸に迫る闇と能天気な四天王 ―――――― ✖✖✖✖

「ふうっ、疲れた。なんかもう……嫌だな」

俺《おれ》は珍しく弱音めいた言葉を口にしながら、自分の玉座に腰を下ろした。

「ラ、ラルフ様。一体どうなされたのですか？　いつもの身震いするような暗黒オーラが、弱弱しくなっている気がするのですが……」

クレマンスは、俺の様変わりに動揺しながら話しかけてきた。

「いっ、いや何でもない。みっともないところを見せたな。安心しろ、お前たちの主《あるじ》はいつもと変わりない」

俺は、慌てて弱まっていた暗黒オーラを強めた。

「おおっ！　流石はラルフ様！　それほどの力をこうも自由自在に操《あやつ》るとは！」

いけない。これはあくまで俺個人の問題だ。

それを、普段から真面目《まじめ》に働いてくれている家臣に、不安な思いをさせるなんて。

俺は反省しつつも、現状何一つ変わらぬ問題に頭を悩ませた。

どうして……どうしてこうなった？　……いや、原因は分かっている。

全《すべ》ての始まりは、先代の四天王が急に旅立たれてしまわれたからだ。

俺は、数年前に起きた急な不幸を思い出した——。


「父上！　母上！　お待ちください！」

俺は必死に二人を引き留めようとした。だが、二人はそんな俺を制止するように、決意めいた視線を送ってきた。

「止めるな、息子よ。もう決めたことなのだ」

「そうよ、ラルフちゃん。私たちの意志は、もう誰《だれ》も変えることはできないわ」

二人は吹っ切れたような顔をして、もう変えることのない判断を口にした。

対照的に不安げな顔をしている俺に、父上は歩み寄り肩に手を置いた。

「心配するな、息子よ。お前は十分に成長した。我々がいなくとも、立派に新たな四天王としてやっていける」

「ええ。ママも、ラルフちゃんのことを心から信頼しているわ。だから、ラルフちゃんも自分の力を信じて！」

二人は俺を励ますように、自分の息子に対する信頼を口にした。

だが、俺は納得がいかず、再度二人を止めようとする。

「いや、だからって急に四天王を引退して、世界旅行に行くなんて、無責任にもほどがありますよ！」

　そう。俺の両親は、何の前触れもなく引退をし、四天王の座を俺に押し付けて、世界旅行に向うと言い出したのだ。

「息子よ。わしはもう疲れたのだ。来る日も来る日も、四天王の一人として敵と戦い、主として家臣の期待に応《こた》える。わしはそんな日々に、もう終止符を打ちたいのだ」

「そうよ。パパは十分に頑張ったわ。それにママたちは結婚してから忙しくって、新婚旅行もまだなのよ。だから、これからは第二の人生をゆっくりと楽しみたいの」

　いつもの厳格な鎧《よろい》を脱ぎ捨て、ペアでラフな花柄のシャツを着た二人は、各々《おのおの》に自分の願望を口にした。

「それに、わしが唯一人間で認めたム、サ、シ・キ、ー、サ、も、とうの昔に冒険者を引退してしまった」

　父上は、時々この魔大陸に攻め込んでくる凄腕《すごうで》の剣士の名を口から漏《も》らした。

「そのうち、奴《やつ》に肉薄した者が現れるかと思ったが……。残念だが、そうはならなかった」

　自分が認めるライバルともいえる人物がいなくなり、父上は張り合いがなくなったのだ。

　俺も、そんな気持ちはある程度理解はしていた。だが、それでも譲れないものがあったのだ。

「はっ、話は分かりました。しかし、お二人以外にも、他の四天王の方々も同時に引退するとは、どういうことですか⁉」

俺が必死になっていたのは、このことがあったからだ。

「さあな。何故《なぜ》か偶然、他の四天王たちとタイミングが合ってしまった。まあ、奴らもそれぞれ考えて出した結論だ。わしらがどうこう言うこともできんだろ」

「いや、俺はまだいいですよ。何とか四天王の責務を果たせると思います。だけど！　他の三人はどう見ても無理です！」

普段のあいつらを見ていた俺は、客観的に見てその能力がない旨を伝えた。

「まあ、そう難しく考えるな。わしも最初の頃は、自分だけでなく仲間のことについて色々考えることもあった。だが、結局はなんだかんだいって上手《うま》くいったんだ」

「いや、あれはそんなレベルじゃないですよ！」

必死に抗《あらが》おうとしている俺に、母上はほんわかした雰囲気でなだめてきた。

「ラルフちゃんなら大丈夫よ。それによく言うじゃない。大好きな人の為なら、限界を超えた力を発揮できるって。ラルフちゃんも、限界突破しちゃいなさいよ」

「母上。そんな軽く限界突破しろと言われましても……。それに、俺はあの三人のことは大好きではないです」

「またまた～。子供の頃から、いつも仲良く四人で遊んでいたじゃない」

「いや、あれはただ付き合わされていたというか、なんというか……」

「じゃ、そういうことだ、息子よ。数年に一度は帰ってくるから、元気にしていろよ」

「ラルフちゃん。お土産買ってくるから、楽しみにしていてね」

「ちょっ、ちょっとお待ちを！　まだ、話は終わっていません！」

父上と母上は、俺の制止に耳を貸さず、そのままテレポートを使って何処かへ行ってしまった。


あれから数年――。一度も二人は帰ってきてはいない。

いったい何処で何をしているのやら。

なんだか、じっくりこれまでのことを振り返ってみると、俺の周りには無責任な奴が多すぎる気がする。

しかも不思議なことに、その投げ捨てられた責任が、全て俺の頭上に落ちてくるようになっている。

「あああああっ！　くそっ！　何で俺だけが、こんなにも頭を悩ませなくちゃいけないんだああああああっ！」

俺は両手でヘルムを覆《おお》い、フラストレーションを発散するように独り言を叫んだ。

「おおっ！　また一段と暗黒オーラを増幅なされた！　まるで底が見えない強大なお力。流石は我らの主、ラルフ様！」

目の前では、何故かクレマンスが目を輝かせ興奮していた。

○

魔大陸で、ラルフたちが不毛な争いをしている最中。

数キロの海を挟んで西側の大陸にあるクリスタ聖王国では、その国を統《す》べる上層部が、大きな会議室で渋い顔を突き合わせながら頭を悩ませていた。

ステンドグラスに囲まれた会議室は、外の光が入り込むことで様々な色が映し出され、とても神秘的な雰囲気を演出している。

だが、そんな心が洗われるような部屋では、重苦しい内容の話が行われていた。

「どうなされるのですか？　数多《あまた》の冒険者たちが四天王を討伐するべく、魔大陸に乗り込みはしていますが、どれも簡単に返り討ちにあっています」

「そうですな。しかも話を聞くに、全ての者が、その四天王で最弱の魔族に負けているというではないですか」

「このままいくと、いつ奴らが海を飛び越えて、こちら側に進攻してくるか……」

古《いにしえ》から断続的に起こってきた人間と魔族の争い。それは局地的に起こっていて、どちらかが圧倒的有利になるようなことはなかった。

故に、戦いはあるが現状を大きく変えることはなく、絶妙なバランスで、ある程度の平和は保たれていたのである。

だが、最近では四天王最弱に手も足も出ないという現状となり、人間界では大きな危機感が支配しつつあった。

もしこのままいけば、魔族たちは一気にクリスタ聖王国に襲い掛かり、全ての地を彼らに蹂躙《じゅうりん》されるかもしれないという恐怖と共に——。

「致し方ありませんな。こうなってしまえば、我々も魔族討伐に本腰を入れなくてはいけないようです」

長テーブルに着席している老人たちが、声をあげた人物に視線を送った。

「ミラー司祭」

いつも信者たちの懺悔《ざんげ》を熱心に聞いているミラー司祭がそこにいた。

「本腰を入れるとは、いったいどう意味ですか？」

老人の問いに、ミラー司祭は少し間を置き、口を開く。

「私は、我が国の軍を派兵し、魔族との全面戦争を提言させていただきます」

ミラー司祭の言葉に、その場にいた老人たちはざわつく。

「勿論《もちろん》。全面戦争は、こちら側にも大きな傷を負うリスクはあります。しかし、この現状を放置すれば、悪化の一途をたどるのみ。ここはこちらも覚悟を決め、決断をするべきかと」

現状を打破するには必要なこと。しかし、ミラー司祭の過激な提言に、周りにいた老人たちは渋い顔をする。

その空気を察したミラー司祭は、穏やかな口調で話し始める。

「皆さんの懸念は痛いほど理解できます。しかし、この国に住まう多くの民のことを考えてください。我々は、信心深い清らかな民の幸福を守る義務があります」

国民のことを想《おも》うミラー司祭の言葉に、周りの老人たちは頷《うなず》いた。

「さあ、皆さん。ここは国の為、国民の為、重い腰を上げ勇敢に戦いましょう！」

ミラー司祭は耳触りのよい演説をし、両手を横に広げた。

これにより、会議室の空気はミラー司祭の提言に賛同するものになった。

が――「待て」と短いながらも、全ての者の耳に入る芯《しん》の通った声が割って入った。

会議室にいた全ての老人が、上座に座っている一人の人物に視線を送った。

そこには、周りとは違って十代後半ぐらいの若い女性がいた。

「マリアベル教皇――」

一人の老人が、この国の最高権力者である教皇の名を口にした。

マリアベルと呼ばれた女性は、長く真《ま》っ直《す》ぐな銀髪を生やし、教皇という名にふさわしく神々しい白い衣装を身にまとっている。

マリアベルは慌てふためく他の老人たちとは違い、威厳のある面持ちで目を閉じていた。

マリアベルは、ゆっくりとその目を開く。

彼女の瞳《ひとみ》は、まるで星空を閉じ込めたように、いくつもの小さな光を輝かせている美しいものだった。

「確かに、現状我々は一人の魔族に辛酸をなめる状況。しかし、ここで焦《あせ》る気持ちに揺れ動かされて性急に物事を進めては、多くの民の血が流れる危険がある」

マリアベルは、浮足立つ老人たちをいさめる言葉を発した。それによって、ついさっきまで上がっていた熱が少し冷まされる。

だがこの中で一人、その意見に異議を唱える者がいた。

「その考えは、いささか悠長ではございませんか？　マリアベル教皇」

ミラー司祭が、明らかに不満を表した顔で言葉を挟む。

「ミラー司祭……」

司祭の隣に座っている老人が、教皇に対して少し不敬な態度ともみられる話し方をした彼の名を、いさめるように言う。

だが、ミラー司祭はその言葉を止めない。

「なんとなく現状に甘えていたからこそ、このような状況になったのではないですか？　もしこのまま奴らの勢力が拡大していき、取り返しのつかないことになれば……教皇はどう責任を取られるのか？」

少し圧のある問いをしたミラー司祭は、マリアベルに鋭い視線を突き付ける。

しかし、年にして何周りも若い彼女だが、ミラー司祭の睨《にら》みに何一つ怯《ひる》むことなく視線を返す。

ミラー司祭は勢いよくその場に立ち上がった。

「数では我々聖王国が圧倒しております！　その気になれば、魔族など恐るるに足らず！　教皇、ここは私の案を受け入れてください！　全ては善良な国民の為に！」

だが、ミラー司祭の出端をくじくように、マリアベルは「却下だ」と短く返答した。

「なっ、何故です⁉　教皇はこのままずるずると問題を先延ばしにして、国民の命をじわじわと失わせていくおつもりか⁉」

ミラー司祭は、国民の命を盾にするような言葉で、マリアベルに圧力を加える。だが、それでも彼女は不動の精神で、ミラー司祭から視線を逸《そ》らさない。

「さっきも言ったが、性急に物事を進めれば多くの国民の血が流れることになる。我々は、代替わりした四天王の真の実力も把握していない状況なのだ。一歩間違えれば、それこそ取り返しのつかないことになりかねない」

マリアベルの冷静な判断に、周りにいた多くの老人が同調するように頷く。

それでもミラー司祭は納得がいかない顔を見せた。

「では、このまま何も手を打たずに『ただ傍観してろ』とでもおっしゃるのか⁉」

ミラー司祭の問いに、マリアベルは目を閉じ――少し熟考した後にその煌《きら》めく瞳を見せた。

「この私自身が、魔大陸に出向こう」

マリアベルの言葉に周りがざわめく。

「私が直々に、腕に覚えのある冒険者をかき集め軍を編成し、問題の四天王最弱を討ち取る」

教皇の決断を聞いた老人たちは、唾を飲み込んだ。

「ミラー司祭。それでも、まだ何か言いたいことはあるのか？」

この国の最高権力者が直々に最前線に赴くと口にした。

その覚悟には誰も口を挟むことはできなかった。

「では、私は早速この件に取り掛かる」

マリアベルはそう宣言すると、椅子《いす》から立ち上がり颯爽《さっそう》と会議室を後にした。

周りの老人もそれにつられ、続々と部屋を出ていく。

そんな中、一人部屋に取り残されたミラー司祭は、眉間にしわを寄せギリギリと歯を鳴らしていた――。

○

豪勢な大きな屋敷の扉が、大きな音を立てて開く。

ずかずかと、明らかに不機嫌な感情を乗せた足音を鳴り響かせながら、屋敷の中にその人物が入ってきた。

「おっ、お帰りなさいませ。ミラー様」

侍女が、まるで起こしてはいけない赤ん坊を相手にするように、恐る恐る声をかけた。

だが、ミラー司祭はそんな彼女に一瞥《いちべつ》もせず、屋敷の階段に向けて足を進める。

何事も起こらなかったことに侍女は小さく胸を撫《な》で下ろした。が、階段の手すりにミラー司祭が手をかけた時に、彼は足をその場に止めた。

「そこのお前っ!!　何だ、この手すりは!?　埃《ほこり》が付いているではないか！　この私、ミラー司祭の高潔な手を、埃で汚すつもりか!?」

ミラー司祭の怒鳴り声に、侍女はすぐさま頭を深々と下げ「もっ、申し訳ございません。ミラー様」と謝罪の言葉を述べる。

「それと、庭園にある私の銅像も少し汚れていたぞ！　いつもピカピカに磨いとけと、言っているだろ！」

外では心優しい顔を見せているミラー司祭は、続けてこの屋敷に配属されている兵士たちに視線をやる。

「おい！　そこの貴様たち！　何だ、その腑《ふ》抜けた態度は!?　このミラー司祭を守るという、光栄な任に就いているという自覚はあるのか!?」

ただの八つ当たりとしか言えないミラー司祭の叱責に、兵士たちはただ頭を下げるしかなかった。

「ちっ！　どいつもこいつも、役立たずばかりだ！」

捨て台詞を吐いたミラー司祭は、そのまま大きな足音を鳴らして自室へと向かって行った。

嵐《あらし》が去ったのを確認した兵士たちは、雑談を始める。

「おい。今日はやけに機嫌が悪いじゃねえか。何があったんだよ？」

「ああ。それがな、今日の緊急集会で、ミラー司祭が魔大陸への総攻撃を提案したんだ。だけどよ、教皇様がその案を却下されてだな」

「なるほど。大の魔族嫌いのミラー司祭にとっては、面白《おもしろ》くねえ話だな。でもよ、前から思ってたけどよ。何で、ミラー司祭はあんなにも魔族を目の敵《かたき》にしているんだ？　確かに、魔族は俺たちにとって敵だよ。それでも、あそこまではならねえよ」

「そういえば、お前はここに配属されたのは最近だったな。昔からここにいる奴の間じゃ、有名な話だぜ」

「何だよそれ？　俺にも教えてくれよ」

聞かれた兵士が、問いかけた兵士の耳元に寄り、小声でその理由を伝える。

「……ええっ！　昔、秘《ひそ》かに心を寄せていた女が、イケメンの魔族を追いかけて、聖王国を出て行ってしまったからだと！　何だ、そのくだらねえ理由は！」

「しーっ！　聞こえるだろ！」

「あっ、ああ。すまん。……だけどよ、教皇様はよくぞ却下してくれたな。こんなくだらない理由で全面戦争にもっていかれたら、たまったもんじゃねえぞ」

兵士たちはミラー司祭が上って行った階段を見上げ、同時に大きくため息を吐《つ》いた。

自室に入ったミラー司祭は、未《いま》だに苛立《いらだ》ちを抑えられずにいた。

「くそっ！　あの若輩者である教皇は、何が重要か理解しておらん！　魔族なんていう害虫は、すぐにでも駆除しなければいけないのだ！」

悪態を吐いたミラー司祭は、激情した心をなんとか鎮めると、部屋の片隅にある棚に視線をやった。そして、そのままそこに足を進める。

ミラー司祭は、棚の中から一つの金庫を取り出し、蓋を開けて不気味な笑みを浮かべた。

「まあいい。私にはこれがある。もう少し……もう少しで、長年の悲願が達せられるのだ。くくくっ」

ミラー司祭の視線の先には——禍々《まがまが》しい雰囲気を漂わせた、一冊の黒い本があった。

少し時が経《た》ち、落ち着きを取り戻したミラー司祭は、黒い本を懐《ふところ》に隠して下の階に下りる。

「ミラー司祭。どうかなされましたか？」

配属されている兵が、姿を現したミラー司祭に問う。

「これから信者の、罪の告白を聞きに行く。準備しろ」

自分の予定を兵に伝えると、ミラー司祭はそのまま屋敷の外に出ていった。

そんなミラー司祭の姿を見送った兵たちが集まる。

「やれやれ。今日もか」

「ミラー司祭って……正直に言うと、滅茶苦茶性格が悪いのに、何故か信者に対する奉仕だけは休まずに続けているんだよな。不思議なもんだ」

兵たちは、揃《そろ》って自分の首を傾《かし》げた。

○

夜が更ける頃、この日の仕事を終えたマリアベル教皇は、従者と共に自室の前に到着した。

「御公務、お疲れさまでございました。マリアベル教皇」

神聖な衣装を身にまとった聖王国の最高権力者に、従者は深々と頭を下げた。

「ありがとう。お休みなさい」

品位のある、その身分に似つかわしい態度で答えたマリアベルは、そのまま自室の扉を開き中に入っていった。

マリアベルの自室は広く清潔で、家具や調度品は全て一級の物ばかりだ。正に一国の長に相応《ふさわ》しいと言える部屋であった。

部屋で一人きりとなったマリアベルは、そのお堅い表情を崩した。

「はーっ。疲れたー。まったく、何でもかんでも、私に頼らないでよねーっ」

とても教皇という立場の人間には見えない表情をしたマリアベルは、続けざまに言葉を発する。

「まあでも、私みたいな頼りがいがあって頭もいい完璧《かんぺき》な美少女に、全てを託したくなる気持ちも分からなくもないけど……」

かなり自己評価の高いマリアベルは、軽く自分の頭をかく。

能力も地位も高く、周りから期待値の高い目を向けられることに慣れている教皇だ。しかし、まだ年齢としては若い一人の少女というのも事実。日頃の疲れは、確実に溜《た》まっていた。

そんなマリアベルだが、砂時計の砂が落ち積もるように溜まる疲労を、リセットする手立てを持っていた――。

「さて……こんな時は、あれにかぎるわね」

マリアベルは期待に満ちた顔をして、扉のついた本棚の前に駆け寄った。

マリアベルは、ポケットから一つの鍵《かぎ》を取り出し、彼女以外が開けることのできない扉を開く。

扉の中には、数冊の本が丁寧に並べられていた。

「えーっと。今日は、ど・れ・に・しようかしら」

本を人差し指でなぞった彼女は「うん。やっぱり、これよね」と一つの本で指を止めて、それを取り出した。

マリアベルは本を手にしたまま、大きなベッドの上に寝転がった。

本を開き、ペラペラとページをめくっていく。

「ふふっ……ふふふふふっ」

顔を赤らめたマリアベルは時折足をバタつかせ、むずがゆそうに声を漏らした。

しばらくして、読み終えた彼女は、本を閉じて満足気に胸の上に置く。

「はーっ。やっぱり『白銀の騎士様』はカッコいいわね！」

気分の乗ったマリアベルは、ベッドの上に立ち、剣を持ったようなポーズを取る。

「やあ、やあ、やあーっ！」と、マリアベルは空想の剣を勇ましく振るう。

「悪党ども！　我が愛《いと》しの姫君には、指一本触れさせはしない！　この白銀の騎士にかかってくるがいい！　愛の力で、全てを蹴《け》散らしてくれる！」

逞《たくま》しい騎士の宣言の後、麗しい姫君が姿を現す。

「ああ、白銀の騎士様！　おやめください！　わたくしの為に、たった一人であの大軍に立ち向かうなど！」

愛する者の身を案じる姫君に、白銀の騎士は体を寄せた。

「姫君。私のわがままをお許しください。私には、唯一我慢のできないことがあるのです。それは――あなたの悲しむ顔です」

「なら……それなら！　あなたの身に何かが起これば、私の顔は永遠の悲しみに包まれてしまいます！」

「ご心配には及びません。何故なら、私はあなたの為になら、この世で最強の騎士になれるのですから！」

姫に対し、決め台詞を言い放った白銀の騎士は、再び剣を掲げ勇ましく敵軍の中に飛び込んでいったのであった――。

こうして、壮大な独演会を終えたマリアベルは、ベッドに仰向《あおむ》けで倒れ込んだ。

「ふふふふふっ。この『世界に疎まれた私を、白銀の騎士様が愛してやみません』は傑作ね！城下町にあった古書店で、たまたま見つかって運が良かったわ」

年頃の少女らしく、ラブロマンスにハマったマリアベルは、秘かにこういう類《たぐい》の本を集め、一人で楽しんでいたのであった。

マリアベルは、本のタイトルの下に書かれた著者名に目をやる。

「ふふっ。この作者の『稀代《きだい》の秀才・鬼才・大天才ゲーテ先生』の書く本はどれも素晴らしいわ。ペンネームは凄くバカっぽいけど、腕は一流よね。でも、自分のことを天才って書くのって、やっぱりバカっぽいわ」

何処かの魔術王が趣味で書いた小説を、何処かの執事が秘かに人間界にばら撒《ま》いていたのを、マリアベルがたまたま手にしていたのだ。

「はあーあっ。何処かに、こんな白銀の騎士様はいないのかしらね。……まあ、私のお眼鏡《めがね》にかなう男なんて、この世にはいないでしょうけど」

満足し切ったマリアベルは、何処かにいるかもしれない自分だけの騎士様を妄想し、今日も心地よい眠りに就くのであった。

○

緊迫した人間界の動きの中――騒動の渦中にいることに気が付いていないその場は、緩やかな雰囲気に包まれていた。

四天王が普段使用しているプライベートルーム。

各守護門のトップが、お互いの近況を報告する為に慣例的な集会を開いていた。

だが、今日はこの部屋には三人しかいない――。魔術王フレア、魔獣大帝リリア、氷結魔女ルシカ。

暗黒騎士ラルフは参加していない。というよりは、今までラルフはこの集会に参加したことがなかった。

そう。この集会はいわゆる『四天王女子会』なのである。

三人の前にある丸テーブルの上には、ベルフェルによって用意された大量の菓子が乗っている。年頃の少女たちは、各々自分の好きなお菓子を頰張《ほおば》りながら、幸せそうな顔をしていた。

「さて。今日の議題じゃが」

糖分を摂取し満足したのか、フレアが話題を切り出した。

「最近、ラルフの動きが怪しいと思わんか？」

フレアの問いに、他の二人は同時に頷いた。

「そうですわね。何か急に一緒に戦えとか。一体何なのでしょう？」

リリアは編み物をしながら首を傾げた。

「シャク、シャク、シャク。まったく。全て上手くいっているのに、ラルフは何が気にくわないんだろう……不思議」

メロン味のかき氷を食べているルシカも、スプーンを咥《くわ》えながら首を傾げた。

「きっとあれだろう。かまって欲しいんじゃろ？　あいつは結構寂《さび》しがり屋さんだからな。やれやれ、まったくしょうがない奴だ」

フレアは小さくため息を吐くと、肩をすくめて首を横に振った。

「ふふっ。そういえば、昔から何かあると、ラー君はすぐにわたくしたちの所に駆けつけてきましたからね」

リリアは懐かしむように、昔のラルフを思い返し、上機嫌に笑った。

「シャク、シャク、シャク。カワイイ奴」

ルシカは目を閉じ「ふっ」と、何故か上から目線で笑った。

「だが、あいつは妙にひねくれたところがあるからの。恥ずかしがって本心を言いおらん」

「寂しがり屋さんで、ひねくれ屋さんで、恥ずかしがり屋さん。ラー君は大変ですね。わたくしのお友達でも、こんな子はいませんよ」

「シャク、シャク、シャク。困った奴」

三人は含み笑いをしながら、またお菓子をいくつか食べる。

「だがの、あいつは戦うことだけは、わしらより上じゃからの。そのことを逆手にとって、最近調子に乗っていると思うのじゃ」

「まったく。人生とは戦いだけじゃないですのに。ラー君は、少し子供っぽいところがあると思いますわ」

「思い上がり良くない」

少し空気が変わり、三人はラルフに対する愚痴を言い出した。

「そろそろ、あれじゃな。ガツンと言ってやるかの」

「そうですわね。その方がラー君の為になりますわ」

「一発いっとく?」

ルシカはスプーンを咥えながら、拳《こぶし》をブンブンと軽く振った。

「よし！　あのわがまま坊主に、かましてやるかの！」

フレアは、意気揚々と席から立ち上がる。

「はい！　ラー君の将来の為に！」

リリアは、使命感に駆られたように席から立ち上がる。

「ラルフの泣いて謝る姿が目に浮かぶ！」

ルシカは、期待に胸を膨らませたように席から立ち上がる。

意見が合致した三人は、お互いの顔を見合わせながら、結束を固く結んだ。

「で、誰がラルフに言いに行くのじゃ？」

「…………」

「…………」

フレアの問いに、他の二人は動きを止めた。

いきなり訪れた静寂の時間が、プライベートルームを支配する。

三人はお互いの顔を、視線をキョロキョロと動かしながら見て、どう相手が動くのかを探り合う。

だが——結局は誰も、フレアの問いに対して答える者は出てこなかった。

「こっ、こほん」

フレアはわざとらしい咳払《せきばら》いをすると、立ち上がった勢いとは真逆に、物静かに席へと腰を下ろした。

　リリアとルシカも同様に腰を下ろす。

「まっ、まあ……あれじゃな。わざわざわしらが言いに行かんでも、あいつも十分に理解しておるじゃろう」

「そっ、そうですわね。これくらいのこと、子供じゃないんですから、自分でどうにかして欲しいですわ」

「てっ、手のかかる奴」

　一気に燃えさかる炎が鎮火された三人は、カップに入った紅茶をお淑《しと》やかにすすり、この話は無かったことにした。

「でっ、でも。もしラルフが怒って、どっかに行ってしまったらどうする？」

　ルシカが、少し不安げに二人に問いかける。

　それに対し、フレアとリリアは紅茶をすするのを止め、答えを持っていない難しい顔をした。

「そっ……そんなことあるわけなかろう！　あいつに限って。なっ⁉　かっかっかっかっ！」

「えっ、ええ！　ラー君はああ見えて分別がある人です。ふっふっふっ」

「ルシカ。変なことを聞くんじゃないぞ」

「ごっ、ごめん」

　揺れ動いた心をなだめる為に、三人は再び紅茶に口を付けた。

「まっ、そんなこと杞憂《きゆう》じゃ。ラルフは、結局はラルフだからの」

「ふふっ。そうですね、ラー君は子供の時から変わりませんから」

「そう。ラルフはルシカたちを見捨てられない」

三人は何故か自信ありげに、ラルフの献身を信じていた。

「そうじゃ。そうじゃ。忘れておった。なにせあいつは――」

フレアとリリアとルシカは同時に頷く。

そして、ラルフが自分たちの為に戦い続けるという一致した見解に至る理由を、息を揃えて口にした。

「わしのことが――」

「わたくしのことが――」

「ルシカのことが――」

「「「一番大好きだからっ!!」」」

各々が信じる根拠を口にした三人は、他の答えを聞き言葉を止める。

「ちょ、ちょっと待つのじゃ。ラルフが一番大好きなのは、わしじゃろ？」

「なっ、何をおっしゃっているの？　ラー君がわたくしのことが一番大好きなのは、誰もが認める真実ではないですの？」

「二人とも可哀想《かわいそう》。ルシカが一番なこと、知らなかった」

再び沈黙が起きる。そして、三人は同時に席から腰を上げた。

「ふざけるな！　ラルフは、わしのことが一番なんじゃ！　ラルフはな……えーっと、わしが頼めば、何でも言うことを聞いてくれるんじゃぞ！　わしがこう『ラルフ～』って言って、魅惑的な上目遣《うわめづか》いをしたらコロッと一発じゃ！」

「そっちこそ、ふざけないでください！　ラー君は、わたくしが編んだ物をいつも身に付けてくれますわ！　もう今では私服だけじゃなくて、寝具など身の回りの物は、わたくしが作った物ばかり！　わたくしへの愛がなかったらできないことですわ！」

「み、皆哀れ！　ラルフは、いつもルシカのかき氷を幸せそうに食べに来る！　もう、ラルフはルシカのかき氷がなければ生きていけない！　ラルフは、ルシカと一緒に世界にかき氷を広める運命！　二人ともルシカたちの邪魔をしないで！」

三人はお互いの目を睨み合《あ》い「うーっ」と唸《うな》り声をあげた。

「この分からず屋の、あんぽんたんの、すっとこどっこい！」

「何ですって!?　この、この、この、えーっと、お馬鹿《ばか》さん！」

「うううううっ……！　ルシカ負けない！　この、冷血な氷女！」

「いや、氷女はお前のことじゃろ！」

お互いに譲れないプライドがぶつかり合い、プライベートルームでは子供のような口喧嘩《げんか》が続くのであった。

まったく自分たちの責任について考えることのない四天王たちを、見つめる一つの目があった――。

三人を天井《てんじょう》の隅から見つめるその瞳の持ち主は、黒い小さな体に二つの翼と二本の足を持った魔物だった。

魔物は体の大半を占める瞳で三人を映し、その映像をある人物に送っていた――。

「あっ、あいつら……」

自分の玉座に腰かけている俺は、体をワナワナと震わせ、溢《あふ》れ出てきそうな怒りをどうにか抑えていた。

別にのぞき見をする趣味はない。だが、惨敗に終わった俺は、何かきっかけが摑《つか》みたくて、魔法で創り出した眷属《けんぞく》をあの部屋に送り込んだ。

あいつらは普段何を考えているのだろう？　この現状をどう捉《とら》えているのだろう？　と疑問に思って。

あいつら……本当に戦う気が、これっぽっちも無いんだな。

まあ、ある程度の予想はしていたが……。

そう。俺は予想していた。何故なら、フレアたちが戦いというものに対し、どうしてここまで忌避するかの理由を知っていたからである。

あいつら、まだあのトラウマを引きずっているのか？

そう思い、俺は遠い過去の記憶を呼び起こした――。

○

時は十年前。まだ俺たちが、年端も行かない幼少の頃――。

「おい！　待てよ、お前ら！」

俺の呼び止めに、フレア、リリア、ルシカが振り返る。

「何じゃ⁉　もたもたしていると、終わってしまうじゃろ！　ラルフも早く来るのじゃ！」

フレアは、好奇心に満ちた目で尻尾《しっぽ》をフリフリしながら、俺に向けて手招きをする。

「いや、だから！　そもそも行っちゃダメなんだって！」

「ん？　どうしてじゃ？」

「父上たちから、言われているだろ⁉　人間たちとの戦いは危険だから、見に来ちゃいけないって！」

この日、フレアたちは、普段見ることを禁じられていた人間たちとの決闘を、こっそりと盗み見をしようとしていたのだ。

真面目な性格の俺は、父上たちの忠告通り、フレアたちの蛮行を止めようとする。

だが――「そんなこと、知らんのじゃ！」と、フレアは聞く耳を持たない。

「父ちゃんが、あそこまで見に来るなと言うことは、きっとすごーく面白い遊びをしているのじゃ！　それを見られたら邪魔をされると思って、わしらをのけ者にしているのじゃ！」

フレアは握《にぎ》り拳を作り、メアラメラと目を燃やし、少し怒り気味に言う。

「わたくしは、きっとお父様たちは、愉快なお友達と一緒に可愛《かわい》らしいお人形さん遊びをしているると思いますわ！」

リリアは、両手を胸の前で握り合わせて、目をキラキラさせながら言う。

「ルシカは……ママたちは、ルシカたちに隠れてあまーいお菓子を、お腹《なか》いーっぱいに食べてると思う」

ルシカは、口で人差し指を咥え、妄想を膨らませた顔で言う。

「いや、どう考えても違うだろ！　もしそうなら、幻滅するわ！　逆に、そうじゃないことを願うわ！」

「まったく。ラルフは、いっつもいっつも、うるさいのー。だったら、付いてこんかったらいいじゃろ」

頑固者で、基本的に決めたことは捻《ね》じ曲げないフレアは、そそくさと足を前に進めた。リリアとルシカも、フレアの後を追う。

俺は、そんな三人の後姿を眺めつつ——「……あーっ。お前ら、ちょっと待てよ！」と、結局は付いていくことにしたのである。

昔からそうなのだが、どうしてか俺は、あの三人を放っておくことができなかったのだ。

魔王城の中にある各守護門に繋《つな》がるゲートに、俺たちは大人たちに見つからないように隠れながら入って行った。

そして、俺たちは父上が守護する第一門の所に到着した。

「ほれほれ、急ぐぞ！　くーっ、楽しみじゃ！　いったいどんな遊びをしているのかの？　きっと見れば、わしのインスピレーション？　ってものが刺激され、この天才がさらに磨かれるのじゃ！」

もう、人間との決闘がちょっとした遊びだと勘違いしていたフレアは、期待に胸を膨らませていた。

こうして、俺たちは父上たちが戦いをする場所に足を踏み入れた。

「こっちじゃ、こっちじゃ」

フレアが、置かれてあった木箱の物陰に入り、ひそひそ声で俺たちを呼ぶ。それにつられ、俺とリリアとルシカも、そこに入り隠れた。

「おっ、早速始まるみたいじゃ！」

俺たち四人は、ひょっこりと木箱から少しだけ顔をのぞかせる。

視線の先には、父上を含めた四天王が勢揃いしていた。

向かいには様々な武器を手にした人間たちが、決意めいた表情をして構えている。

「この世に暗闇《くらやみ》を落とす悪しき者、魔大陸四天王よ！　今日こそ決着をつけて、俺たちは平和を取り戻す！　覚悟しろっ！」

人間の冒険者の一人が、剣を高々と上げて宣戦布告をする。

「何を言っとるのじゃ？　悪い奴らはあいつらの方じゃろ？　意味が分からん」

「わたくしも、あの方がおっしゃっている意味が分かりませんわ」

「ルシカ……むずかしいこと分からない」

世界の常識では、魔族が悪というものだ。だが、こっちからすれば魔王城に攻めてくる人間が悪になる。

まだ子供で、世界の情勢を知らないフレアたちは、不思議そうに首を傾げた。

「ふっ。愚かな人間どもよ。何度向かって来ても、結果は変わらないことが理解できぬか？」

暗黒騎士である父上が、漆黒の剣を構え、余裕の態度で受け答えをした。

四天王と冒険者。二つの陣営が熱を帯びていき、緊張感が高まる。

もう、いつ戦いの幕が切って落とされても不思議ではない。

「おおっ！　ついにじゃ！　ついに、父ちゃんたちがどんな遊びをして、人間たちを追い払うのか見れるのじゃ！」

「ええ！　きっと今から、皆さんは人形を取り出して遊び始めるのですわ！　見てください！　わたくしも、いざという時はお仲間に入れてもらう為に、お気に入りのポッポちゃんを持ってきましたの！」

「お菓子。お菓子どこ？　ルシカ、お腹が減ってきた」

三人は、目を輝かせて父上たちの方に釘付けになる。

「いや、どう考えても違うだろ！　あれの何処に、そんな能天気な雰囲気が流れているんだよ⁉」

依然として現状を把握していないフレアたちにツッコんでいる時――「いくぞおおおおっ！四天王おおおおおっ！」と冒険者が叫び、父上たちに飛び掛かった。

そこからは、まさに壮絶というものだった。

両者は互いに大技を繰り出し、命のやり取りをする。戦場の周りには熱風と冷風が吹き渡り、俺たちの肌をひりつかせた。

そして、周りに飛び散る血、血、血。

父上たちの攻撃を受けた冒険者たちの体から、真っ赤な鮮血《か》が舞い上がる。

あまりにも刺激的な光景を前にして、俺は隣にいたフレアたちの反応が気になり横を見た。

すると、当初はドキドキワクワクの表情で見ていたフレアたちの顔は――恐怖に支配された真っ青《さお》なものへと変わっていたのである。

「なっ……なななななんじゃ、あれは？　ラッ、ラルフ！　父ちゃんたち、全然楽しそうじゃないぞ！　すっ、凄く怖い顔をしておるぞ！」

フレアは震える指で父上たちを指し、カチカチと歯を鳴らしている。

「はわわわわっ。かっ、可愛くない。ラー君！　全然可愛くないです！　お人形さん遊びは、どこに行ってしまったのです⁉」

リリアは目を潤ませ、持って来ていた人形のポッポちゃんを抱きしめながら、体全体を震わせている。

「…………」

ルシカは一言も発せず、ただただ遠い目をして何処に焦点を合わせているのか分からない。

「どっ、どうしよう⁉　ラルフ！　わし、もう帰りたいぞっ！」

「待て！　危ないから、今は下手に動くべきじゃない！」

「ラー君！　わたくし、もう見ていられないですわっ！」

「リッ、リリア……くっ、苦しい！　そんな力一杯で抱き着くな！」

「…………」

「おい、ルシカ！　こんな時にもたれかかってくるな！　……ルシカ？　おい、ルシカ！　お前、気を失っているのか⁉」

父上たちが壮絶な戦いをしている中、木箱の裏では大きな混乱が巻き起こった。

「うおおおおっ！　四天王！　俺たちは決して負けはしないぞおおおおっ！」

「はーっ、ははははっ！　惰弱な人間ども！　捻《ひね》り潰《つぶ》してくれるわっ！」

戦場で人間と四天王の、お互いに引かない怒号が鳴り響く。

「うわあああああああん‼　ごわいよおおおおおおおっ‼」

「はわわわわっ！　ラー君！　ラー君！　ラー君！」

「おっ、お前たち落ち着け！　こんな狭い所で暴《あば》れるな！　ルシカも、起きて自分の足で立て！」

木箱の裏で、少女たちの悲鳴が鳴り響く。

こうしてカオスな状態の中、俺たちの初観戦は過ぎ去っていったのである――。


「シクシクシク……」

「うううううっ……」

なんとか無事に最後まで見届けることができた俺たちは、行きしなとは真逆のテンションで帰路に就く。

フレアとリリアは、俺の両腕にそれぞれ抱き着いたまま泣き止《や》まない。

背中には、気を失ったままのルシカが乗っている。

「……わっ、わし決めた」

フレアは袖《そで》で涙を拭いながら、声をあげた。

「何だよ?」

「わし、将来四天王になっても……ぜえええええええったい！　戦わんのじゃ！　わしは、これから芸術一本でやってくのじゃ！」

フレアは拳を握り締め、高らかに宣言をした。

「わたくしもです！　わたくしが四天王になった時は、戦いとは無縁の愛を世界に叫びますわ！」

リリアは持ってきた人形を掲げ宣言する。

「ルシカは……あまいお菓子だけ食べてる」

ルシカがボソリと背中で呟《つぶや》く。

「お前たち、四天王になった時って……いったい、いつの話をしているんだよ?」

この時の俺は、将来こんなことになるとは思っておらず、小さくツッコむだけだったのだ。

そして時は過ぎ、俺たちは父上たちから四天王の座を譲り受けた。

後は説明するまでもない。あいつらは子供の時に誓った通り、戦いというものから逃げ、自分がしたいことだけをするダメな四天王に成長してしまったのだ。

過去の苦い思い出を蘇《よみがえ》らせた俺は、大きくため息を吐いた。

本来は色んな手順を踏んで、徐々に四天王として成長していくべきだった。

だが、いきなりあんな過激な光景を子供時分に見せられてしまっては、トラウマになってしまうのはある意味当然と言えば当然だ……。

四天王としての役割は、あいつらが最初に勘違いしていたように、遊びのように楽しい事と思えれば話は違ったのかな？

今ではもうありえない可能性に、俺は思いを巡らす。

「遊びか……」

俺はボーっとしながら、何気なく呟く。

ここで、俺の脳裏に閃《ひらめ》きという名の雷が落ちた――。

同時に、勢いよく玉座から腰を上げる。

「遊び！　そうだ！　遊びだ！　いや、でも待て……。今、あいつらは俺に対して警戒心を持っている。だとしたら、これには他の第三者が必要だ」

ぶつぶつと独り言《ご》ちる俺は、顎に手を添え、思考を巡らす。

そして――ある一つの答えに行きついた。

「そうだ。俺にはあの子がいる。……いや、でもあの子はある意味猛毒だ。もし、こちらに引き入れれば、開けてはならない禁忌の箱を、開けてしまうことになるかもしれない」

一つ間違えれば、自分にとって大きな問題を引き起こしてしまうかもしれない、諸刃《もろは》の剣《つるぎ》のような解決策に、俺は頭を悩ます。

だが、このままこの状況を放置しても、何も解決にならない。いや、むしろどんどん問題が深刻になっていくだろう。

覚悟を決めろ。俺は四天王の暗黒騎士ラルフ・オルドレッドだ。

万が一のことが起きたとしても、この俺自身が全てを解決すればいいこと。

「ふふっ、やってやる。やってやるぞ。あいつら、覚悟しろよ。ふふふっ」

心を決めた俺は、ある計画を開始することにしたのであった。

4章 自信のない天才剣士テレサ ―――― ✖✖✖✖

さて……あそこに行くとするか。そろそろあの子の状態も確認しなくては、と考えていたところだし。

俺《おれ》は、自分の前に手を出して「テレポート」と詠唱し、出来上がった黒い渦の中に入っていった。

黒い渦から出ると、竹林の中だった。

日の光が竹と竹の間から入り込み、幻想的な雰囲気が広がる。

ここは空気が澄んでいて、いつ来ても心地がいいな。

俺は大きく深呼吸をして、普段住んでいる魔大陸では味わえない美味《おい》しい空気を味わった。

「ふうっ。さて、さっそく会いに行くか。どうなっているか楽しみだな。……ちょっと怖い気もするけど」

二つの気持ちが混在する、奇妙な感情のまま足を前に進める。

竹林の中を少し歩くと、先に光りが強くなっている空間が目に映る。俺はその空間の前で足を止めた。

目の前には広大な草原が広がり、その奥には小さな村があった。

竹林の出口の前で草原の周りを軽く見渡す。

「えーっと。何処だ？　訓練中なら、あの覇気ですぐに居場所は分かるんだが……」

そう呟《つぶや》きながら、あの子を引き続き探す。そして、時間はそうかからずに探し人は見つかった。

彼女は草原の真ん中で、一人で佇《たたず》んでいた。

穏やかな風に、一つに束《たば》ねられた銀髪をなびかせた少女は、目を閉じたまま腰に付けた剣に手を添えている。

なるほど。精神統一をしていて、あの覇気を抑えていたのか。だが、あれ程のものを、この俺に感知されないくらいまでに消し去るとは、流石だな……。

俺は感心しながら、彼女の横顔を見続ける。

少しすると彼女は目を見開き、まるで星空を閉じ込めたような瞳《ひとみ》を見せた。同時に手を添えていた剣を腰から抜き去り、それを横一線に振り抜く。

さっきまで吹いていた穏やかな風が止まり、彼女の一振りが空間を切り裂いた。

急激に上がった覇気が、俺の肌をひりつかせる――。

その中で、少女は続けて剣技を繰り広げる。

常人ではとてもできない動きで、様々な所に瞬間移動したように現れ、ぶれのない美しいフォームで剣を振る。

その度《たび》に音や時が止まったような衝撃が草原に広がり、かなり離れた距離にいる俺の体を撫《な》でる。

もし、彼女の前に敵が存在したのなら、有無も言わせずにその身は切り刻まれただろう。

少しの間だが、かなり濃密な鍛錬を終えた少女は剣を鞘《さや》に納め、体の熱を外に逃がすように静かに息を吐いた。

少女の日課である修行を見届けた俺は、竹林を出て彼女に向けて歩を進めた。

そんな俺の存在に少女は気が付き、こっちに顔を向ける。

「ウルフさん！　来てくれたんですね！」

ついさっきまで歴戦の戦士のようにキレのある顔をしていた少女は、俺の顔を見るとその表情を緩め、朗らかな笑顔を見せて駆け寄ってきた。

「お久しぶりです。テレサさん。修行は順調みたいですね」

俺の言葉を聞くと、テレサは軽く目を伏せて表情を暗くした。

「……いえ。相変わらずダメなままで。お師様も、まだまだだと」

「そっ、そうですか。厳しいお方ですからね」

あの爺さん、相変わらずあのままなのか。まあ、あ、あの性格だから、ある意味この子をこんな

小さな村に留《とど》めていることができているとも言えるのだが。

心の中で小さくため息を吐《つ》きながら、彼女の言ったお師様に呆《あき》れる。

この銀髪の少女は、俺が定期的に会わなければならないと考えている唯一の人間だ。

何故《なぜ》、四天王である俺が、この一見普通の少女にそこまで執着しているのかというと、単純に監視の為だ。

さっき見たように、このテレサは、人間の域を軽く超えた天才剣士なのである。その実力は、魔大陸にいるほとんどの魔族を凌駕《りょうが》するほどだ。

この俺でさえ、このままこの少女が順調に成長していくと考えると、危機感を抱くぐらいだ。

だが、そんな人間界では英雄になれる器を持つ彼女は、この『トルヘロ村』という田舎村から、一度も出たことはなかった。

よって、彼女の本当の実力を知る者は、俺ともう一人という僅《わず》かな者しかいないのだ。

「おー。ウルフや。久しぶりじゃのー」

少し離れた所から、俺の偽名を呼ぶ、老人の声が聞こえてきた。

声の方に顔を向けると、そこには白髪と白い髭《ひげ》を生やした、初老の男が一人いた。

「どうも、ムサシさん。お元気そうで何よりです」

俺はそう言いながら、テレサがこの村から出ない理由に向けて頭を下げた。

「そうかしこまらんでくれ。わしらは、同じ弟子を持つ同士ではないか」

そう。俺は一応、この天才剣士の師匠なのである。

話は数か月前にさかのぼる。

いつものように趣味である人間界の旅をしていた俺は、今まで感じたことのない強烈な覇気を感じ、このトルヘロ村にたどり着いた。

しかし、村の中を回っても、俺が感じた覇気を持つような強者らしき者は見つからなかった。

何かの勘違いだったと思い、俺は村を後にしようとした。だが、そこでこのムサシに呼び止められる。

この村で道場を開いているというムサシは、何故か自分の弟子であるテレサとの手合わせを要求してきた。

強い押しに弱い俺は、普通の少女に見える彼女の相手を適当にして、その場を後にしようとした。

だが――テレサの実力は想像のはるか上を行ったのだ。この俺が、魔大陸最強の俺が、少し本気を出さなくてはいけないほどに……。

そこで、俺はこの村の近くで感じた、尋常ではない覇気の持ち主が彼女だと知った。

壮絶な手合わせの結果、俺はなんとか彼女に勝利する。

ここで、一つ想定外のことが起きた。テレサの師匠であるムサシが、俺の実力をいたく気に入り、彼女の新たな師匠になるように懇願してきたのだ。

勿論《もちろん》、最初は断った。だがよく考えると、魔族にとって今後間違いなく脅威になる彼女を、放っておくこともできないと思い直したのである。

そして、テレサの監視という名目のもとに、俺は彼女の師匠になることを快諾したのである。

「お師様……どうだったでしょう？」

テレサが自信なさげに、さっき見せた剣術の感想をムサシに聞く。

それに対し、ムサシは少し難しい顔をした。

「……テレサよ。あれがお主《ぬし》の全力なのか？　わしにはまだ、お主の中で『これぐらいでいい』という甘えが見えたぞ」

手厳しい厳格な師の顔で、ムサシは弟子に対して教えを説く。

「もっ、申し訳ございません……」

テレサは明らかに落ち込んだ表情を浮かべた。俺はそんな二人をやれやれと、特に口を挟まず眺めていた。

「ふう。もう今日はいい。テレサよ、せっかくウルフが来てくれたのじゃ。道場に戻って、夕餉の準備をしておいてくれ」

「はい、分かりました。お師様」

テレサは、俺とムサシに頭を下げると、小走りをして村の方に去って行った。

彼女の姿が見えなくなった頃合《ころあい》いを見て、俺は「ムサシさん」と、隣にいるいまだに厳格な表情をしている老人に声をかけた。

するとムサシはいきなりガバッと自分の顔を両手で覆《おお》い──「ああああああああっ‼

またやってしまったああああああっ‼」と、絶叫したのであった。

「ムサシさん。相変わらずですね」

ムサシは俺の言葉を受けて、目を少し潤ませながらこっちを見てきた。

「見たか⁉　あの剣捌《さば》きを！　何あれ⁉　凄《すご》すぎじゃろ！　天才じゃろ！　あんな動き、わしでもできんわ！　もう、わしの全盛期超えてない⁉」

さっき言った手厳しい忠告とは正反対の褒め言葉が、ムサシの口から次々と出てきた。

すると、俺たちから少し離れた所にあった大木が、誰《だれ》にも触れられていないのに真っ二つに割れた。その大きな身は地に倒れ「ドオオオンッ！」と音を立てる。

この摩訶不思議な現象を見たムサシは、その大木に指をさし、口をパクパクさせながら俺の顔を見てきた。

「やばくない？　あまりもの剣筋に、事象が追い付いてこれんかった。ねえ、やばくない？」

ムサシは驚きすぎて、何故か若者の言葉遣いになった。

「いや……なら、素直にそう言えばいいじゃないですか」

普通なら、誰もがすることを促す。だが──。

「そんなことできたら、こんなに苦労しておらんわ！」

至極真っ当な提言に、ムサシは逆ギレをしてきた。というか、俺の周りにはこういう奴《やつ》が多くないか？

「わしは、テレサが子供の時からずーっと、こういう『手厳しいお師様』でやってきたんじゃ！　今更そんなキャラ変をできるわけがなかろう！」

「キャラ変って……いや、でも少し褒めることぐらいいいじゃないですか」

「何を言っておる⁉　わしの性格を知っておるじゃろ⁉　わしは、自分が心の底から気に入った奴には、どーしても素直になれんことを！　所謂《いわゆる》、ツンデレキャラだということを！」

白髪だらけの爺さんは、俺に向かって自分の属性を高らかに言い放った。

というか、爺さんのツンデレキャラって……誰得なのだろう？

「以前、お主にも話したじゃろ？　わしがまだバリバリの冒険者だった頃の話を……」

ムサシは遠い目をして、自分の過去を思い出すような顔をした。

俺はそれを見て（またあの話か……）と心の中で呟く。

「ムサシさん。今日ここに来た理由はですね、実はこの前から頼まれていたことを引き受けようと思いまして――」

このまま放っておくと、とてつもなく長くなると知っているので、ムサシの話に割って入ろうとする。

だが、ムサシは遠い目をしたまま「若かりし頃のわしは――」と言葉を続けた。

この爺さん。本当に人の話を聞かないな。

俺はどこか既視感のある、自分本位な人物を前に諦《あきら》めに似たため息を吐く。

「若かりし頃のわしは、クリスタ聖王国一の剣士と言われておった。当然そうなれば、魔大陸に幾度も足を踏み入れることになる」

人間界の通念として、魔族を打ち倒すことは世界の平和を取り戻すことと同義だ。だとすれば、力を持った者が皆の期待を背に、魔大陸に攻め込んでくるのはある意味自然なことなのだ。

「血気盛んであったわしは、そこである一人の魔族と出会ったのじゃ」

ムサシは目を閉じ、小さく息を吐くと――。

「魔大陸四天王の一人――暗黒騎士と!!」

いきなり目をカッと見開いたムサシは、運命の相手の名を言った。

四天王暗黒騎士。その名は俺のことを指す。だが、もちろん年代的に、ムサシは俺のことを言っているわけではなかった。

ムサシが言っている暗黒騎士とは、一代前の四天王。俺の父上のことを指していた。

「わしは、暗黒騎士の剣術に一目惚《ぼ》れした。今でも目をつぶれば、奴の美しい剣筋が鮮明に蘇《よみがえ》ってきおる」

何故か、ムサシは嬉《うれ》しそうな表情を浮かべ、父上の評価を口にした。

「人間とか魔族とか関係ない。あれだけの剣術を身に付けるには、相当の鍛錬が必要じゃ。奴の一振りだけで、人となりが手に取るように分かった。だから、わしは奴と種族の垣根を越えて仲良くなりたくなったのじゃ」

ここでムサシの表情は暗くなった。

「だが、知っての通りわしはこんな性格じゃ……。自分の真意を伝えるのが恥ずかしくての。思ってもない悪口を、次から次へと奴に向けて言い放ってしまったのじゃ」

まるで恋する乙女のムサシ爺さんは、ため息を吐きながら首を横に振る。

「もーう、そこからは売り言葉に買い言葉じゃ。わしが『世に仇《あだ》なす四天王め！　この剣士ムサシ・キーサが（さりげに自分の名前を紹介）その首を討ち取ってやる！』と言えば、奴は『ふははっ！　貴様のような惰弱な人間など、この暗黒騎士が捻《ひね》り潰《つぶ》してくれるわ！』と言い合いになっての」

いや、人間の冒険者と魔大陸四天王の会話としては、ごく普通のやり取りなんだけどな。この爺さんの話を聞いてからだと、何とも言えない気分になる。

「そして結局のところ、仲違《なかたが》いしたまま、わしは冒険者を引退してしまったのじゃ……あーっ！　もう！　素直になれない、わしのバカバカバカバカ！」

ムサシはそう言いながら、自分の頭をポカポカと叩《たた》いた。

毎回ムサシがこの話をするたび、一体どういった感情で聞けばいいのか分からなくなる。というか全然可愛《かわい》くないから、爺さんがそんな乙女キャラみたいなジェスチャーをするな。

「引退後のわしは、自分の田舎に戻ってきて小さな道場を始めた。もう、あの刺激的な日々が帰ってくることはないと思っておった。そんな時に、テレサが現れおったのだ」

　ここにきてやっとテレサの話だ。

「昔の冒険者仲間があの子を連れてきおって、育ててやってくれと頼まれての。最初は、自分の身を守れるぐらいの護身術でも教えてやるかと思っておったんじゃが……何⁉　あの圧倒的才能！　天才すぎるじゃろ！」

　ムサシが言う通り、あのテレサはまごうことなき天才だ。それは、魔大陸最強の俺自身が認める。

「あっという間に、わしはあの子の才能に惚れ込《こ》んだ。そう……惚れ込んでしまったのじゃ」

　まるで悲劇が起きてしまったような口ぶりで、ムサシはテレサへの思いを語った。

「そこで、またわしの属性が出てきてしまいおった！　素直にテレサの才能を褒めればいいものを、厳しいお師様的言葉で一度も認めてやらんかった！　その結果。その結果……」

　ムサシは体をワナワナと震わせると、ぶわっと涙を流しながら声を張り上げた。

「その結果、テレサは自分のことを弱いと勘違いしてしまいおったのだーっ‼　その上、自分に自信が持てないから、引っ込み思案の人見知りという性格になってしまうというオマケ付きで！」

　あまりにもバカバカしい理由に、俺は冷めた目でムサシの独演会を見ていた。

そう。俺も初めてこの話を聞いた時は信じられなかった。あれだけの才覚と実力を持ちながら、自分を弱いと勘違いしているなんて。

だが、テレサと共にいると、それは嘘《うそ》ではないことを知った。

彼女はいつも自分の力を卑下し、その性格からこの村から出ようともしない。

今では、かなり親しく話せるようになったが、出会った時はいつも目を伏せて顔を赤らめながらボソボソと蚊の鳴くような声で話していた。

「ひっ、悲劇じゃ。何とも言い難《がた》い、悲劇じゃ……」

ムサシは、まるで運命のいたずらでこうなったかのように顔を伏せた。

「いや、全《すべ》てあなたのせいじゃないですか。というか、普通に褒めてあげたらいいじゃないですか」

「だから、それができたら苦労はしておらんわ！　ったく、お主は何度この話を聞けば理解ができるんじゃ？」

この爺さん……いったい何処から目線で言っているんだ？

「でも、ムサシさんは、僕に本心を言ってくれたじゃないですか。そういう感じで素直になればいいんですよ」

「……ふむ。何故か、お主とは旧知の仲だったかのような感じがしてのぉ。自然と胸の内を明かしてしまうんじゃ。ウルフは爺殺しの才能があるのかもしれんのぉ。この罪作りな男め」

何故か含み笑いをしているムサシに、（全然嬉しくねーよ）と俺は心の中で毒づいた。

「でも、このままだと何も改善しませんよ。ちょっとずつでも変わる努力をしたらどうですか？」

まるでカウンセリングをしているように、俺はムサシに助言をする。

だが、やはりここでもムサシは聞く耳持たずで、首を横に振る。

「わし、もう爺さんじゃよ。この年になるまで、ずーっとこの感じでやらせてきてもらったんじゃよ。もう死ぬまで、ずーっとこのままじゃよ」

「なに開き直っているんですか？　少しは師匠として責任を感じないんですか？」

「だ・か・らっ！」

ムサシはいきなりにじり寄り、俺の両肩を力強く摑《つか》んできた。

「だからっ！　お主に、テレサを連れて世界を旅する修行をさせてくれと、頼んでおるんじゃないか！　わしから離れて、新しい世界を見ることで、きっとこの現状を打破できるはずなのじゃ！」

そう。旅人としてここを訪れた俺は、以前からムサシに、テレサを同行させることを頼まれていたのだ。

魔族として、あの最強剣士をこの村から出したくなかったので、その頼みをなんとかかわしていた。

だが――状況は変化した。あの三人を自立させる為には、どうしてもテレサの力が必要なのだ。

だから俺は――「いや、だからさっきから、その頼まれごとを受けますって、言っているじゃないですか」と返事をした。

「おおっ！　本当か!?　だったら何故早くそれを言わん!?　なんじゃ？　もしかして、お主は焦《じ》らしプレイが好きなのか？　すまんが、わしはそういう特殊な属性は持ち合わせておらん」

「いや、最初からあんたが話を聞かなかっただけだろ。それに、僕にそんな変なキャラ付けしないでもらえます。っていうか、自分でツンデレキャラって自称している人に、特殊とか言われたくないいんですけど」

「一体どうやってそれほどの力を身に付けたのかは知らんが、お主ほどの強者《つわもの》と共に旅をすれば、きっとテレサの才能はさらに解放されるはずじゃ！　あれほどの者を、こんな小さな村で腐らせていくのは、世界に対して罪じゃからの！」

ムサシは、とうとう願いを受け入れた俺に向け、喜びの声をあげたのであった。

○

日が沈み、外では虫の鳴き声が響く中、俺たちはムサシの道場にいた。

座布団の上に腰を下ろしている俺の目の前には、黒いお膳が置かれ、川魚や山菜のおかずと白飯、味噌汁が並んでいる。

パーティーなどで出てくる豪勢な料理ではないが、家庭的で味わいがありそうな料理に俺は唾を飲み込む。

俺はどちらかというと、こういう料理の方が好みである。

「さあ。弟子の作った粗末なものだが、遠慮なく食ってくれ」

爺さんに促され、俺は「頂きます」とお辞儀をしてから、料理を口に運ぶ。

「おっ、美味しい」

俺は自然とその言葉が口から漏《も》れた。

この爺さん。こんな美味い料理を粗末とは……相変わらずテレサの前だと素直になれないんだな。そう言いながら滅茶苦茶がっついているし。

もの凄い速度でおかずを平らげているムサシを見て、俺はめんどくさい人と思った。

それにしても、あの剣術にこの料理の腕前。このテレサという人間は、いったいどれだけハイスペックなのだろう。

俺は向かいに腰を下ろして、こっちの反応を気にしているテレサに目を向けた。

「テレサさん。とても美味しいですよ。特にこの味噌汁なんて、落ち着ける味がして……もう毎日飲みたいくらいですよ」

偽りのない感想を述べると、彼女は急に顔を赤らめ、慌てたようにムサシの方に顔を向けた。

「どっ、どどどどどうしましょう⁉　お師様！　私、ウルフさんにプロポーズされちゃいました！」

俺は、すすっていた味噌汁を吹き出しそうになった。

「ええっ！　何ですかそれは⁉　いつ僕が、テレサさんにプロポーズをしたんですか⁉」

思ってもいなかった展開に、俺は慌てふためく。

「だって、以前にお師様が言ってました！　男性は好きな女性ができたら、求婚の為に一生のお味噌汁を要求してくるって！」

何だと？　人間界にはそんな習わしがあったのか？　全然知らなかったぞ。

「どっ、どうしましょう。ウルフさんとの新婚生活……」

テレサは何かを妄想するかのように、天井《てんじょう》を軽く見上げる。すると、いきなりボッと顔を真《ま》っ赤《か》にして、もぞもぞと何かを呟きながらもじもじと体を縮こまらせた。

「ちょっ、ちょっと待ってください、テレサさん！　今のは、別にプロポーズをしたわけではありません！　ただ単純に、味噌汁の味の感想を言っただけです！　他意はありません！」

俺の否定の言葉を聞いたテレサは「そっ、そうですか……ごめんなさい。私、早とちりしてしまいました」と、何故か顔をシュンとさせ、うつむいてしまった。

そんな俺たちのやり取りを見ていたムサシは、やれやれと首を横に振る。

「ウルフよ。そんな紛らわしいことを言って、誤解を生んではいかんぞ。まったく困った奴じゃ」

てめーだけには、言われたくねえよ。ジジイ。

少しして一番早くご飯を食べ終わったムサシが、お茶をすすりながら口を開いた。

「テレサよ。実はお主に伝えなくてはいけないことがある」

いきなりの話題に、テレサは軽く首を傾げた。

そして、ムサシは先ほど俺が引き受けた、共に旅に出て修行をすることをテレサに命じたのであった。

「ええっ！　お師様、私困ります！」

テレサが慌てたように、ムサシに詰め寄った。

彼女があんな大きな声を出すとは、よほど動揺しているのだろう。

「落ち着くのじゃ、テレサよ。これはお主の為になることなのじゃ」

「私の為に？」

「そうじゃ。知らない世界を知ることで、きっとお主は一段にも二段にも上に昇ることができる」

「でも、ここでもお師様に訓練してもらえます」

「テレサよ。同じ所にいては、新たな発見はないぞ。それは停滞に繋がる。お主自身も、既に気が付いているのではないか？」

「そっ、それは……」

「それに、お主には剣術を磨くこと以外にも、成し遂げたい目標があるのじゃろ？　この村を出てウルフと共に旅することは、それに近づくにはうってつけではないか」

ムサシは、テレサが強くなること以外にも、何か別に求めているふしがあることを口にした。

「テレサよ。未知の場所に足を踏み出すのは怖いじゃろう。しかしじゃ。いつまでも怯《おび》えてばかりでは、何も変わらん。勇気を出して、前に踏み出すのじゃ」

ムサシに説得されたが、テレサはいきなりの変化が怖いのか、体を小さく震わせている。そんな彼女の肩に、ムサシは優しく手を添えた。

「大丈夫じゃ。お主にはウルフが付いておる。あやつはわしに『どんなことがあっても、テレサは自分の命に代えても守る』と約束してくれおった」

いや、そんなこと一言も言っていないんだが。また変な感じで誤解されたらどうするんだよ。

「お主も、ウルフのことは気に入っておるじゃろ？」

テレサは、俺の方をちらりと見て、顔を赤くして小さく頷《うなず》いた。

「わしも、ウルフのことを信じておる。安心するのじゃ。もし何かあれば、あやつに頼ればいい。お主は一人ではない。どうじゃ？　そう考えれば、気が軽くなるじゃろ」

師からの言葉に、テレサは少し沈黙すると、胸の前に手を持って来てキュッと握《にぎ》り拳《こぶし》を作り——「分かりました。お師様。私、頑張ります」と決意を口にした。

話が付き、ムサシは俺の方に体を向けた。

「ウルフよ。わしの弟子を頼んだぞ。わしが言うのもなんじゃが、これはきっとお主にとっても有益なことになるじゃろう」

「分かりました。でも、いきなり世界中を連れ回すのは大変なので、時々連れて帰ってきますね」

「おお。それは助かる。お主を信頼しているとはいっても、やはり弟子の元気な姿を目にできると安心じゃ」

ムサシはテレサの方を見る。

「テレサよ。ウルフから色々と学ぶのじゃよ。ここでもう一度、挨拶《あいさつ》をしなさい」

「はっ、はい。あの……一生懸命頑張りますので、よろしくお願いします」

テレサは、俺に深々と頭を下げてきた。

「はい。一緒に大きな目標を達成しましょう！」

そうだ。この機を活かし、必ずや俺の目標を達成してみせる！

○

旅の準備をする為に、トルヘロ村にもう一日滞在した翌朝。

俺とテレサとムサシは、道場の前にいた。

「着替えはちゃんと持ったか？　ハンカチは持ったか？　水は持ったか？　金は持ったか？」

旅の支度《したく》を終え、色々な物が詰められたバックを背負ったテレサに、ムサシが心配げに尋ねている。

その姿はまるで、娘が一人で都に移住するのを見送る父親のようだ。

だが、心情的にはその通りなのだろう。幼少の時から自分の手で育て上げ、しかもこの村から外に出したことがない。

まさに、箱入り娘を送り出す親のそれなのだろう。

「はい。はい。はい。はい。はい」

対して、テレサは生真面目《きまじめ》に師からの問いかけに返答している。

「では、テレサさん。そろそろ行きましょうか」

このまま待っていれば、日が暮れるまでこんなやり取りが続きそうなので、俺は割って入り出発を促した。

「はい。分かりました。では、お師様……行ってまいります。今まで、お世話になりました」

テレサは、目に涙を浮かべ、ムサシに頭を下げた。

「テレサさん。別に、今生《こんじょう》の別れじゃないですし。またすぐに帰ってこられますよ」

「そうですね。ごめんなさい。今までの色々な思い出が、蘇ってきて」

テレサは着物の袖《そで》で涙を拭った。

その姿は、親離れをして独り立ちをする、心細く不安でいっぱいなただの少女だ。

まあ、その中身はそんな可愛らしいものではないが……。

「じゃあ、わしはここで見送るとしよう。ウルフよ。ふつつかな弟子を、どうか頼んだぞ」

「はい。任せてください。きっとテレサさんは立派に成長できますよ」


ムサシと別れた俺とテレサは、村の出口まで足を運んだ。

すると、そこには多くの人間が待ち構えていた。一瞬、何事かと身構えたが――。

「テレサちゃん！　元気でね！」

「テレサちゃん！　おじさん、寂《さび》しくなるよ！　うぐぐっ！」

「何泣いてんだい、あんたは！　テレサちゃんの門出を笑顔で見送ろうって言ってたのは、あんただろ⁉」

それは、うわさを聞きつけテレサを見送りに来た、この村の人間たちであった。

この光景を見るに、ずいぶんと村の皆に慕われていたのであろう。まあ、礼儀正しく、優しい性格をしている彼女なら、何も不思議なことじゃない。

「皆さん……」

テレサは、さっきまでは何とか堪《こら》えていた涙を、ポロポロとその星空のように輝く瞳から流した。

それを見た村人たちも、感極まって泣き出してしまった。

「うぐっ！　おい、兄ちゃん！　テレサちゃんを幸せにしないと、この村の男たちを全員敵にすることになるぞ！」

「何言ってんだい⁉　女たちもさ！」

いや……何で俺が、まるでテレサをお嫁さんにして、この村から連れ出すみたいな感じなの？

「ははっ。皆さんのご期待に沿えるよう頑張ります」

変にツッコむと、面倒くさい感じになると思ったので、俺は適当に合わせておいた。

これは、あの三人わがまま娘の相手を幼少からしてきて培った、俺の処世術だ。

「では、皆さん。行ってまいります」

テレサは村人たちに手を振り、俺の後ろを付いてトルヘロ村を後にした。

○

俺とテレサは、村を出てしばらく何処かの村に繋《つな》がる道を歩いていた。

「テレサさん。疲れたらいつでも言ってください。休憩を取りますので」

「大丈夫です。ウルフさん」

生真面目な性格のテレサは、もちろんそう返事をする。

「そうですか。……そういえば、聞きたいことがあるんですけど」

「何でしょう？　ウルフさん」

「この前、ムサシさんが『剣術を磨くこと以外にも、成し遂げたい目標があるのじゃろ？』と言ってましたけど、その目標って何ですか？」

俺の問いに、テレサは足を止めた。

「……実は、私は自分の家族を知らないんです」

家族を知らない？　そういえば、テレサはムサシの知り合いが連れてきたと言っていたな。

「だから、いつかこの世界の何処かにいる、私の本当の家族を見つけたいな。と思っていまして」

「なるほど。じゃあ、この世界の旅に出るという修行は、その目標を達成するのに合致したものだったのですね」

「はい。まあ、難しいとは思いますけど……」

「テレサさん。諦めてはいけませんよ。どんなことも諦めさえしなければ、可能性はあり続けますから」

「はい。そうですね。私……諦めません」

テレサは、星空のように煌《きら》めく瞳をこっちに向け頷いた。

テレサの家族か……。これだけの才覚を持って生まれてきたのだ。恐らく、テレサの血筋はそこら辺にいるただの人間のものではないだろう。

俺は少しテレサの出生に興味を持ったが、今は考えるのを止めた。何故なら、今は他にやらなくてはいけないことがあるからだ。

「あっ、これも聞きたかったんですけど。テレサさんは、この世界の情勢とかは、どれくらい知っているのですか？」

俺は話のついでを装い、問いかける。するとテレサは困った顔をして、目を伏せた。

「ごめんなさい。お師様と剣の修行しかやってこなくて、あまりよく知らないんです」

「魔族とかは？」

「魔族？」

テレサは首を傾げ、本当に知らないというような表情をした。

箱入り娘とは思ってはいたが、ここまでとは……よし！　俺にとっては好都合だ。

俺は心の中で、小さくガッツポーズをした。

「いいんですよ。別に気にしないでください。これからゆっくりと、色んなことを学んでいけばいいですから」

「はい！　頑張ります！」

テレサは胸の前で小さな握り拳を作り、意気込んだ表情を浮かべた。


しばらく歩き、俺たちは人目のつかない森林の中に足を踏み入れた。

少し入った所で足を止め、周りを見渡す――。

よし。ここならいいな。

俺は振り返り、無垢《むく》な表情をしているテレサを見た。

「テレサさん」

「はい。何でしょう?」

「魔法は知っていますよね」

「あっ、はい。お師様に教えてもらって、私も魔法はいくつかできます」

「それは良かったです。僕もいくつか使えます。その中で、テレポートという移動魔法があるんですけど。これがあると、今まで行ったことのある場所に、一瞬で移動することができるんですよ」

「そっ、それは凄いですね。流石はウルフさんです！」

テレサは、目をキラキラさせ、尊敬の眼差《まなざ》しでこっちを見てきた。

まあ、実際にこの魔法は最上級魔法の一つで、人間でできる者は恐らく二、三人くらいであろう代物ではある。

「で、今からこの魔法を使って、僕の故郷に行きたいと思っています」

「ウルフさんの故郷？」

「はい。そこで一つ僕の故郷について、テレサさんに言っておかなければいけないことがあります」

「何でしょう？」

テレサの問いに、俺は少し深刻そうな表情を作った。

「僕の故郷は、実は……凄く変わった人が多いんです！」

「ええっ！」

俺は世間知らずなテレサを利用する為、自分の故郷が、魔族が住まう魔大陸だということは伏せておいた。

「僕の故郷は、目立ちたがりやの人が多く、自分の個性を表現する為に、様々なコスプレをしている人がそこら中にいるのです」

「コスプレ？」

「コスプレっていうのは、色々な衣装に身を包んで、全くの別人に変身することです」

魔族は外見上、人間とは違う種族が多い。テレサが向こうに行ったとき、魔族と出会って人間とは違う種族と悟られないように、あらかじめ嘘を伝えておくことにした。

本来なら、こんな嘘は通じるはずがない。だが、相手は自分の村を出たこともなく、魔族という存在も知らない程の世間知らずだ。

しかも、テレサはこっちが罪悪感を抱いてしまうほど――。

「そっ、そんな人たちがこの世界にはいるのですね」

罪悪感を抱いてしまうほど、無垢な性格をしているのだ。

「はい。ですから、向こうに行って、ちょっと変わった人がいても驚かないでくださいね。それに、ちょっと性格も個性的な人も多いですけど、気にせずにスルーしてくれればいいですから」

「わ、分かりました。ちょっと怖いかもしれないですけど……」

テレサは、体を少し縮こまらせてプルプルと震え出した。

「大丈夫です。僕から離れないでくれたら、ちゃんと守りますよ」

俺の言葉を聞いて、さっきまで怯えた表情をしていたテレサは、「はっ、はい！　お願いします！」と言い、パッと少し明るい顔になった。

何もない所に手を伸ばし「テレポート」と詠唱する。いつものように目の前に黒い渦が出来上がった。

「じゃあ、この中に入ると、僕の故郷に移動します。準備はいいですか？」

「はっ、はい！　私もまがりなりにも剣士です！　覚悟は決めました！」

テレサはいつものように、自分の胸の前で小さな拳を作る、彼女にとっての覚悟を決めたポーズをした。

そして、俺はテレサと共に、黒い渦の中に入って行った。

四天王最弱の自立計画

The weakest of the four kings' Independence strategy

四天王最弱と呼ばれる俺、実は最強なので残りのダメ四天王に頼られてます

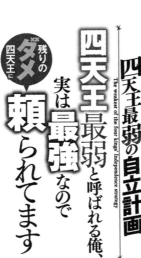

5章 テレサとひよっこ四天王の楽しい遊び

俺《おれ》にとっては馴染《なじ》み深い土地に降り立った。

空は曇り空に覆《おお》われ、生ぬるい風が肌を撫《な》でる。足元の黒土は少し湿気を含み、ゴワゴワした感じの踏み心地だ。

ここは俺の担当する守護領域だ。

「さっ、着きましたよ」と後ろにいるテレサへ声をかける。

彼女は目をつぶりながら、俺の背中の服を摑《つか》んでいた。

何で、俺の知っている奴《やつ》らは、怖くなると人の背中を摑んでくるのか……。

そんなことを考えている最中、テレサは閉じた目をゆっくりと開く。

「わっ、わあ……」

テレサは、生まれて初めての外界に、目を丸くして驚いた表情をした。

「どうです？　僕の故郷は」

「こっ、こんなにも景色が変わるものなんですね。気候も全然違う」

「ははっ。僕の故郷は、トルヘロ村から凄《すご》く遠い所にあるんですよ。まあ、こんな違いも楽しんでください。色々なものを見て、体験するのも大事な修行です」

そう、テレサにはここに修行をする為に来てもらった。必ずや、その修行で強くなってもらうからな。

俺は心の中で、ほくそ笑んだ。


俺とテレサはテレポートを使い、一番奥の魔王城の前にたどり着いた。

「テレサさん。ここは僕の道場みたいな所です」

「へー。凄く大きくて立派な道場ですね」

大きくそびえ立つ城を見上げて、テレサは感心したように感想を述べた。

「ですから、ここにいる人たちは皆僕の門下生です」

家臣たちは俺と出会ったら、当然四天王に対する接し方をしてくるので、そういうことにしておく。

「皆には、テレサさんも一応新たな門下生という説明をしておきます。ですから、同じ仲間だと思ってください」

「はい。分かりました」

「あと、うちの門下生は少々血気盛んなところがあるのですが、何か因縁めいたことを言ってきても、挨拶《あいさつ》だと思って気にしないでください」

いくら俺の家臣だとしても、やはり種族としては魔族なので、俺の目の届かない所で何を言ってくるのか分からない。

もし、それでテレサと戦うこととなれば、大惨事になることは間違いないので、こういう注意をしておくことにした。

まあ、もしそうなれば十中八九、テレサが勝つことになると思うが。

「では、道場に入る前に、一つしておくことがあります」

俺はそう言って、テレサに向けて「コスチューム・チェンジ」と魔法を唱えた。

すると、テレサの体にフード付きの黒いマントがまとった。

「これは?」

テレサが、急に変わった自分の姿を見ながら問いかけてくる。

「ここに来る前に言いましたが、僕の故郷はコスプレが一般的なのです。ですから、ありのままの姿だとかえって悪目立ちしてしまうのですよ」

「そうですか。わざわざ、私の為にありがとうございます」

テレサはペコリと礼儀正しく頭を下げた。

勿論《もちろん》、コスプレがどうとかは嘘《うそ》で、そのままの姿だと周りに人間だと気が付かれるかもしれないので、変装させたのだ。

「さて、これで準備はできました」

俺はテレサの頭に、両側頭部に小さな翼が生えたかのように見えるフードを被《かぶ》せた。

「じゃあ、行きましょうか」

「はい！　頑張ります！」

こうして、俺はテレサを連れて城の中に入って行った。


「お帰りなさいませ。ラルフ様」

目的地に向かう際中、すれ違う家臣たちがその場で膝《ひざ》をつき、頭を下げてくる。

「うむ。ご苦労」

俺はなるべく短い言葉で、家臣への返事をしていく。

テレサは、そんな俺に少し不思議そうな顔をしながら後ろを付いてくる。

「あの。ウルフさん」

「ん？　どうかしましたか？」

「いえ、あの。門下生の皆さんが、ウルフさんのことをラルフ様って、違う名前を呼んでいるような気がするのですが」

俺は少し冷や汗をかくが、これに対する答えはちゃんと用意している。

「ははっ。僕の故郷はかなり田舎なのです。だから、あれは訛《なま》りなのですよ」

少し苦しい言い訳だが、多分通用するだろう。何故《なぜ》なら――。

「そっ、そうだったのですか。ごめんなさい。私そういうことがよく分からないので」

そう。テレサは純心で無垢《むく》なのである。良心は少し痛むが、俺の言うことは、大抵は信じてくれるのだ。

「ではテレサさん。これから『ひよっこ道場』に向かいますよ」

俺は話を本筋に持っていく。

「ひよっこ道場……ですか?」

「はい。ここにいるのは所謂《いわゆる》上級者の弟子たちです。ですが、ここから離れた所に初心者が集まる、ひよっこ道場があるのです」

別にそんな名の場所は存在しないが、俺の作戦の都合上、そういうことにしておいた。

「まだ剣士として駆け出しの者たちが、修行する所です。テレサさんには、そこで他の者たちと共に楽しく訓練してもらう予定です」

そう。俺の作戦は、テレサを使ってあの三人を訓練させることだった。

この前の出来事から、正面から行けばあの三人は警戒し、俺の言うことなど聞くはずがない。

だが、一見ただの少女(実力は化け物級)を連れていけば、悟られずに訓練させることができるだろうと算段したのだ。

勿論、やり方は色々工夫しなくてはいけないだろうが、とりあえずは入り口に入らない事には何も始まらない。

「あっ、一つ言っておきますが。ひよっこ道場では、修行のことは『遊び』と言ってくださいね」

「遊びですか？」

当然、テレサは要領を得ない顔をした。

「はい。皆は初心者ですから、修行なんて言ったら、なんか凄く大変な気がしてしまうでしょ。そこで、ひよっこ道場では遊びと言って、楽しい気分で強くなろうというコンセプトなんですよ」

「なっ、なるほど！　流石です、ウルフさん！」

疑うことを知らないテレサは、当然のように俺のでまかせを信じた。

「では、早速行きましょう。きっとテレサさんなら、ひよっこ道場の皆とお友達になれますよ」

「とっ、友達ですか？」

テレサは、そわそわしだし、顔を少し赤らめた。

○

俺とテレサは、ひよっこ道場もとい、四天王のプライベートルームの前に移動していた。

「では、入りましょうか。中には、テレサさんと共に『遊び』をしてくれる愉快な仲間たちがいます。気の優しい人たちですから、きっとすぐに仲良くなれますよ」

プライベートルームには、すでに俺によって呼び出しを受けた三人娘たちが待機している。後ろでは、人見知りのテレサがもじもじと体を動かし、緊張感を漂わせている。だが、それは俺も同じだ。

あの三人に、外の者と接触させるのは初めてだ。一体どんな化学反応を生むか、俺自身も完全な予測は付かない。

俺は唾を一つ飲み込み、心を落ち着かせると、プライベートルームの扉を両手で開いた。

「おおっ、ラルフ。お前がわしらを呼び出すとは珍しいの。わしの新作が見たくなったのか？」

「いいえ。きっと寂《さび》しかったのですわ。ラー君はそんな寒い心を温めたくて、わたくしの手作りのセーターが欲しくなったのですわ」

「いや、きっとルシカのかき氷が食べたくなったのだろう。ルシカのかき氷は、中毒性があるから」

「どれもこれも、全く違う」

入室して早々、好き勝手言い出してきた娘たちの言葉を否定した。

「なんじゃと？　じゃあ、何を——」

フレアが次の言葉を発しようとした時、何かに気が付き口を止めた。

そのほかの二人も同様に、普段ではない異変に気が付き、警戒感も持った表情をしている。

彼女らの視線はある一つの所に集まっている。当然その行先は、俺の後ろにいる一人の少女だ。

「おい。ラルフ。そこにいるのは、一体誰《だれ》なんじゃ？」

フレアは、さっきまでのテンションの高い声から、少し声を殺して問いかけてきた。

「ああ。この子は、遠い知り合いからしばらく面倒を見てくれと頼まれて――」

「ちょっ、ちょっとこっちに来るのじゃ！」

俺はフレアに腕を摑まれ、リリアとルシカと共に部屋の隅に引っ張り込まれた。

「なんだよ。相変わらず強引《ごういん》な奴だな」

「これっ！」

フレアは、いきなり俺の頭をポカリと叩《たた》いた。

「いてっ！　いきなり何をするんだ？」

「お前こそ、何をしているんじゃ⁉」

「そうですわ！　そうですわ！」

フレアとリリアが声を張り上げ、俺に詰め寄ってくる。彼女らの後ろでは、ルシカが「うんうん」と頷《うなず》いていた。

「いくら、知り合いから頼まれたからと言って、ここに連れて来るなんて、お前は頭がポンコツさんなのか⁉」

フレアは、俺の頭を指でぐりぐり押してきて、怒りの声をあげた。

こいつに頭のことを揶揄《やゆ》されるのは腹立たしいが、俺は心を落ち着かせ柔らかい笑みを見せた。

「大丈夫だよ。あの子は、優しいただのか弱い女の子だ。皆が心配するような危険人物じゃない」

「もし、そうだとしてもじゃ。わざわざ、ここに連れて来る必要はないはずじゃ！」

もちろん、そう言うだろう。だから、俺はそれに対する答えを用意しておいた。

「俺もそう思った。だけどな……あの子が、どうしても尊敬するお前たちに一目会いたいと言い出して聞かないんだ」

「ん？　どういうことじゃ？」

俺は水面に垂らした釣り糸が、浮きと同時に沈んだような感覚を得て、獲物を引っ張り上げにかかった。

「ああ、実はな。以前にお前たちの作品について、あの子に話したらな。お前たちに――心酔してしまったんだ！」

俺の言葉を受けて、三人は衝撃を受けた顔をした。

「そっ、その話は本当か？」

「ああ。フレアさんの芸術作品は、百年に一度。いや、千年に一度の鬼才だ！　って、言ってたぞ」

「わっ、わたくしには？」

「リリアさんの編み物は、どれもこれも心がこもっていて、身に付ける人全てを幸せにする愛の結晶！　って、言ってたぞ」

「ルシカは⁉　ルシカは⁉」

「ルシカさんの作るかき氷は、聞いただけでも我慢できない。それを食べないなんて、人生の半分を損しているに違いない！　って、言ってたぞ」

三人は、俺のでっちあげたテレサからの評価を聞くと、顔を紅潮させ体を小さくプルプルと震わせた。

そして、三人はお互いの顔を見合わせると、同時に頷いた。

「しょっ、しょうがないのー。そこまで言うのなら、わしの弟子として側《そば》に置いておくのもやぶさかではない。まあ、見る目は一応あるみたいだしの」

「そっ、そうですわね。わたくしの編み物の本質を理解しているみたいですし。愛があるお方だということは分かりました」

「ルシカのかき氷を食べないと、人生の半分も損をさせてしまう。ルシカには、そんな悪逆非道なことはできない」

水深に引きこもった三人娘を、見事に釣り上げた俺は、心の中でほくそ笑んだ。

そう。こいつらは、普段自分の部屋にこもり、ひっそりと自分の趣味を楽しんでいる。

だから、自分の成果ともいえる物を見せられるのは、俺やしいて言うならベルフェルさんくらいしかいないのだ。

だが、こいつらは何故か、こと自分の趣味に関しては自己評価が高い。

それ故、その自信満々な作品を誰かに褒めて欲しいのだ。しかし悲しきかな。さっきも言ったが、見せる者がいないので、その欲求だけが日々積もりに積もっている状況なのだ。

彼女らは、いわゆる引きこもりという産物が生み出した、悲しき承認欲求の化け物なのである。

それを秘《ひそ》かに知る俺は、彼女らの痒《かゆ》い所に手が届く情報を提供したのだ。

「そうか！　皆理解してくれて嬉《うれ》しいぞ。やはり、一つの道を究めし者は、度量がデカいな！」

俺の明らかな、よいしょ言葉を受けて、三人は照れくさそうに鼻の下を指で擦《こす》った。

「テレサさん！　皆を紹介します。こっちに来てください！」

俺に呼ばれたテレサは、小走りしながら駆け寄ってきた。

だが、テレサはそのまま俺の背後に移動し、フレアたちから隠れてしまった。

「どっ、どうしたのじゃ？」と、フレアがテレサの行動に首を傾げた。

そうだった。何故か俺には心を開いてくれたりはしたが、元々は人見知りが激しく引っ込み思案から、あの爺さんにテレサのことを頼まれたんだ。

こういう行動は、ある意味自然なことだ。

「あっ、あれだよ。尊敬する人たちに会えて、緊張しているんだ。分かるだろ？」

俺は三人にこそこそ話で、急ごしらえの言い訳をした。

「なっ、なるほど。確かに、わしみたいな大物に出会えば、恐れ多くて身がすくむのも不思議ではないな」

「ふふふふっ。わたくしたちの偉大さは、自然とこの身から溢《あふ》れてしまうのですね」

「かわいい奴」

もう自分たちが尊敬されていると信じて疑わない三人は、すんなりと納得した。

「だから、この子には優しく友達のように接してやってくれ」

俺からの頼みに、大物三人衆は慈しみの笑みを浮かべて頷いた。

普段は臆病に震える奴らだが、豚もおだてりゃ木に登るとでもいうべきか、随分と余裕な態度を見せてくるな。

「そちらのお方。わたくしの名はリリア・ワイバーンといいます。どうぞ、リリアと名前で呼んでください」

「ルシカは、ルシカでいい」

「わしは『ファンタスティック・フレア様』でいいぞ！」

「何で、お前だけ大それた呼び名なんだよ？　というか、いい加減懲りろよ。テレサさん、この人も普通に名前呼びでいいですよ」

「わっ、分かりました。ウルフさん」

テレサの「ウルフ」という名を聞いた皆は、違和感に気付き俺の側に顔を寄せてきた。

「わたくしの聞き間違えでなければ、テレサさんはラー君のことをウルフさんって言いましたよね？」

「聞き間違いじゃない。ルシカもはっきりと聞いた。どういうこと？」

こういうことになるとは思わず、初めてテレサに会った時に気軽についた嘘だ。しょうがない。こいつらにも、テレサに言ったように、方言でちょっと違った呼び方になるということにしておこう。

「ああ、それはな――」

俺が新たな嘘を言おうとした時――「ちょっと待つのじゃ」とフレアが割って入ってきた。

「リリア。ルシカ。そう深く突っ込んでやるな」

フレアのいきなりの庇《かば》いに、俺は話の方向性が分からず言葉を止めてしまった。

「こいつも年頃の男じゃ。少しカッコつけたくなったのじゃろう。わざわざ、ウルフなんていうかにもな改名をしよって。ラルフも、まだまだ子供じゃな」

フレアは少し意地悪な笑みを浮かべた。それにつられて、リリアとルシカも納得したように、ニヤリと口角を上げる。

「ちょっ、ちょっと待て！　何を勘違いしているんだ⁉」

恥ずかしい捉《とら》え方をされ、俺は慌てて訂正しようとする。

「照れるな。照れるな。よく見れば、いつもの鎧《よろい》姿でもないし。イメチェンをしたのじゃろ？」

「なるほど。そういうことだったのですね。わたくしは、あの鎧姿は少しやりすぎだと思っていたのですわ。名前を勇ましくする代わりに、見た目を抑えてバランスを取ったのですね」

「ルシカも、あれは狙《ねら》いすぎだと思っていた。自分で気が付いてくれてよかった。しかし、今度は改名か。やれやれ」

こいつら、前からそんなことを思っていたのか……。というか、あの鎧姿は別にカッコつけで着ていたわけじゃない。俺の能力を最大限に発揮する為に、相性のいいものをただ装備していただけだ。

それを、こいつら好き勝手に言いやがって……。

俺は言い返そうとしたが、恥を忍んでこの勘違いを利用することにした。

「そっ、そうなんだ。はははははっ。バレちゃったかー」

「まったく。ラルフには困ったもの。……いや、ごめん。ルシカ、間違えた。ウルフだった」

「あっ、じゃあ今度からウー君って呼んだ方が、いいのかしら？」

「しょうがないのー。今度からウルフと呼んでやるかの。その代わり、今度からわしのことを『天から舞い降りた女神フレア様』と呼べ！」

こいつら……。

「まあ、俺のことはいい。それよりも、テレサさん。いつまでも恥ずかしがってないで、今度はあなたが皆に自己紹介をしてください」

俺の促しを受けて、いつものように体をモジモジと縮こまらせながら、テレサは俺の背後から姿を現した。

「ひゃっ、ひゃじめまして！　テレサです！　仲良くしてください！」

テレサは慣れない自己紹介に、少し噛《か》みながらも挨拶をして、皆に向け頭をガバッと下げる。

そんな初々しい姿を見て、警戒心がさらに和らいだのか、三人はニコニコとした笑顔でうんうんと頷いた。

「かっかっかっ！　そう緊張するでない。わしらは、凶悪な猛獣ではないのだぞ。別に取って食おうとしたりせん」

俺の説明を受けて、すでにテレサのことを自分より下だと思っているフレアは、度量の大きな態度で和ませた。

まあ……本当の実力で言えば、どう見てもテレサが猛獣で、フレアたちがか弱い小動物なんだけども。

「さて、お互いの挨拶も終えたとこだし。次のステップに行こうか」

俺は自分の計画を進める為に、自然な語り口調で話題を変える。

「次のステップじゃと？」

「ああ。知らない者同士が、お互いの仲を深める為には何が必要だと思う？」

「「「必要なこと？」」」

フレアとリリアとルシカは、自分の顎に指を添えて首を傾げる。

「それは――一緒に遊ぶことだ！」

俺は拳《こぶし》を握り、力強く宣言した。

「共に楽しい時間を過ごすことによって、固まった心を解きほぐす！　それが、今の俺たちに一番必要なことなんだ！」

いかにもな説明を、何の疑いもなく聞いている三人を見て、順調に物事が進んでいる手ごたえを感じる。

「それもそうじゃな」「わたくしも同感ですわ」「何する？　何する？」と、次々に三人は受け入れた。

そうだ。もし修行なんて言ったら、怠惰なこいつらはすぐ逃げ出してしまうだろう。

だが、全く成長をしようとしない子供なこいつらに、遊びと言えば何も考えずに喜んで付いて来るはずだ。

何せ、怠惰ではあるが、やることが少ないこいつらは、基本的に暇を持て余しているからな。

「さあ！　これから広い所に行って、一緒に遊ぼう！」

俺は握《にぎ》り拳を上に突き上げた。

それにつられ、他の四人も拳を上に突き上げる。

「「「「おう！」」」」

「はっ、はい！」

よし！　必ずこいつらを強くして、四天王として相応《ふさわ》しい一人前の魔族にしてみせるぞ！

俺は心の中で、力強く決意を述べた。

こうして、俺が考えた修行――四天王の自立計画が始動したのだった。

○

プライベートルームを出た俺たちは、城の敷地内にあるコロシアムに移動していた。

普段このコロシアムでは、腕に自信がある魔族たちが戦い、今いる地位を上げたりする為の試合をするのに利用されている。

血気盛んな魔族同士の戦いが盛り上がりを見せ、熱気に包まれた歓声が響き渡る場所だ。

だが今日は、そんないつもは満員になる観客席には誰一人いない。

「ほう。わしらの敷地にこんなものがあったとはな。知りもしなんだ」

「わたくしもですわ。最近、建てられたのでしょうか？」

「なかなかいい所。ルシカのかき氷屋第二支店はここにしてもいいかも」

「大分昔からある、魔大陸の名所だよ。ここに住んで知らないのは、お前らくらいだ」

俺はボソリと小声で言った。

「ん？　何か言ったか？」

「いや、何でもない。それよりも遊ぶにはいい所だろ？　俺も最近見つけたんだ」

俺は、観客席に囲まれた円状のアリーナの真ん中で両手を広げた。

「でっ、これからどういう遊びをするのですか？」と、リリアが問いかけてきた。

「ああ。もう何で遊ぶかは決めている。まずはこれだ！」

俺はそう言いながら、ヤシの実の大きさぐらいのボールを、掌《てのひら》の上に一つ召喚した。

「ドッジボールだ！」

「「「「ドッジボール？」」」」

俺が言った競技名に、四人は初めて聞いたような反応を見せた。

「ドッジボールとは、コートの中でこのボールを相手に当てて倒すという、単純ながら白熱する、とある地域では爆発《ばくはつ》的に流行っている遊びだ」

言葉通り、この競技は俺が旅をしている時に、人間界のある地域で知ったものだ。

「ボールを当てて相手を倒す？　……なんだか怖いですわ」

竜人でありこの中で一番身体能力は高いが、性格は穏やかなリリアが、不安げな表情をしながら危惧した。

「はははははっ。大丈夫、大丈夫。この競技は、基本子供の遊びだ。そんな不安になることじゃない」

「そうですの？」

「まあ、とりあえずやってみよう。案外、始めればハマるかもしれないぞ」

俺はコロシアムの中に白線を引き、二つの陣地を作った。

「じゃあ、片方にフレア、リリア、ルシカ。で、もう一つの方にテレサさんに分かれてくれ」

俺の指示通り、四人はそれぞれ自分の陣地に向かった。

「のう。こういうのは普通、同じ人数に分かれるものじゃないのか？」

フレアは、自分たちが三人でテレサが一人というアンバランスなチーム分けに疑問を投げかけてくる。

「ん？　まあ、これは攻撃側と守備側に分かれるんだ。で、攻撃側は一人でいいから、テレサさんだけでいいんだよ」

本当の理由は、戦力でいうとテレサが圧倒的なので、こういう組み分けにした。それにこの競技の目的は、他のところにあるのでテレサを一人にした。

「じゃあ、テレサさんの攻撃で始める。皆はボールを避《よ》けるか受け止めるかしてくれ。避けると一点、受け止めると三点。一番得点が多い奴は豪華賞品が貰《もら》えるぞ！」

「本当か⁉」「素敵です！」「こっ、氷がいい！　ルシカは高級氷がいい！」と、三人は賞品という言葉にテンションを上げた。

今回の遊び（特訓）の目的は防御を身に付けることだ。どんな戦いも、基本は防御から始まる。相手の攻撃を食らわなければ負けることはない。

だから、俺はこんな変則的なルールを設けたのだ。

「テレサさん。早速、あの三人に向けてこのボールを投げてください」

俺はそう言いつつ、テレサにさっきのボールを投げ渡した。

「はっ、はい。分かりました。とりあえず投げてみます。皆さん、危ないですから避けてくださいね」

テレサは優しい性格から、敵であるはずの三人に気遣いの言葉をかける。

「かっかっかっかっ。気にせずに投げてくるがよい！」

フレアが腰に両手を添えて、余裕たっぷりに高笑いをした。

「いきますよー」

テレサは軽い口調で言いつつ、綺麗《きれい》なフォームでボールを投げた。

テレサの指先から離れたボールは飛んでいく――。回転を上げて飛んでいく――。「ゴオオオオオオオッ!!」と轟音《ごうおん》を鳴り響かせて飛んでいく――。

途中から光線のように速度を上げたボールが、フレアの顔の横を通り過ぎ、背後にある壁を破壊しながら奥にめり込んだ。

「…………へっ？」

何が起きたのか全く理解ができていないような顔をしているフレアは、額から汗を一つ流し

て気の抜けた音を口から漏《も》らした。

リリアとルシカも「?」という字が頭の上に出てきたような顔をしている。

というか、俺自身も言葉を失っていた。いくら力があると言っても、まさかいきなりこれ程のボールを投げるとは……。

「なっ、……なんじゃ、これはあああああああああっ!!」

尻尾《しっぽ》をピーンッと突き上げたフレアは、絶叫しながら俺の方に駆け寄ってきた。リリアもルシカの手を引いて付いてくる。

「おい!　ラルフ!　あれは、いったい何なんなのじゃ!?　子供の遊びじゃなかったのか!?　見ろ、あの悲惨な壁を!　ちょっと間違えていたら、わしがああなっていたんだぞ!」

「そうですわ!　これはどういうことか、ちゃんと説明して欲しいですわ!」

「おい、ルシカ!　お前も、ラルフに何か言ってやれ!　……ルシカ?　おい、ルシカ!　ダメだ!　こいつ、もう気を失っているぞ!」

ちょっとした混乱が、俺を中心に巻き起こる。

まさか、いきなりこんなことになるとは思っていなかった。だが、もう俺の計画は始まったのだ。ここで止めるわけにはいかない。

「そっ、そうか?　別に気にすることじゃないだろ?　たまたまだ。そう、たまたまああなっただけだ」

「たまたまで、ああなるわけがなかろう！」

フレアが怒鳴りながら指さすと、そこにはボールによって破壊された壁が無残にも崩れ落ちる場面が広がっていた。

「止《や》めじゃ！　止めじゃ！　こんな物騒な遊び、今すぐ中止じゃ！」と、フレアが首を横に大きく振った。

このままではまずいと思った俺は、「はあ～っ」と大袈裟《おおげさ》にため息を吐《つ》いた。

「このまま止めて、本当にいいのかなー」

「ん？　どういうことじゃ？」

「いやな。テレサさんは、お前たちのことを尊敬しているって言ったよな。でも、これぐらいですぐに投げ出す姿を見たら……さぞ幻滅するだろうなぁ」

「ぐっ！　そっ、それは……」

「リリアも、こんなに早く相手との遊びをすっぽかすなんて……愛のない人だなってテレサさんに思われるだろうなぁ」

「まっ、まさか……」

「ルシカも、こんなすぐに気を失ってしまうなんて……そんな人が作るかき氷なんて、きっと水臭くて不味《まず》いものと思われるだろうなぁ」

「ギクッ……」

三人の虚栄心を餌に、ちょっとした脅しをする。それが効いたのか、三人はしばらく黙りこんだ。

「でっ、でも……いくら何でも、あれを見てしまっては」

「大丈夫だ、フレア。お前たちも、子供の時に魔法ぐらいは習っただろ？　それを使えば、あれくらいのボールは避けたり、止めたりすることはできる」

「ほっ、本当か？」

「ああ。お前らは自分の力を過小評価している。やってみれば、案外簡単にできるさ。もし無理だと思えば、その時に止《や》めればいいんだ」

俺は何とか三人を言いくるめ、自分たちの陣地に戻すことができた。

そして、俺はテレサのところに駆け寄る。

「テレサさん。さっきのは、ちょっと力を入れすぎです。もっと、相手のことを想《おも》いやって、ゆっくり投げてあげてください」

「はっ、はい。ごめんなさい。こういうことに慣れてないので、思いっきり投げちゃいました」

「いいんですよ。でも、何でもかんでも、力一杯振り回すだけが戦いではありません。自分の力を上手《うま》くコントロールできるようになれば、きっとさらに強くなれます」

「はい！　やってみます！」

テレサは、俺に言われたとおりに、今度は緩やかにボールを投げた。

緩やかに投げたが、ボールの勢いはそれでも常人が出せるものではない。

「ギャッ！」とフレアの声が響く。

まるで銃弾のように着弾したボールが地面を削った。フレアは、何とか片足を上げてそれを避ける。

「フレア選手。ボールを避けたので、一点獲得！」

「かかっ！　どっ、どうじゃ？　わしにかかればこれくらい、余裕でかわせるのじゃ！」

フレアはピースサインをして、尊敬されていると思っているテレサにアピールをした。

だが、その体と尻尾はプルプルと震えており、目も少し潤んでいる。

「フレア！　避けるのもいいが、魔法を使って受け止めてみろ！　それができたら三点だぞ！

他の皆も、相手から点差を広げるチャンスになるぞ！」

俺は新たなボールを作り出し、テレサに渡す。彼女はそれをもう一度、フレアたちに向けて投げた。

またもや豪速のボールが、テレサの手から放たれる。その行先は、青い顔をしているルシカだ。

「ルシカ！　魔法だ！　お前が使える、氷結魔法を使え！」

俺の助言に、ルシカは慌てて自分の両手を前に突き出した。

「はっわわわわっ！　アッ、アイス・ウォール！」

ルシカの詠唱と共に、彼女の前に大きな氷の壁が地面から突き出てきた。

「ガシャン!」という、大きな音を立てて、ボールは氷の壁に突き刺さる。凄《すさ》まじい回転を持ったボールは「ギュルルッ!」という音を伴いながら、しばらくするとその動きを止めた。

「ル、ルシカ選手! ボールを止めたので、三点獲得! ルシカ、よくやったぞ! お前ならできると信じていた!」

俺の歓喜の声を聞いたルシカは、最初は何が起きたのか理解できていなかったみたいだが、状況を把握すると、顔を赤らめて「へへっ」と照れた。

手ごたえを感じ、俺は、小さく握り拳を作る。

そうだ! こいつらは、まがりなりにも四天王の血を受け継ぐ者たちだ。隠された才能でいえば、他の魔族には無いものを持っている。

問題は、やるかやらないかの精神的部分が大きかったのだ。

「さあ、テレサさん。じゃんじゃん行きましょう!」

この勢いを止めない為に、俺はすぐに新しいボールを用意し、テレサに渡す。

「はっ、はい! 次、行きます!」

ボールを持ったテレサは、リリアに向けて投げる。

「リリア! お前は竜人なんだ! その特性を活かせ!」

性格でいえば、この中で一番お淑《しと》やかなリリアは、体をすくませ顔を横に振った。

「嫌ですわ！　嫌ですわ！　嫌ですわ！」

拒否をするリリアだが、ボールは途中で止まらない。だんだんと、リリアの身に迫ってくる。

「リリア！」

「いっ、嫌ですわあああああああっ‼」

リリアは絶叫し、右手を上にあげた。すると、彼女の右腕は光を放つ。

光を放ったリリアの右腕は、次の瞬間には金色の強固な鱗《うろこ》をまとった竜のものへと変化していた。

リリアは、そのまま竜の手を振り下ろし、ボールを平手打ちする。

すると、ボールは「パアアアアンッ！」と大きい音を立てて、破裂してしまった。

「リリア選手！　なんとボールを破壊！　これは特別点で、五点獲得だ！　リリア、お前の力強い愛を、この目にしかと見させてもらったぞ！」

キョロキョロと周りを見渡していたリリアは、俺の言葉を聞くと、パアアッと顔を輝かせてこっちに向かって手を振ってきた。

思っていた以上に物事が順調に進む。普段なら絶対に見せないであろう力を使って、皆はテレサのボールに対処してくれた。

「よーし！　みんな、その調子だ！　まだまだ行くぞーっ！」

俺はなんだか嬉しくなってきて、次から次へとテレサにボールを渡していった。

十分後――。

「そこまでー！　みんな、よくやった！　素晴らしい試合だったぞ！」

俺が試合終了の合図をするとともに、フレアたちは息を切らしながらその場に腰を下ろした。

「はあっ、はあっ、はあっ。そっ、それで、一体誰が一番だったのだ？」

全力を出し疲れ切ったフレアが、汗を流しながら尋ねてくる。

「あっ、ああ。それだがな……みんな同点だ！」

「「「えええええっ！」」」

三人はポカンと口を開けて、その後落胆した表情をした。

「ということは、優勝者は無しということですか？」

リリアが、せっかくここまで頑張ったのに、というような口調で言ってきた。

「いや。それは違うぞ。今回の結果は――みんな優勝だ！」

俺の結果を聞いた三人は、さっきまでの暗い表情から一転し、一気に明るいものに変化してお互いの顔を見つめ合う。

「やっ、やったー！　これで、豪華賞品はわしのものじゃ！」

「やりましたわ！　やりましたわ！　愛の勝利ですわ！」

「ルッ、ルシカも、貰えるんだな⁉」

勝利を手にし、喜びを爆発させる三人を、俺は温かい目で見守る。

本当は、みんなの点数はバラバラだったが、最初からこうするつもりだった。

せっかくみんな頑張ってくれたのだ。この初めての努力を、順位を付けて落胆する者を作りたくなかったのだ。

「ほら。みんな、これが約束した賞品だ」

俺は魔法で作り出した黒い渦の中から一つの袋を取り出し、そこから皆の賞品を手に取った。

「ほら。フレアには、作画に使える高級筆。リリアには、編み物に使える七色の毛糸。ルシカには、よりどりシロップセット」

「かっかっかっ！　これで、わしの新たな神作が生み出されるぞ！」

「わあーっ！　これ、前から欲しかったものなんです！　ラー君、ありがとうございます！」

「みんな！　さっそく、これを使って美味《おい》しいかき氷をご馳走してやる！　疲れて火照《ほて》った体を冷ましてやる！」

喜びに沸く三人を少し離れた所で見ているテレサの方に、俺は歩み寄った。

「テレサさんもお疲れさまでした。とてもいい遊びができましたよ。はい、これ」

俺は礼を言いながら、テレサに一つのネクレスを手渡した。

ネクレスには、まるで夜空を見ているような、黒い石に無数の小さな光の粉が散りばめられた宝石が付いている。

「これは？」

「これは、黒星石という僕の故郷にだけにある、特別な宝石です」

「でも、私はただボールを投げていただけですけど」

「この試合は、投げる人がいないと始まりません。ですから、これは参加賞です。受け取ってください」

黒星石を手にしたテレサは、同じように光り輝くその瞳《ひとみ》で見つめた。

「綺麗……」

きっと初めて見るであろう宝石を前に、テレサはうっとりとした表情をしている。

「あっ、ありがとうございます！　一生大事にします！」

「ははっ。そこまで、気負わなくていいですよ。でも、喜んでくれたみたいで、僕も嬉しいです。さあ、後ろを向いてください。付けて差し上げますよ」

テレサは言われたとおりに、クルリと俺に背を向ける。俺はそんな彼女の首に、ネクレスを付けてあげた。

「じゃあ、これからも色々な遊び（特訓）を頑張りましょう」

「はい！　ウルフさん！」

目覚ましい成果が出たが、次へ次へと欲をかくと、このいい雰囲気が壊れそうなので、この日はこれで終わることにした。

三人は久々にかいたであろう清々《すがすが》しい汗を煌《きら》めかせ、各々《おのおの》自分の領域に戻っていった。

○

初めての特訓を終えた俺は、テレサを連れてプライベートルームに入る。

「お待ちしておりました。ラルフ様」

部屋の中には、ベルフェルさんがいた。

「ベルフェルさん。わざわざ来てくれて、ありがとうございます」

「いえ。ラルフ様にお呼ばれされたら、わたくしは何処にでもはせ参じらせていただきます」

ベルフェルさんが、礼儀正しく頭を下げてくれる。

「それで、そちらの方が?」

俺の後ろに隠れるように立っているテレサの存在に、ベルフェルさんは気が付き尋ねてきた。

「はい。さっきも説明しましたけど、この子がテレサさんです。俺の遠い知り合いから、しばらく面倒を見てくれと頼まれましてね。それでここに連れてきました」

「なるほど。初めまして。わたくしの名はベルフェルと申します」

ベルフェルさんの挨拶に、テレサはおどおどして、俺の背後に完全に体を隠した。

「テレサさん。相手がちゃんと挨拶をしているのに、返さないのは失礼にあたりますよ」

まるで、子供に常識を教える先生のように、優しく諭す。

俺の言葉を受け、テレサはゆっくりと体を現し、深々と頭を下げる。

「はっ、はじめまして！　テレサです！」

「はい。よろしくお願いいたします」

ベルフェルさんは優しい笑顔を見せて、テレサの挨拶を受けた。

「それでベルフェルさんには、この子の衣食住の面倒をここに居る間、見てあげて欲しいのです」

「畏《かしこ》まりました。ラルフ様の大事なお客様。誠心誠意おもてなしをさせていただきます」

「それと、色々問題が起きると面倒なので、できる限り他の者との接触は避けてください」

「はい。承りました」

流石、ベルフェルさんだ。話がスムーズに進み助かる。やはり、子供の時から一番頼りになるのはベルフェルさんだな。

だからこそ、俺は更なるお願い事をベルフェルさんにすることにした。

「ベルフェルさん。もう一つ頼み事があるんですけど……これは内密に、誰にも漏らさずにお願いできますか？」

俺はボソボソ声で、ベルフェルさんに話しかける。

「はっ、畏まりました。このベルフェル。決して外には漏らしません」

事の重大性を認識したのか、ベルフェルさんは真剣な面持ちになった。テレサに聞こえないように、ベルフェルさんにさらに近寄って耳打ちをする。

「実は――」

俺はベルフェルさんに、協力者になってもらう為に、作戦の内容を伝えることにしたのであった。

○

ドッジボールの訓練が終わった翌日。この日も、皆をコロシアムに集めた。

「みんな、今日も楽しい遊びをいっぱいしよう！」

「ふわ〜っ。またか？　わしはまだ眠い。二度寝したいから、また今度でよいじゃろ？　明日から頑張るから」

「わたくしも、昨日の激しい運動で、体中が筋肉痛ですわ」

「ルシカは、新しいシロップを作る実験で忙しい」

予想通り、三人が不満を包み隠さずに、それぞれ文句を言ってきた。

「もちろん、豪華な賞品は今日も用意してあるぞ」

「かっかっかっ！　皆、今日から頑張るぞ！」

「「おう！」」

現金な三人は、急に態度を変えて眠たげな顔から気合の入ったものになり、拳を上に掲げた。

「テレサさん。今日もよろしくお願いします」

「はい。頑張ります！」

一方、性格が真面目《まじめ》なテレサは、自分の成長の為に文句を一つも言わずに返事する。

あの三人もこれくらい素直なら、すぐにでも強くなって楽なのに――と叶《かな》わぬ望みを思いつつ、悲しくなった。

だが、どうにかこいつらに特訓を受けさせるまでこぎ着けた。今はそれに満足して、あいつらを煽《おだ》てつつ上手いこと物事を進めていくしかないのだ。

そう。全《すべ》ては――俺の夢の為に！

「では、今日の遊びは――チャンバラごっこだっ！」

「「「チャ、チャンバラごっこ!?」」」

この遊びも、俺が人間界を旅した時に、とある町で子供たちがしているのを参考にしたものだ。

「そう。チャンバラごっことは、それぞれ剣などの武器を持って戦う遊びだ」

俺の簡単な説明を受けると、フレアたちはあからさまに嫌な顔をした。

「剣を持って戦うじゃと？　そんな危ない遊び、わしやりとうないぞ」

「そうですわ。戦いなんて、野蛮なことです。もし怪我《けが》でもしたらと思うと、震えてきますわ」

「ルシカ、今回は見学だけにしておく。観客席でかき氷食べているから、好きにやってて」

戦うというワードに敏感に反応したフレアたちは、一気に熱が冷めてしまった。

だが、こうなることを予測していた俺は、空気を変える為に笑い声をあげた。

「はっはっはっは！　お前たち、何を勘違いしているんだ？　武器を使う遊びだが、相手の体とかに当てたりする危険なものじゃないぞ！」

俺はそう言いながら、テレサの体に向けて人差し指を突き出した。

すると、彼女の体の前に小さな黒い球体が出来上がる。

「攻撃するものはこの球だ。だから、怪我の心配なんてしなくていい、誰もが楽しめる安全な遊びなんだ」

「なっ、なるほど。確かにそれなら危険ではないの」

俺があらかじめ用意していた変則ルールに、フレアたちは納得した顔をした。

「それに、この遊びの醍醐味は他にあるんだ」

「他？　何じゃそれは？」

「チャンバラごっこはな、自分がなりたいキャラクターになり切って戦うことができるんだ！」

「えっ？　自分のなりたいものって、何でもいいですの？」

「ああ。これはある種、演劇の要素を兼ね備えているものでな。こうなりたいなーっていう、普段思っている願望を叶えてくれる遊びでもあるんだ。だから、巷《ちまた》ではとても人気なんだぞ」

「演劇か……。面白《おもしろ》そうじゃ！　わしの芸術家としての血が騒ぎ出してきおったわ！」

普段、小説などを作っているフレアが、鼻息荒く目を燃え上がらせた。

「よしっ！　わしが脚本を考えてやるぞ！　皆、準備するのじゃ！」

こうして、無事に俺の考案した修行が開始したのであった。


舞台は、魔王城の敷地内にあるコロシアム――。

そこで、しがないかき氷屋を営んでいた母娘に悲劇が起こる。

「おいおいおい。てやんでぇい。今日こそは、今まで貸していた金を、耳を揃えて返してください……返してもらおうか」

テレサが、これでもかというほどの棒読みで、フレアから指示されたセリフを言う。

「お許しください！　見ての通り、わたくしたちには、そんな大金をお支払いするものがありません！」

母役のリリアが、顔をブンブンと横に振り目を潤ませる。

「ママー。ルシカ、怖いよー。シャクシャクシャク」

子供役のルシカが、何故かかき氷を頬張《ほおば》りながら、恐怖を口にした。

「しょうがない。ならば、借金の形《かた》としてこの娘をもらいましょう……もらうぞ」

借金取りのテレサが、ルシカの手を引っ張り連れ出そうとする。

「おやめください！　その子はわたくしにとっての宝！　どうか、おやめください！」

「わー、ママー、ルシカ怖いよー。シャクシャクシャクシャク」

容赦のない借金取りに、親子の愛が引き裂かれそうになった時――。

「待つのじゃ！」

弱きを助け強きを挫《くじ》く、正義の声が鳴り響いた。

「なっ、なにものー」

テレサの視線の先には、マントをはためかせる一人の正義がいた。

赤い目を光らせ、八重歯を口からのぞかせて笑う者――フレアだ。

「わしが何者かじゃと？　貴様のような悪者に名乗る名など、ないのじゃ！」

「そっ、そうですか――」

「しかし！　特別に教えてやるのじゃ！」

素直に受け入れようとしたテレサに、フレアが言葉を割り込ませた。

「その耳でしかと聞け！　そして、その目でしかと見ろ！　わしの名は――暴《あば》れん坊仕事人の狼フレア！　この紋所が目に入らぬか、なのじゃ！」

なにか滅茶苦茶な通り名を叫んだフレアは、自分で書いた似顔絵の紙を突き出した。

「なっ、なにー。貴様があの有名なー。こうなったら仕方がないー」

テレサはぎこちないセリフを言うと、俺が用意した模造刀を手に取る。

「かっかっかっ！　わしがいる限り、この世に悪は蔓延《はびこ》らないのじゃ！」

正義の言葉を叫んだフレアも、模造刀を手に取った。

両者ともに睨《にら》み合《あ》い、緊迫した時が流れる。

「一撃じゃ。貴様を、このたった一撃によって葬り去る。その短き時の中で、己《おのれ》の悪事を悔いるのじゃ……」

正に、この話の主役として相応しいセリフを言い放ったフレアは、刀を振り上げて走り出した。

「覚悟するのじゃ！　たあああああああっ！」

不幸な母娘の思い。世界の悪を正すという使命感。終わりなき戦いという虚《むな》しさ。全ての思いを背負ったフレアの重い、重い一撃は——テレサの軽い身のこなしによって、当然のように避けられた。

そして、テレサは軽く刀を振り下ろすと、フレアの体の近くにあった黒い球をポンっと叩き割ったのである。

「…………」

何ともいえない空気感の中、フレアの顔は段々と赤くなっていく。

フレアは、無言のままこっちに向かってテクテクと歩いてくると——「思っていたのと、違うのじゃ！」と叫び、刀を地面に叩きつけた。

「いや。確かに演劇の要素もあるって言ったけど、これは勝負なんだから、あんな大振り避けられるのは当たり前だろ」

「そうは言っても、予定調和ってものがあるじゃろ！　そこはこう、いい具合に忖度《そんたく》するもんじゃないのか⁉」

「なに、当然かのように八百長をしようとしているんだよ」

口をへの字にして目を潤ませるフレアを見て、俺は軽く頭を抱えた。

「とりあえずは、遊びの続きをしよう。テレサさんの球を叩き割れば、ちゃんと豪華賞品をあげるから」

この修行の目的は、フレアたちに攻撃を身に付けさせること。

普段、誰かに攻撃などする機会がないこいつらにとって、この修行は大いに役立つはずだ。

もし、強者のテレサから一本でも取ることができたなら、大抵の相手には通用するだろう。

そこまではいかなくても、この期間の内に惜しいところまではいって欲しいものだ。

「むーっ。分かった。その代わり、絶対に豪華賞品をよこすのじゃよ！」

「はいはい。じゃあ、再開するぞ。初めからは時間がかかるから、戦うところからだ」

フレアたちは、再びそれぞれの配置に着く。

「じゃあ、よーい、スタート！」

俺の掛け声で、チャンバラごっこは再開する。

「覚悟するのじゃ！　悪者めっ！」

もう一度、フレアがテレサに挑もうとした時――。

「ちょっと、お待ちになって！」

リリアが割って入ってきた。

「ここはやはり、母の愛の出番だと思いますの！」

母の愛に目覚めたリリアが一歩前に出る。

「ルシカも、待ったをかける！」

次はルシカが割って入ってきた。

「子供でも、ルシカは立派なかき氷屋の伝道師！　自分の道は自分で切り開く！」

親離れしたルシカも一歩前に出る。

「おっ、お前たち……。分かったのじゃ！　なら三人で力を合わせて、この悪者を退治するのじゃ！」

いや、母娘が参戦なんて、もう設定が滅茶苦茶だな。というか、三人がかりで一人をやっつけるなんて、どっちが悪者なんだか……。

まあ、テレサなら問題なく対処できるだろうけど。

ある意味、テレサに絶対的な信頼を置いている俺は、あえてその状況を静観した。

三人はテレサの周りを囲み、不敵に笑いながらにじり寄った。

「かっかっかっ。覚悟するのじゃ」

「ふっふっふっ。もう謝っても遅いですわよ」

「くっくっくっ。身も心も凍らせてやる」

傍《はた》から見れば、完全にあいつらが悪者だな。

「では、いくぞっ！」

フレアの掛け声と同時に、三人は刀を振り上げ、テレサの周りから飛び掛かった。

テレサを捉えたと思っていたような表情をしていた三人は、刀を空振りさせ、無様な声をあげてお互いの顔をぶつけ合った。

「「「ぶへっ！」」」

激突した三人の頭上では、テレサが宙高く飛び上がっている。そして、三人とは対照的に華麗にクルクルと回転した彼女は、少し離れた地上に百点満点の着地を成功させた。

まあ、当然こうなるわな……。

俺は、考えなしに突っ込んだ三人に呆《あき》れつつ、想像通りすぎる結果に頭を悩ました。

「おい！　むやみに突っ込むな！　昨日のことを思い出せ！　お前たちには、それぞれ使える力があるだろ！」

「ぐぬぬっ。別に忘れていたわけではない。ただ、ちょっとしたハンデをくれてやっただけじゃ。わしの弟子に、いきなり本気になったら大人げないからの！」

フレアは、涙目になりながら赤くなった鼻をさすった。

「ここからが、本番じゃ！　メラメラメーラ！」

フレアがテレサに向けて手を突き出し、擬音めいた魔法の詠唱をした。すると、テレサの周りを火の渦が円状に囲う。

「かっかっかっ！　これで、もう逃げ場はない！　降参するのじゃ！」

既に勝った気になっているフレアは、腰に両手を当てて高笑いをした。

だが、相手は俺が認めたテレサだ。刀を軽く握ると、自分の周りで燃えさかっている炎に向けて振り抜く。

テレサの刀によってできた風圧で、フレアの火は一瞬で消え去った。

「なっ、なんじゃと！」

思ってもいなかった展開にフレアは目を見開き、驚きの顔を見せた。

「火より、やっぱり氷！　ヘイル・レイン！」

ルシカは空に向けて指を掲げると、今度はテレサの頭上から無数の雹《ひょう》が落ちてきた。

本来なら、こんな技は普通の人間では避けることはできないだろう。

しかし、テレサは姿勢を低くすると、瞬間移動したように全ての攻撃を避け切った。

「皆さん！　こういうものは、自分の身で情熱的に行かないといけませんよ！」

両足を竜のものに変化させたリリアが、テレサに迫る速度で飛び掛かる。

一瞬で目の前に来たリリアを見て、テレサは地面を蹴《け》り上げ再び宙高く飛び上がる。リリアはそれを見ると背中に竜の翼を生やし、テレサを追いかけ飛び立った。

おおっ。思った以上にやるな。さすが竜人の身体能力だ。

宙でテレサに急接近したリリアは、黒い球を捕まえる為に手を伸ばした。

これで勝負あったかと思った。が、テレサは片手を横に伸ばすと「フェアリー・ブレス！」と魔法を詠唱し、掌から突風を発生させた。

テレサはその風圧を利用し、捕まりそうになっていたリリアの手元から、一気に遠くの方へと空中で移動したのだ。

おおっ。魔法を使えると言っていたが、なかなか効率的な使い方をするな。と俺はテレサの動きに感心した。

テレサは三人から離れた所に着地する。

こうして、一斉攻撃を仕掛けてきた三人から、テレサは尋常ではない動きで逃げ切った。

テレサ自身は特段凄いことをしたような感じではなく、涼しい顔をしている。それを見た三人は「ぐぬぬっ」と声をうならせ、その表情に悔しさをにじませた。

「い、いい気になるなよ！　小童《こわっぱ》が！　このフレア様の恐ろしさを、見せてやるわ！」

「わたくしが愛の鞭《むち》で、分からせてあげますわ！」

「小生意気な奴には、一発いっとく！」

何か闘争心をくすぐられたのか、三人は気色ばみ、再びテレサに向かって飛び掛かった。

数分後――。

「む、無念じゃ」『わ、分からせられましたわ』『い、一発も当たらない」

自分たちの球を叩き割られたフレアたちは、それぞれ地面に倒れ伏せた。

フレアは震える手で、小さな紙をテレサに渡す。テレサは、その紙に目を通すと――。

「なっ、なんとも虚しい戦いだったー。しかし、私はさすらいの一匹狼。そこに悪がある限りー、私の戦いは終わらないー。それでは失礼ーっ」

テレサは、フレアの言うはずだった締めのセリフを代わりに言い、夕日を背にその場を颯爽《さっそう》と去って行った――。

こうして第一回劇場チャンバラごっこ魔大陸編は、正義のヒーローテレサ勝利によって、綺麗に幕を閉じたのであった。

「残念だったな。でも、なかなか良かったぞ」

結果的に、フレアたちは敗れた。だが、俺は胸の内で少し興奮していた。何故なら、フレアたちはちゃんと自分たちの力を使いこなしてテレサを追っていたからだ。

勿論、テレサのような凄腕相手に通用するものではなかった。けれども、あれだけの力を出せれば、そこら辺の冒険者などには十分通用できる。

それに――。

「ラッ、ラルフ！　もう一度じゃ！　少し休憩したら、もう一度勝負じゃ！」

「そうですわ！　このままでは悔しくて、夜に眠れませんわ！」

「ルシカの胸の内に灯《とも》った火は、もう誰も消すことはできない！」

あの三人が、これほどまでにやる気をみなぎらせている。こんなにも気合の入った表情を見るのはいつぶりだろう。

「よし、分かった！　少し休んだら、第二ラウンドだ！」

俺もなんだか嬉しくなって、興奮気味に声を張り上げてしまった。

こうして、俺の考えた特訓は続いた——。

○

テレサが魔王城に来てから数日が経《た》った。

その間、俺はフレアたちに、守備のドッジボールと攻撃のチャンバラごっこを交互にやらせた。

無論、これだけの短期間でテレサに勝てるほど強くなったわけではない。だが、確実にフレアたちは勝負ごとに対して場慣れしていった。

元々、前四天王の子供とあってか才能自体は十分にあり、フレアたちはぐんぐんと戦うことに対する力を身に付けた。

まあ、あいつらはただ遊んでいるだけだと思い、そのことには気が付いてはいないとは思うが……。

俺の見立てでは、もう中級レベルの冒険者には勝つことはできるだろう。

だが……問題はそこではない。

この一番重大な問題を解消する必要が――俺にはあった。

「なっ、なんじゃや。ここは？」

「物寂《ものさび》しい所ですね」

「ルシカ、もう帰りたい」

俺はテレポートを使い、テレサとフレアたちを連れて、魔大陸の中にある『木枯らし大森林』に来ていた。

葉の生えていない黒い木が、無数に大地に根付いている。空は暗く、生ぬるい風。不気味なほどに静けさが支配するが、時折森林の奥から何かの鳴き声が響いてくる。

控えめに言っても、不気味な場所である。

「「「あわわわわっ」」」

フレアたちは顔を強張《こわば》らせて、表情の乏しいテレサの後ろに隠れた。

「おっ、おい。ラルフ。楽しい新しい遊びと言っておったが……こんな所に来て、わしらに何をさせようというのだ？」

「ああ、楽しいぞ。楽しいと思えば、何でも楽しい。今日は皆が大好きな――肝試しだ！」

「「「きっ、肝試し!?」」」

テレサ以外の三人は、驚愕《きょうがく》の表情をした。

「……って、何じゃ？」

「肝試しとは、皆で怖い所に入って、奥にあるゴールに向かう遊びだ！」

「えっ！　皆で怖い所に入る!?　いっ、意味が分からん！　それの何処が面白いのじゃ!?」

正直、俺も分からない。だが、これも人間界で流行っているものの一つなのだ。

「あっ、あれだ。皆で試練に立ち向かい、協力して苦難を乗り越えるという、一種のアドベンチャーなんだ。きっと、ゴールした時は今まで感じたことのない達成感を味わえるはずだ！」

俺はそれらしい解釈を述べ、無理やり押し通した。

「勿論、ゴールすれば豪華な賞品は用意してあるぞ。それに今回はチーム戦だから、もれなく全員にだ！」

「「「よし！　頑張るぞ！」」」

俺の垂らした人参に、いつものごとく三人は食いついた。

「では、あそこを見てくれ」

俺は森林の奥を指さした。そこには、一筋の光の柱が空に向かって伸びていた。

「あそこにゴールがある。時間はどれだけかかってもいい。だが、決して最後まで諦《あきら》めずに到着するんだ！」

俺は四人を森林の入り口の前に立たせた。

さっきは賞品に釣られ威勢が良かったが、どんよりとした風景を前に、テレサ以外の三人はプルプルと小さく震え出した。

「では、準備はいいな？　よーい、始め！」

俺の号令と共に、テレサを先頭に皆は木枯らし大森林に足を踏み入れた。

皆の姿が視界から消えるのを確認した俺は、闇《やみ》に紛れ姿を消す。当然、俺はただ皆がゴールに向かうのを、ここで見守るだけのつもりはない。

俺が仕掛け人として前に立ちふさがり、あいつらの最大の弱点を克服させるのだ。

僅《わず》かな光しか入ってこない森林に足を踏み入れて数分。

先頭に立つテレサの細い体に隠れようと、三人は押し合いながら身を寄せ合っていた。

「あいつら。相変わらずだな……」

俺は気配を殺し、木の上から皆を見下ろした。

普段なら、テレサの位置には俺がいる。いくら強くなっても、あの背中から出ないと意味はない。

今回で、必ずあいつらをあそこから引っ張り出してみせる。そう。あいつらにとって一番重要な——勇気。それを身に付けさせる。それがこの修行の目的だ。

「さて、覚悟しろよ。くくっ」

俺は含み笑いをしながら、全身に闇のオーラをまとわせた。


「ううううっ。まだか？　まだ、着かぬのか？」

フレアは目に涙を浮かべながら、隣にいるリリアに尋ねる。

「まっ、まだですわ。さっき始まったばかりですよ。というか、あまり押さないでくれます？」

「おい、ルシカ。……んっ？　おい、ルシカ！　気絶しようとするな！　ずるいぞ！　いいか!?　もし、ここで気を失ったら、一人置いていくからな！」

「ちっ！　ラルフなら、そんなことしない」

あいつら、いきなり仲間割れか？

醜いいざこざを見て、俺は少し呆れる。

「ダークソウル・デーモン」

俺は手を突き出し、その先に大きな黒い影を創り出した。影は人の形を模《かたど》ると、頭に二本の大きな角を生やした。その見た目は、この闇に包まれた所で見ると、一層禍々《まがまが》しいものだ。

「あいつら、一体どんな顔をするだろうな……さあ、行ってこい」

俺の命を受け、デーモンはのそりのそりと動き出した。そして、テレサたちが向かってくる先にある、木の影にその身を隠した。

少女たちを、今か今かと待ち構えるデーモンの姿は、傍から見ればかなり独特なものだな。

ゆっくりと進んできたフレアたちは、とうとうデーモンが隠れている木の近くに来た。

「よし。デーモン、今だ」

俺の思念を受けて、デーモンは両手を大きく掲げてフレアたちの前に飛び出した。

「「「……………ぎゃあああああああああああああああっ!!」」」

静けさに包まれた森林に、少女たちの叫びがこだました。

フレアたちは、青ざめた顔で立ち尽くし、今にも腰を抜かしそうになっている。

そんな中、一人だけはいつもと変わりない顔でキョトンとしていた。その人物は、やはりテレサだ。

世間知らずなテレサは、恐らくこういうものが怖いという思いに至らないのだろう。きっと、今起きていることもよく分かっていないみたいだ。

「テッ、テレサ！　助けてくれえええええっ！」

フレアが、前にいるテレサに泣きながらしがみついた。

フレアたちの怯《おび》える姿を見たテレサは、ハッとした表情をすると、表情を引き締めて突然出てきたダークソウル・デーモンの方を向く。

「み、みなさんを困らせないでください！」

テレサは、腰に付けていた剣を取り出し、デーモンに向けてその刃を振るった。

「ギョエエエエエッ！」

デーモンは、その斬撃を受けると、体がぼやけて消滅してしまった。

ダークソウル・デーモンは、単体でもそこらの冒険者パーティーを蹴散らすぐらいの力を持っている。だが、そんな強者をテレサはいとも簡単に倒したのだ。

しかし、俺はそんなことよりも違うことに驚いた。

それは、あの自信のないテレサが、皆を守る為に一番前に踏み出したことだ。

ここ数日で、フレアたちは少しずつ変わってきたが、それはテレサも同様みたいだ。他人と関わりを持つことで、何かの殻を壊しつつある。

「テッ、テレサ！　ありがとおおおおおうっ！」

まるで命の恩人にお礼を言うように、フレアたちはテレサに抱き着く。

テレサは顔を少し赤らめつつ「きっ、気にしないでください」と謙遜した。

その後、俺はあらゆる場所で自分の創り出した眷属《けんぞく》を使い、フレアたちに襲い掛からせた。

だが、その度《たび》にテレサは最前線に飛び出し返り討ちにしていった。

「……ダメだな。このままだと、あいつら全てテレサに任せて、何も変わらないままゴールしてしまうぞ」

頼もしすぎるテレサに頼りっきりになっているフレアたちを見て、この修行の目的を達せられていない現状に、俺は少し焦《あせ》った。

「……しょうがない。ここはもう、俺が行くしかないな」

俺はため息を吐きつつ、自分にコスチューム・チェンジをかけて、大きな翼を生やした黒い悪魔に姿を変化させた。

「なんか、変なコスプレをしているみたいで……少し、恥ずかしいな」

俺は忍び足で木陰に身を隠し、フレアたちを待ち構えた。

俺の創り出す眷属では、あのテレサには全く歯が立たない。もうこうするしかないのだ。

「あっ、もう光の柱があんなにも近くにありますわ！　もう少しです！」

「ルシカ、一回も気絶していない！　ルシカ、偉い！」

「かっかっかっ！　わしにかかれば、こんなものちょっとした散歩じゃ！」

順調にゴールに近づいているフレアたちは、最初は怯え切っていたが今ではどこか余裕さえ見えてきている。

「さあ！　さっさとゴールして、ラルフの驚いた顔を見てやろう！」

もうゴールしたつもりなのか、浮かれ切った顔をしているフレアが足取り軽く前に踏み出した時、俺は皆の前に飛び出した。

「ふっふっふっ。この暗闇《くらやみ》に足を踏み入れたのがお前らの運の尽き。お前らの柔らかい肉を食いつくしてやろう」

自分でも少しやりすぎかなと思うほど、重低音の効いた声で脅しのセリフを言った。

いったい、どれほど大きな悲鳴をあげるかと思ったが、俺の想像とは違いフレアたちは全然リアクションをしなかった。

「おい、テレサ。こいつも軽ーく懲らしめてやれ」

フレアが、もう手慣れたようにテレサに指示をした。

こっ、こいつら。本当にすぐ調子に乗る性格だな……。

すぐにぬるま湯に順応し、図々しい態度になっているフレアたちを見て、俺は呆れ果てる。

だが、この現状を打破する為に俺自身が姿を現したのだ。

フレアに言われ、剣を持ち俺の前にテレサが出てきた。

「すみませんが、皆さんをこれ以上怖がらせないでください」

テレサが、剣を振り上げ俺に飛び掛かってきた。

やはりテレサはただ者ではない。対峙《たいじ》するとそれがより一層分かる。普通なら、何が何やら分からないうちに、この天才に斬り捨てられるだろう。

だが、それは普通の者だったらの話だ。そう、俺は魔大陸で最強の四天王――。

「暗黒呪縛！」

俺はテレサに向けて、人差し指を突き出し詠唱した。

「えっ？」と、テレサは何が起きているのか分からないような顔をして、地面に仰向《あおむ》けに倒れた。

テレサの胴体には数個の黒い輪が、締め付けるように括《くく》り付けられてある。

体を揺らし、どうにか動かそうとするが、テレサはその輪をどうすることもできない。

今までの相手は、所詮俺の創り出した作り物。テレサよ。いくらお前が天才的な力を持っていようとも、俺相手にはどうすることもできない。

「さて、障害物はこれで排除した。次はお前たちの番だ」

俺は、今まで余裕をかましていたフレアたちに、ギロリと視線を移した。

急に追い詰められたフレアたちは、その顔を段々と青ざめさせていく。そして、後ずさりし始めた。

「さあ、どうする？　この娘を置いていけば、お前らは見逃してやらんでもないぞ」

俺は少し意地悪な交換条件を提示した。

こいつらのことだ。すんなりと受け入れ、一目散に逃げ出しても不思議ではない。

俺はジリジリとフレアたちににじり寄った。

そして、フレアたちが俺から逃げると思った時――「ふっ、ふざけるな！」と、フレアが大声を上げた。

「おっ、お前！　わしらが仲間を放って逃げると思っておるのか⁉」

仰向けに倒れ、身動きの取れないテレサの前に、三人が庇うように立ちふさがった。

「そっ、そうですわ！　わたくしたちは強い愛で結ばれたチームです！」

「ルシカには、弟子を守る義務がある！」

フレアたちは涙目になりながらも、自分たちの仲間を守る言葉を放った。

おおっ。これは想定外の反応だ。だが、俺はこれを求めていた。

「今すぐテレサを元に戻せ！　でっ、でないとすごーく強いわしらが、お前を懲らしめてやるぞ！」と、フレアは両腕の力こぶを小さく作る。

「そうですわ！　そうですわ！　わたくし、噛みつきますわよ！　ガオッガオッ！」と、リリアは野獣のように歯をむき出す。

「ルシカの一発は重いぞ！　シュッ！　シュッ！　シュッ！」と、ルシカが小さな拳を数回振るう。

どうやら皆で威嚇しているみたいだが、その姿には微塵《みじん》も威厳が感じ取れない。というか、少し可愛《かわい》らしくもある。

「ふふっ。仲間を守りたいか？　なら、この私にかかってくるがいい」

俺はフレアたちに向けて、人差し指でクイクイと手招きをした。

「もう怒ったぞ！　バンババババーン！」

挑発に乗ったフレアは、いつものように擬音みたいな腑《ふ》抜けた魔法の詠唱をした。

すると、俺の胸元《むなもと》に小さな光がいくつか現れると、そのまま大きな爆発が起こった。

「ぐわあああっ！」

俺は爆発で後方に飛ばされる。

「わたくしも、加勢いたしますわ！」

今度は、自分の手を竜のものに変えたリリアが、飛び掛かり俺の頬《ほお》にその手で張り手をした。

「げえへええっ！」

またも攻撃を受けた俺は、さらに飛ばされる。

「ルシカの一発は、ドデカい！」

上を見上げると、そこには両手に大きな雹を作り上げたルシカが、俺に向けてそれを投げ下ろしてきた。

「どはあああっ！」

大きな雹を落とされた俺は、そのまま地面に墜落した。

驚いた。これほどの攻撃ができるようになっていたなんて。どうやら、今日までの訓練は無駄ではなかったようだ。

だが、所詮は最近修行を始めたひよっこ。俺にダメージはほとんどなかった。

なかったが……。

「ぐわわわわっ！　なっ、なんて力だ。この私がやられるなんて……」

俺は大袈裟に吹き飛び、敗北の言葉を並べた。

何故なら、この修行の主目的は、俺に痛手を与えるものではなかったからだ。

「まっ、参ったか！　わしの仲間に手を出したら、こういうことになるのだぞ！」

「なっ、仲間を想う力がここまでとは……。私の……完全敗北だ」

俺はそう言いながら、体を震わせ、その場から消滅したように消え去った。

「かっ……勝ったぞ！　わしらが勝ったぞ！」「やりましたわ！　愛の勝利ですわ！」「ルシカの！　ルシカの一発が大きかった！」

フレアたちは信じられないといったような顔をして、自分たちの勝利に喜び、その場で飛び跳ねた。

「そっ、そうじゃ！　テレサ！　テレサは無事か!?」

喜びに沸いていた三人は、思い出したようにテレサの方に顔を向ける。その先には、体が自由になったテレサが、無事に立っていた。

「おおっ！　テレサ、怪我は無いか!?　どこか痛くないか!?」

フレアたちが、心配そうにテレサに駆け寄った。

「はい。皆さんのおかげで、このとおり傷一つ付いていません」

テレサは両手を広げながら、自分の体に外傷がないのを見せるように左右に体を回した。

「どっ、どうじゃ！　わしらが本気になれば、あんな奴など他愛もないのじゃ！」

フレアは、テレサの前だからか強気な言葉を並べたが、よく見ると足をカクカクと震わせていた。リリアとルシカも少し興奮してはいるが、同様に体を震わせていた。

少し離れた木の影から、その様子を見ていた俺は小さく笑う。

しかし、それはあいつらを小馬鹿《こばか》にする笑いではない。むしろ誇らしい喜びの笑いだ。

臆病で決して自分たちは危険な所には出向かない奴らが、テレサのことを想って、震える心を堪《こら》えて前に踏み出したのだ。

これが、今回の修行で見たかった姿だ。

別に俺を倒すような強さを見せなくていい。別に俺を驚かせるような戦略を見せなくていい。

あいつらが自立するにあたって一番大切なもの――勇気を見せてもらった。


悪魔に化けた俺を倒したフレアたちは、そのまま順調にゴールである光の柱に到着した。

「ゴール、おめでとう。みんな、よくやった」

先にゴールまで移動していた俺は、フレアたちを拍手しながら迎え入れた。

「「「やったー！　ゴールしたぞおおおっ！」」」

フレアとリリアとルシカは、拳を振り上げその場でジャンプして喜びを表す。テレサは、そんな三人を見て、同様に嬉しそうに笑った。

「ラルフ！　聞いて驚け！　ここに来る前に、こーんなデカい悪魔が現れおったのじゃ！」

「そうですわ！　でも、勇敢なわたくしたちは、何一つ怯えることもなく『わたくしたちのお友達に手を出さないでください！』と、言ってやりましたの！」

「それで、それで！　ルシカの圧倒的一発で瞬殺してやって！」

興奮状態の三人は、少し……いや、かなり誇張した話で、俺に自慢をしてきた。

「落ち着け、落ち着け。そうか、それは凄かったな。じゃあ、その話はこれから約束していた賞品を渡しながら聞くとしよう」

俺は、何とか三人をなだめ、賞品を渡す為にテレポートでコロシアムに皆を連れて戻った。

「みんな。ここ数日よく頑張った。これは、そのご褒美だ。今日は思う存分楽しんでくれ」

コロシアムには煌びやかな装飾が施され、置かれてある大きなテーブルには、俺が世界の旅で味わってきた美味な料理が並べられていた。

これは、俺がテレポートで今まで巡ってきた街を訪れて、急いで用意したものだ。

「おおーっ！　なんか、見たこともないような料理ばかりじゃ！」

「ええ！　でも、どれもいい匂《にお》いがしますし、とても美味しそうですわ！」

「ルシカの、新しかき氷のインスピレーションが湧《わ》いてきた！」

三人は、さっきまでの恐怖など忘れたかのように、目の前の料理に目を輝かせている。

「テレサさん。今日までご苦労様でした」

俺は、三人とは違い静かに料理を眺めているテレサの横に行き、彼女を労《ねぎら》いながら肩に手を置いた。

「えっ？　今日まで？」

「はい。一応、今日で一区切りです。明日お宅までお送りしますよ」

俺の言葉を聞いたテレサは、少しだけ寂しそうな表情をした。

「えっ⁉　テレサ、明日に帰ってしまうのか⁉　むぐむぐ」

既に料理にかじりついているフレアが、驚いたように問いかけてきた。

「ああ。預かった人から、ちゃんとテレサは返すと約束したからな。そろそろ心配している頃だろう」

テレサが明日帰るという報告を受けて、フレアたちはさっきまでのハイテンションが少し下がった。

「そうか……それは仕方がないの。テレサ……ほれ」

フレアは、料理がたくさん載った皿をテレサに手渡した。

「食え。美味いぞ」

「ありがとうございます」

「寂しくはなるが、今日はとことん楽しもうではないか。それと、今日の夜は、わしの部屋に泊まるのじゃ」

「はっ、はい」

こうして、第一回ひよっこ道場の訓練は幕を閉じた。

○

ラルフの特訓が終わり、テレサがこの魔大陸に滞在する最終日の夜となった。

いつもなら、ラルフに用意された客室に寝泊まりするテレサだが、この日は三人娘に誘われて、フレアの部屋で最後の夜を共にすることとなった。

フレアの部屋には、四人が一緒に寝られる程の大きなベッドが用意され、その上には様々な種類のお菓子やジュースが置かれてある。

「さあ、テレサよ。好きなものを遠慮せず好きなだけ食うのじゃ。わしが許す」

このお菓子たちを用意したのは勿論ベルフェルだ。だが何故か、フレアはまるで自分の物のように振る舞う。

「あっ、ありがとうございます」

初めて目にする、宝石のように色とりどりのお菓子を前に、テレサはどれを取っていいのか迷った。

「いきなり好きなものと言われましてもね。テレサさんも困ってしまいますわ。ふふっ。わたくしが、とびきりの物を見繕ってあげます」

リリアがお皿を手に持ち、そこの上におすすめのお菓子を手際よく載せていった。

「はい、どうぞ」

テレサは、皿の上にある一口サイズのシュークリームを手に取り、恐る恐る口に運んだ。

同時に、テレサの口の中に新世界が広がった――。

「おっ、おいしい……。わっ、私、こんなに美味しいもの初めて食べました！　甘くて、ほわほわで、優しくて……。こんな物が、この世界にはあったのですね」

テレサは、新たな色を塗られた自分の世界に喜びと興奮を覚え、頰を紅潮させ目をキラキラと輝かせた。

「テレサ。これも食べて。ルシカのかき氷は、一口食べると――飛ぶ」

今度は、ルシカがレインボー色のシロップをかけたかき氷を、テレサに手渡した。

テレサはかき氷にスプーンをさし、一口分をすくって口に入れる。

「冷たくて、シャクシャクして、溶けて――。これも、凄く美味しいです！」

テレサの絶賛を耳にしたルシカは、「うんうん」と満足気に頷いた。

こうして、ささやかなお別れ会は、少女たちの笑い声を皮切りに始まった。

四人は、ここ数日共にした過酷な遊びを振り返りつつ、思い出話に花を咲かす。

「それにしても、テレサよ。お前もなかなか見込みのある奴じゃの。わしに、ここまで肉薄した者はそうそうおらなかったぞ」

「フレア。お前がドッジボールの時、涙目になっていたのをルシカは見ていた」

「ばっ、バカ者！　あっ、あれは……か、感動。そっ、そうじゃ！　わしの弟子の晴れ姿に感動して、つい目にゴミが！」

「フレア。言い訳が、ごちゃ混ぜになっていますわよ」

テレサは、三人の漫才のような軽快な会話に「ぷっ」と小さく息を吹き出し笑った。その顔は屈託《くったく》なく、自然そのものの彼女の笑い顔だった。

人見知りで引っ込み思案なテレサだったが、人懐っこく基本的には優しい性格の持ち主であるフレアたちと数日共に過ごし、心を開いたのである。

フレアたちは、テレサの笑顔を見ると、お互いの顔を見合わせて一緒に笑った。

楽しい時間はあっという間に過ぎ、夜は更けていった。

電気を消したフレアの部屋で、ルシカ、フレア、テレサ、リリアの順に、四人は横並びになって布団《ふとん》の中に入る。

体は少し疲れてはいるが、初めてのお泊まり会でテンションの上がったテレサは、なかなか寝付けないでいた。

だが、それはテレサだけではない。他の三人も同様に眠れない。

「テレサよ……またいつでも遊びに来るのじゃ」

テレサの隣で寝ているフレアが、少し照れくさそうに言った。

「えっ？　いいんですか？　またここに来て」

テレサの問いに、周りにいた三人はクスクスと笑う。

「何を言っているのです？　当然じゃないですか」

「寝ぼけているの？　いや、今から寝るのだけども」

「別に、わしらに気を遣わんでもいい。わしらは……友達じゃからの」

リリアとルシカが、テレサの方に体を向けて優しく声をかけた。

「とっ、友達？」

同年代の少女に、初めて言われた単語に、テレサはどう反応したらいいか分からない。

「そうじゃ。厳しい時間を共に過ごし、一緒にお菓子を食べて、楽しい話をして。そして、こうやって一緒に寝る。これが友達じゃなくて、いったい何が友達なのじゃ？」

「そうですわ。わたくしたちは、もう誰にも引き離されない強い愛情で結ばれています。遠慮なんて無用ですわ」

「くくっ。お前はもうルシカの盟友。ルシカのかき氷屋第二支店の店長は、お前に任せてもいいと思っている」

三人の言葉を聞いたテレサは、布団の中で静かに涙を流した。

自信がなく、いつも修行に明け暮れ友達なんて作れると思ってもいなかった自分に、ここまで優しく寄り添ってくれたことに、涙が出るほど嬉しかったのだ。

「でもな……残念なことに、そう簡単に会えんかもしれん」

フレアが、少し不安をのぞかせた顔をした。

「えっ？　どうかしたのですか？」

テレサは涙を拭い、その意味を聞く。

「うむ。実は、わしらの所にはな。わしらのことを狙う、悪い奴らが襲い掛かってくるのじゃ」

「ええっ！　そんなことがあったのですか⁉」

「ええ。わたくしたちは、ただ愛のある平穏な暮らしがしたいだけですのに、それが伝わらないのですわ」

「ルシカも、かき氷の道を究めたいのに、邪魔ばかりされる」

生まれて初めてできた友人に、思ってもいなかった危機が迫っていることを知ったテレサは、言葉を失った。

「かかっ。まあ、わしらにとってはちょっとした嫌がらせじゃ」

「ふふっ。心配しなくてもいいですわよ。わたくしたちには、ラー君がいますから」

「そう。何かあっても、ラルフが喜んでルシカたちを守る」

いつもはビビり散らかしている三人だが、テレサの前ということもあり、少し強がって見せる。

「皆さん、ウルフさんのことを信頼してらっしゃるのですね」

テレサの言葉を受けて、三人は小さく笑う。

「まっ、まあな。ラルフは子供の時からずーっと一緒にいた大事な仲間じゃからの。誰よりも信頼しとるのじゃ」

フレアは少し照れながら、ラルフへの気持ちを吐露する。

「ええ。ラー君は気恥ずかしがり屋さんですけど、本当に愛情深い人ですから。あんなに優しい人は、わたくしは他に知りません」

リリアは顔を赤らめ「ふふふっ」と小さく笑いながら、ラルフの人柄を口にする。

「ラルフは、いつもルシカのかき氷を喜んで食べてくれる。ルシカもラルフの喜ぶ顔が見たいから、美味しいかき氷を一生懸命作っている」

ルシカは、何故日頃かき氷を熱心に研究しているのかの理由を告げる。

「なっ、何かあれじゃの。変にラルフのことを持ち上げてしまった。……いっ、いいか⁉　この話はここだけの話じゃからな！　絶対に、ラルフに言ったらダメじゃぞ！」

「そうですわね。この話を聞かれたら、わたくし恥ずかしくって、ラー君の顔をまともに見られなくなってしまいます」

「ルシカも……。そうなったら、かき氷の味がブレてしまう」

普段は言わない、ラルフへの本心を吐露した三人は、急に恥ずかしくなり顔を布団の中に埋《うず》めた。

「とっ、とにかく！　そういうことじゃから、テレサはわしらのことを心配しなくて大丈夫じゃ！」

フレアは気丈に、テレサの不安を解消させる為の言葉を口にした。

だが、テレサはその微《かす》かな動揺を感じ取っていた――。

〇

最後の修行を終えた翌朝。

俺は、テレサをトルヘロ村に返す為にプライベートルームにいた。

そこには、テレサと、彼女の見送りをする為にフレアたちがいる。

「じゃあの。元気でいるのだぞ。これはプレゼントじゃ」

フレアは、一枚の紙にテレサの似顔絵を描いた物を手渡す。

「テレサさん。風邪に気を付けてくださいね。これで体を温めてください」

リリアが、テレサの首元に手編みの白色のマフラーを巻く。

「いつか、ルシカと共に世界を飛ばそう。これは、その時に着る物」

ルシカが、背中に「氷」と書かれた水色のハッピを取り出し、テレサに羽織らせる。

お別れのプレゼントを受け取ったテレサは、大事そうに自分の体をそっと抱きしめた。

それを見たフレアたちは、体を小刻みに震わせると、両目に大量の涙を溜《た》めた。

「うっ、うわあああああああん！　デレザァ！　また、ぜっだいに、がえってごいよおおおおおおおおっ！」

我慢が仕切れず、とうとうドバっと涙を流したフレアたちが、一斉にテレサに抱き着いた。

大きな愛情を受けて、テレサは嬉しいのかコクコクと頷きながら、静かに雫《しずく》を目尻から垂らす。

「ラルフの鬼！　何で、テレサを連れて行ってしまうのじゃ⁉」

「ラー君は、わたくしたちに、いったい何の恨みがあるのですの⁉」

「おい、ルシカ。お前も何か、この意地悪坊主に言ってやれ！　……ルシカ？　おい、ルシカ！　いかん！　ルシカの奴、寂しすぎて気を失っておる！」

何で、俺が悪者みたいになっているんだ？　と、俺は理不尽な非難を受けて思った。

「無茶を言うな。ここに来た時に言ったが、テレサさんは遠い知り合いから預かったんだ。ちゃんと返さないと、向こうの人が心配するだろ。それにまたいつか会える」

俺の言葉を聞いて、これ以上わがままを言うとテレサに迷惑がかかると思ったのか、フレアたちは泣き止んで渋々離れた。

「じゃあ、テレサさん。そろそろ行きましょうか。向こうでは、テレサさんの帰りを心待ちにしている人がいますよ」

俺の催促に、涙を拭ったテレサは「はい」と返事をする。

こうして、俺はテレサと共に魔王城を後にした。

○

俺は黒い渦の中を通り、トルヘロ村の近くにテレサと共に降り立った。

「お疲れ様です。到着しましたよ」

魔大陸から、もとの地に戻ったテレサは、キョロキョロと周りを見渡した。

「二回目ですけど、本当に戻ってきたのですね。ウルフさんの魔法は、相変わらず凄いです」

テレサは感心したように、俺の力に驚きの顔を見せる。

「テレサさんも、この短期間の修行でかなり力を付けましたよ。なにか、一つ殻を破ったように思います」

俺の忌憚《きたん》のない感想を聞くと、テレサはそれを否定せずに頷いた。

「実は、私もそう思っていました。皆さんが認めてくれたおかげで、こんな自分でも変われた気がします」

少し前の自信の持てない彼女なら、俺の賛辞を聞いてもどこか信じ切れず、謙遜の言葉を並べただろう。

だが、他人と触れ合い認め合うことで、自分という存在を信じられるようになったみたいだ。

今回の修行で、テレサは技術というより人として成長できたのだろう。その精神的成長が、抑えつけられていた潜在能力を解放した。

正に、あの爺さんの望んだとおりになったのか――。

「じゃあ、僕はこれから色々することがあるので、ここでお別れです。ムサシさんに、よろしくお伝えください」

「……」

テレサは、俺の別れの言葉に口をつぐんだ。

「テレサさん、どうかされましたか？」

「あの……ウルフさん。少しお願いがあるのですけど」

珍しく、テレサが俺に頼みごとをしてきた。

「なんでしょう？　遠慮せずに言ってください」

「はい。……今回の修行の締めとして、ここで私と一度手合わせをしていただけませんか？」

手合わせか……。恐らく、自分自身の成長に手ごたえを感じ、その成果を試したいんだな。

だが、彼女との手合わせは、ただの手合わせでは済まない。こっちもそれなりの覚悟を持って相手をしないと、ちょっとした怪我では済まないことになる。

できればしたくはないが……いま現在の、彼女の力を知っておくには仕方がないか。

魔大陸の四天王として納得した俺は「はい。いいですよ」と、テレサの頼みを了承した。

少し離れた草原に場所を移し、俺とテレサは互いに訓練用の模造剣を持って対峙《たいじ》した。

「じゃあ、テレサさん。遠慮せずに、全力で来てください」

「……はい。そうさせていただきます」

返事をしたテレサは、重心を低くし、両手で握った柄《つか》を自分の顔の横に持って来て、剣先を前に突き出す構えを取った。

その表情は、いつもの穏やかなものではなく、剣士として眼光の鋭いものだ。

彼女の覇気に当てられ風が止まり、体にかかる重力が何倍にも増えたような圧力が襲い掛かる。

「――いきます」

言葉と同時にテレサは姿を消し、瞬間移動したように眼前に現れた。

「やあああああっ！」

テレサは俺に向けて一直線に剣を振り下ろしてきた。

まるで一筋の光が落ちてくるような斬撃を、俺は持っている剣でギリギリ受け止める。

「ぐぐぐっ！」

テレサの斬撃はキレと重さがあり、それを受け止めて踏ん張った俺の足は、地面にめり込んだ。

くっ！　腕が痺《しび》れる！　また一段と力をあげたな。いったいどんな成長速度だよっ！

こんな感覚は、四天王になってテレサ相手にしか感じたことはない。

一撃を止められたテレサは、そこで攻撃の手を止めない。

「たあああああっ！」

すぐに死角へと移動し、様々な角度から流れるような斬撃を繰り出してきた。

集中力をさらに一段上とあげた俺は、彼女のスピードに追い付き、全てを弾《はじ》き返《かえ》す。

剣を弾かれ、テレサの構えに少しの隙ができた。当然、俺はそれを見逃さず、その隙間《すきま》に剣を振るう。

だが、テレサはそんな俺の前に向けて掌を突き出してきた。

「フェアリー・ブレス！」

テレサの手から突風が吹きつけ、俺の体は後方に飛ばされた。

俺は何とか地面に着地するが、今度はこっちの体勢が崩される。

もちろん、テレサもこの機を逃さない。覇気を察知し空を見上げると、そこには日の光と重なり合ったテレサが、剣を振り下ろしながら向かって来ていた。

体勢が崩された状態で、スピードに乗ったテレサの攻撃。

このままいけば、間違いなく彼女の一太刀を受けてしまう。そう、このままいけば――。

俺は瞬時に、自分の体に暗黒オーラをまとわせた。

「ダーク・ファントム！」

詠唱と同時に俺の身は黒くぼやけ、そこをテレサの剣が通り過ぎていった。

「えっ！」

テレサは、当てたはずの剣が空振りに終わって、驚いた表情を浮かべる。

そんなテレサから少し離れた位置に、俺は移動していた。

テレサは慌てて振り返り、剣を体の前に出して防御の構えを取る。

しかし、俺は漆黒の魔力を剣にまとわせ、振り被る。

「ダークネス・スラッシュ！」

漆黒の鋭い斬撃が撃ち放たれ、それを受け止めた彼女の剣が——真っ二つに折れた。

こうして、俺とテレサの手合わせは終わりを迎えた。


「こっ、こんなにも上手く剣術に魔法を組み合わせるなんて……流石です。ウルフさんは、いつも私が想像した以上を超えてくる。はあっ、はあっ、はあっ。あっ、ありがとうございました」

肩で息をするテレサは、両膝に手をつきながら礼を言う。

「テレサさんこそ、ここまで成長しているなんて、ビックリですよ」

俺の褒め言葉に、テレサは首を横に振った。

「いいえ。さっきは大きなことを言っちゃったけど、やっぱりまだまだです」

この領域でまだまだだなんて。他の冒険者はどうなってしまうんだ？

なんとか息を整えたテレサは、顔をあげる。

「でっ、でも。以前みたいに落ち込んだりしません！　私、もっともっと強くなれる気がしているんです！」

言葉通り、テレサの表情は以前とは違って明るいものであり、何か吹っ切れたようなものだった。

「そうですか。それはテレサさんの師匠の一人として、楽しみですね」

いや、怖いと思うべきか……。

別に俺は、慈善で彼女を鍛えているわけではない。

彼女を育てることによって、今後あの三人をさらに強くすることができると思ったからだ。

そして、それは俺自身も――。

「あの……。最後にもう一つお願いしてもいいですか？」

テレサは、またも何かの頼みごとをしてきた。

だが、今度は何故か顔を赤らめ、体をもじもじとさせている。

「何ですか？　僕たちの間柄じゃないですか。遠慮せずに言ってください」

「はっ、はい！　では……こっ、今度から、私の名前もひよっこ道場の皆さんと同じように、テレサと呼び捨てで呼んでください！」

テレサは胸の前で小さく握り拳を作り、思い切った感じで声をあげた。

いきなりの思ってもいなかった頼みに、俺はしばらく無言になってしまう。

その奇妙な間に、テレサの顔はますます赤くなっていった。

「あっ、ああああああの！　もちろん、嫌でしたらかまいません！　ごっ、ごめんなさい！　いきなり変なことお願いして！」

慌てたような彼女の反応に、俺は小さく笑ってしまう。

「ははっ。そうですよね。テレサさん一人だけによそよそしいって、なんだか寂しいですよね。分かりました。テレサさ……テレサ。これからもよろしく」

俺のくだけた言葉を聞いたテレサは、顔をパッと明るくさせた。


手合わせを終えた俺は、テレサをトルへロ村の近くまで見送りにきた。

「じゃあ、テレサ。また会いに来るよ。それまで修行を頑張れよ」

「はい！　私、フレアさん、リリアさん、ルシカさん。そして、ウルフさんの為に、頑張ります！」

テレサはネクレスに付いた黒星石を握ると、力強い目で決意のった宣言をした。

「じゃあ、また今度」

俺はテレサに手を振って、テレポートで創り出した黒い渦の中に入っていった。

「さて……作戦開始だ！」

6章　無責任だった四天王は自分と向き合う――――――✖✖✖✖

テレサが人間界に戻って一か月後――。

いつもと変わらない平穏な日。その均衡を破るかのように、それぞれの四天王玉座の間に、家臣が慌てて駆け込んできた。

家臣は各々《おのおの》の主《あるじ》の前で片膝《ひざ》をつき、魔大陸の行く末を大きく変える、重大なニュースを告げた――。

「「「なっ、何だって⁉　ラルフがやられただと‼」」」

フレア、リリア、ルシカが自分の玉座の間で、家臣から聞かされた知らせに声を荒らげる。

そして三人とも、力なく玉座に座り込んでしまった。

話によると、ラルフはいつものごとく魔王城に攻め入ろうとした冒険者パーティーと戦った。

だが、連戦の疲れか、いつものように戦うことのできなかったラルフは、最後の戦士との戦いで相打ちとなり、その身を滅ぼしたのだ。

この知らせは、瞬く間に魔大陸全体に広がり、多くの者を驚かせた。

魔族にとって最強の戦力を失い、混乱が巻き起こるかに思われた。だが、そうはならなかった。

何故《なぜ》なら――暗黒騎士ラルフ・オルドレッドは、四天王で最弱だからである。

いくら四天王の一人がやられようとも、他に三人もいる。しかもその人物は、今まで人間が手も足も出なかったラルフ以上の力を持つ者なのだ。

したがって、この敗北が魔族全体を危機に追い込むほどの問題だとは、捉《とら》えられなかったのだ。

だが、それとは全く逆の反応をした者たちがいた。そう――現四天王たちだ。

真実では、強いどころか今まで一度も戦ったことのないラルフ以外の四天王は、かつてない危機に追い込まれていたのだ。

四天王と限られた者しか入室を認められていないプライベートルームには、まるで世界が終わったかのような雰囲気が充満していた。

フレア、リリア、ルシカ。三人はそれぞれ自分の席に着きながら下をうつむいていた。そして、誰《だれ》もが重くなった口を開こうとしない。

フレアが、力が抜けたように天井《てんじょう》を見上げた。

「ラルフ……」

その瞳《ひとみ》は光を失い、何処に焦点が合っているのか分からない。

「あっ、あの……これは、何かの間違いですわ。そうですわ。だって、あのラー君が、負けるはずがないんですもの。そうですわっ！　これは、何かの間違いですわっ！　きっと、きっと……いつものように、元気にわたくしたちの元に戻ってきますわっ！」

　現実を受け入れられないリリアは、無理やり笑顔を作り、ラルフの無事を信じる言葉を言い連ねる。

「…………」

　ルシカはリリアの言葉に反応せず、体全体を小さく震わせている。

　三人は、経験したことのない悲しみと絶望に、感情の全《すべ》てが支配されていた。

「お嬢様方……」

　悲しみに打ちひしがれたフレアたちを、ベルフェルが心配げに見守る。

「何で……何で、こうなってしまったのじゃ？」

　フレアが、天井を見上げたまま、答えを求める。

「それは……」

　答えを知っているリリアは、両拳《こぶし》をテーブルの下で握り締め、歯を食いしばった。

「ルシカたちのせいだ……」

　ルシカがその答えを口にした。

　ルシカが出した答えに、誰も否定の言葉を挟まない。

「そうじゃ。わしらが、あいつに全てを押し付けていたから、こんな……こんなことになってしまった……」

フレアが、自分の責を悔いるように、自分の唇を嚙《か》みしめた。

「わたくしたちは、ラー君に甘えすぎたのですわ」

三人は、これまで自分の殻に閉じこもり、それによる歪《ゆが》みの修復をラルフに任せきりにしていたことに気が付いていた。

だが、ラルフが有能ゆえにそれが問題になることがなく、出来上がったぬるま湯の心地よさから抜け出せずにいた。

その結果、取り返しのつかないことになり、後悔してもし切れないことになった。

真実に気が付いた三人は、再び口を閉ざす。

この永遠に続きそうな、悲しみのループに言葉を挟む者がいた。

「お嬢様方」

「ベルフェル？」

この悲劇を見守り続けていたベルフェルが、かつての教え子たちに声をかけた。

「お嬢様方。どれだけ後悔しても、時が戻ることはありません。しかし、未来は唯一変えることができるものです」

普段は彼女らを甘やかしてばかりのベルフェルが、真剣な眼差《まなざ》しでフレアたちに語り掛ける。

それは、我が子のように愛するフレアたちが、このままでは悲惨な未来をたどると思ったからこそ、初めて見せた厳しい表情であった。

「そして、お嬢様方にはそれができる力があるはずです。お嬢様方が恐れずに、前に踏み出した時に未来は変えられる。ラルフ様も、きっとお嬢様方のそんな姿を望んでいると、私は思います」

かつての師であるベルフェルの教えを受けて、フレアたちはお互いの顔を見合わせた。

○

魔王城から少し離れた位置にある洞窟の中――。

一人の男が腰を下ろし、焚《た》き火の前でわびしく暖を取っていた。

その男の名は――ラルフ・オルドレッド。四天王最弱と言われる俺《おれ》である。

そう。俺は、別に冒険者にやられたわけではなかった。

「ラルフ様。仰せの通り、ラルフ様が討ち取られたという嘘《うそ》の情報を、魔大陸全体に流しました」

クレマンスが、俺の目の前で片膝をつき、任務完了の報告をしに来た。

この通り、俺がクレマンスを使い、嘘の噂《うわさ》を広めたのである。

「ところで、何故このような話を広められたのでしょう？　私には、ラルフ様の崇高なお考えが、恥ずかしながら要領を得ません」

「ふっ。そう心配するな。後で、ちゃんとその意味を説明する。それまでは、心穏やかに静観しているのだ」

「はっ！　了解いたしました！」

クレマンスには言えないが、何故このようなことをしたかというと——それは全てあの三人を俺から自立させる為だ。

今まで俺に頼りっきりだった三人が、いきなり頼れるものを失えばどうなるか。

恐らく大混乱が起こるだろう。

だが、あいつらは以前のあいつらではない。テレサと特訓を重ね、今まで見せたこともなかったような力を発揮した。

それはあいつら自身も理解しているだろう。

能力的には、そこらの冒険者に負けるはずがないと思う。

問題は、あいつら自身の精神面だ。他人に甘え、いざという時でも誰かが何とかしてくれるという考えが何処かにある。

だが、守ってくれる者がいなくなり追い詰められれば、そうは言っていられない。

そこで、きっとあいつらは本来の力を発揮し、その危機を乗り越えるだろう。

そうすれば、あいつらは自分に自信を持つことができ、俺から自立することができる。

順調だ……。今のところ、俺の自立計画は順調だ。この日の為に、様々な策略を巡らし頑張った自分を褒めてやりたい。

「ふふふふっ。よくやった、俺」

「おおっ。ラルフ様が、何かお喜びだ。きっと、私などが想像することもできないような未来を、思い浮かべて笑っていらっしゃるのだろう！」

俺は前に手を伸ばし、そこに黒い小さな体に二つの翼と二本の足を持った一つ目の魔物を生み出した。

「シャドウアイ。行ってこい」

偵察機として有能な眷属《けんぞく》であるシャドウアイを、洞窟の出口に向かって飛ばした。

さて……シャドウアイを使って、あいつらの戦いを陰から見させてもらうとするか。

○

青氷の間に、普段では決して足を踏み入れることのない者たちが姿を現した。

「ここは何処だ？」

「ついさっきまで、魔大陸の入り口付近にいたのに。いきなり、こんなわけの分からない部屋の中に移動した。どういうことだ？」

「私たちの知らない、魔大陸の超常現象なのかしら？」

剣士、武道家、魔法使いという、オーソドックスな冒険者パーティーが、周りを見渡しながら戸惑いの言葉を述べた。

だが、それ以上に、この現状に対し戸惑いを隠せない者がいた。

「だっ、誰？」

急に現れた侵入者に、この部屋の所有者であるルシカが、怯《おび》えを含んだ言葉を漏《も》らした。

冷気に包まれた部屋に、自分たち以外の声がしたことに気が付いた冒険者たちは、一斉にその方を見る。

そこには、玉座に腰を下ろしているルシカがいた。

「あいつは誰だ？」

急に現れた正体不明の少女に、武道家が少し警戒心をのぞかせた。

だが、共にいた博識の魔法使いは、震える人差し指でルシカをさした。

「私、あの人見たことある。青髪に、あの氷のような冷たい目。聖王国に流れていた、肖像画と一緒だわ。間違いない。あっ、あれは……四天王の一人――氷結魔女のルシカ・シルヴァだわ！」

魔法使いの叫びに、仲間の冒険者たちは体を硬直させた。同時に、ルシカも同じように体を石のように固くさせた。

「なっ、何で四天王の一人が、こんな所にいるんだよ⁉　俺たちは、経験の為に魔大陸の入り口で修行しようとしていただけなのによ！」

いきなり始まった最終決戦に、武道家は動揺を隠せない。

だが、それはルシカも同じだ。いきなり現れた敵に、動揺して目の前がぐるぐると回ってくる。

いつものように、現実逃避を始めルシカの意識が遠くなってきた。このまま、眠ってしまえばどれほど楽になれるだろう——とルシカはその欲に身を委《ゆだ》ねようとする。

しかし、途中で頭の中にラルフの姿が映った。

（だめだ、ルシカ！　いつもこんなんだから、ラルフはあんな目にあってしまった。ルシカは、ルシカは、ルシカは……）

ルシカは自分がしてしまった後悔を思い出し、遠のく意識をどうにか留《とど》めた。そして、玉座から腰を上げる。

「お前ら。ここが何処で、ルシカが誰なのかを知って来たのか？」

「……えっ？　何？　何て言ったの？　声が小さすぎて、何を言ったか分からないわ！」

ルシカ自身は、ちゃんと声を出したつもりだったが、あまりもの緊張でボソボソ声でしか最初の威嚇をできなかった。

ルシカは、それが恥ずかしく、顔を少し赤らめる。

「きっ、気を付けろ！　相手は、あの氷結魔女と言われる四天王だぞ！　何かの呪文を唱えたのかもしれない！」

剣士はルシカのことを、魔大陸を統《す》べる四天王として見ている為、過剰に警戒心を持って仲間に警告をした。

パーティーはその声に呼応し、各々自分の武器を手に持ち戦闘態勢に入る。

三対一という、人数では劣勢に立たされているルシカは、怖くなり目尻に氷の雫《しずく》を少し浮かべた。だが、すぐにルシカは顔を横に振り、その雫を吹き飛ばす。

（ラルフは、いつもこんな思いをして、ルシカたちの為に敵の前に立ちふさがっていたんだ……。なら、ルシカも四天王のルシカだ。もう……逃げない！）

覚悟を決めたルシカは、右の掌を開けて前に突き出した。すると、そこに先端に青い氷のような宝石がはめられた杖《つえ》が吸い寄せられた。

この杖は、先代から受け継いだ四天王の宝具である。しかし、今まで戦う気のなかったルシカは一度もその力を使わず、ただの飾り物になっていたのだ。

（このシルヴァ・ケーンを使えば、ルシカの力は最大限に引き出されるはず。テレサと遊んだ時には、魔法はちゃんと使えた。きっと大丈夫！）

ルシカは玉座の階段を降り、冒険者たちと同じ舞台に立ち、シルヴァ・ケーンを両手に持ち構えた。

「四天王が一人。氷結魔女のルシカ・シルヴァ！　ここは、氷魔族の聖域。そこに足を踏み入れる者は、誰であろうと容赦はしない！」

気迫のこもった宣戦布告に、四天王として見ている冒険者たちは、少し後ずさりをした。

「くっ！　どうしてこんなことになっちまったか知らねえが。こうなった以上、やるしかねえぞ！　覚悟を決めろ！」

弱気になった仲間の気配を感じ取ったのか、ムードメーカーである武道家の男が、喝の入った声をあげる。それに気を引き戻された仲間たちは、表情を引き締めた。

お互いが武器を構えて、緊張感に包まれた時間が流れる。

動き出せば全ては始まり、もう止まることは許されない。それを知っているからこそ、お互いになかなか動き出せない。

だが、硬直した緊張感もいつまでも続きはしなかった。

この中で、一番短気である武道家が耐え切れずに、拳を振り上げルシカに向かって走り出した。

「どりゃあああああっ！」

ルシカは、その鬼気迫る表情に一瞬気押されるが、すぐに杖を構え「アイス・ウォール！」と魔法を唱えた。

ルシカの杖が青く光り輝くと、目の前に大きな氷の壁が出来上がり、武道家の拳を弾《はじ》き返《かえ》した。

（よっ、よし、やった！　これはテレサとドッジボールをした時に、あのボールを受け止めることができたんだ！）

ルシカは、テレサとの遊びを思い出し、それを復習するように敵の攻撃を防御した。

「なっ、なんだ⁉　この固い氷の壁は！　俺の攻撃を受けてもビクともしねえ！　ちっ！　流石は四天王の一人ということか！」

「相手は魔法を操《あやつ》る魔女。私に任せて！」

今度は魔法使いの少女が、木の杖を突き出し前に出た。

「ウォーター・スクリュー！」

杖の前に丸い魔法陣が出現すると、そこから勢いよくドリル状の水が飛び出した。

「ヘイル・レイン！」

それに対し、ルシカも杖を突き出し、そこから無数の雹《ひょう》を撃ち出した。

魔法使いの水のドリルに、ルシカの雹がぶつかる。すると水のドリルは、みるみるうちに凍り付いてしまった。

「わっ、私の魔法が！」

自分の攻撃を無効にされた魔法使いは、ショックを受けた顔をする。

（よし！　これはテレサとチャンバラごっこをした時に、あともう少しまでに追い詰めた技だ！　やっぱり、ルシカもやればできる子！）

性質的に、水は冷たさで氷に変化させられる。相性がいい相手に、ルシカは有利に戦いを進めることができた。

先行した二人は、いとも簡単に自分たちの攻撃をいなされて（本当は、ルシカはいっぱいいっぱいである）自信を失ったような顔をした。

「みんな諦《あきら》めるな！　僕たちは何の因果か分からないが、四天王を打ち倒す使命を天から授けられたんだ！　必ず運命が僕たちを勝利に導いてくれる！」

パーティーのリーダーである剣士が、銀に輝く剣を前に突き出し構える。

「氷結魔女、ルシカ・シルヴァ！　覚悟！」

剣士は剣を高く掲げ、ルシカに飛び掛かった。

他の二人よりも機敏な動きをする剣士に、ルシカは少し虚を突かれる。

だが、その動きはテレサに比べると数段も遅く、戦いに慣れてきたルシカはすぐに体勢を整えた。

「ルシカは、四天王ルシカ・シルヴァ！　魔族を統べる長として、負けない！　フローズン・ワールド！」

ルシカが杖を上に掲げると、先端に付いた青い宝石が眩《まばゆ》い光を放った。

玉座の間全体に光が覆《おお》う。しばらく時間が経《た》つと、徐々にその光が薄れていった。

ルシカは閉じた目をゆっくりと開く。すると目の前には、体全体を氷のように固まらせた冒険者パーティーがいた。

「ははっ……やった」

初めての戦いに勝利したルシカは、へなへなとその場に座り込んだ。ルシカは、しばらく呆然《ぼうぜん》としていたが、次第に現状を把握すると目尻から氷の涙をポロポロと流した。

「ラルフ！　聞こえているか⁉　ルシカは、やったぞ！　ルシカは、やった！　ふぇええええええんっ！」

緊張の糸が切れたルシカは、しばらくそこで泣きじゃくった。

少し時間が経《た》ち、落ち着きを取り戻したルシカは、涙を拭い自分が凍らせた冒険者たちの方を見た。

「……あれ？」

ルシカは不思議な顔をして首を傾《かし》げた。だがそれも無理はない。ついさっきまであった氷漬けの冒険者たちの姿が、忽然《こつぜん》と消えていたのだ。

○

竜人の間では、ペットのプリンに抱き着いているリリアの前に、他の冒険者パーティーが送り込まれていた。

「み、皆さんは、いったい何処からここに入ってきたのですか？」

茶髪の男、スキンヘッドの男、眼帯を付けた男。三人の冒険者たちは、戸惑いながら目の前にいるリリアに警戒した。

「なっ、なんだ？　あの女、何処から現れた？　というか、ここは何処だ？」

茶髪の男が周りをキョロキョロ見渡しながら困惑の声をあげる。

「おい、見ろ！　あいつ、あのライガをまるでペットかのように手懐けているぞ！」

スキンヘッドの男が、ライガであるプリンに向けて指をさし叫んだ。

「嘘だろ⁉　ライガって言えば、俺らよりランクが上のパーティーでも逃げ出すのが得策って言われる魔獣だぜ！　それをあの女……ただ者じゃねえ！」

眼帯の男が、驚愕《きょうがく》の声をあげる。

本当は牙《きば》を抜かれたような気質のプリンだが、見た目はライガなので、それを知らない冒険者たちは足をすくませた。

「くそっ！　なんでいきなりこんな所に来てしまったのか分からねえが、どうやらこの絶体絶命の危機を乗り越えなければ、俺たちの冒険はここでお終《しめ》えみたいだな！」

茶髪の男が、戦う者の目になり気合の入った声をあげ、仲間の志気を奮い立たせた。

「ったくよ！　てめえと一緒だと、いつもこんな目にばかりあっちまう！　お前は間違いなく、俺たちの貧乏神だよ！」

スキンヘッドの男が、隣にいる眼帯の男に向け非難の声をあげた。

「けっ！　そう、俺を睨《にら》むんじゃねえよ！　俺たちは冒険者をしているんだ！　これぐらい騒がしい方が暇しなくて済むだろ⁉」

眼帯の男は、軽く笑い、この現状を少し楽しんでいるかのような言葉を吐く。

「「へっ！　言ってくれるじゃねえか！」」

何故か自分たちで話を進めた男たちは、覚悟を決めた爽《さわ》やかな目をして剣を構えた。

「あっ、あなたたちは、そんな危ないものを持ち出して、悪い人たちなのですか？」

鈍く光る剣を目の当《まあ》たりにして、リリアは少し青ざめた顔をして冒険者に尋ねた。

「危ないもの？　何言っているんだ？　お前の方がよほど危ないものを横に持っているだろ？」

「おい！　気を緩めるな！　相手は魔族だ！　言葉を巧みに操って、俺たちを惑わせる気だ！」

「そっ、そうだな。なんかホワホワした雰囲気が出ていたから、少し戸惑っちまった。助かったぜ。サンキューーッ！　この狡猾《こうかつ》な魔族め！」

「こっ、狡猾？　あっ、あなたたち、気の優しいわたくしにそんな暴言を吐くなんて、愛のない人たちなのですね！」

侮辱されたと感じたリリアは、顔を紅潮させて怒りを表した。

「愛がないだと⁉　何を言っている！　俺たちほど愛深き戦士はいねえぞ！」

「おうよ！　俺たちは平和を愛し！　善良な人々の笑顔を愛し！　そして、仲間との強い絆《きずな》を愛する者だ！　お前たちみたいな、冷血な魔族と一緒にするな！」

冒険者の言葉を受けて、リリアは頭から湯気を出して立ち上がった。

「なっ、なななな何ですって！　わたくしが、この愛に満ち溢《あふ》れたこのわたくしが！　冷血っておっしゃったのですか⁉」

あまりもの怒りに、リリアの金色の瞳は、竜のように縦に長い瞳孔になった。

「ふざけないでください！　あなたたちより、私の方がずっと、ずーっと愛が深いに決まっています！」

「へっ、怒りが漏れ出ているぜ。本性を現しやがったな、魔族め。……だったらよ。この戦いでどっちの方が、愛がある者か決めようじゃないか！」

「上等ですわ！　ここまでわたくしの愛を侮辱されたのは初めてです！　あなたたちのその身に、嫌というほど愛の鞭《むち》を叩《たた》き込《こ》んであげますわ！」

完全に頭に血が上ったリリアは玉座から降り、冒険者たちのいる場所の近くに、のしのしとその足を進め降り立った。

リリアと対峙《たいじ》した男たちは額から汗を滴らせた。

「流石、あのライガを手懐ける魔族だ。ここまでひしひしと殺気が伝わってきやがるぜ」

「ああ。もしかしたら、俺たちの旅はここで終わるのかもしれねえ。だから後悔する前に、これだけは言っとくぜ。お前たちとパーティーを組めて、俺は幸せだったぜ」

「馬鹿野郎《ばかやろう》。戦う前から、負けることを考えるんじゃねえよ。俺たちは必ず生き残って、いつもみたいに酒屋で馬鹿みたいに酔っぱらうんだよ。だから——」

覚悟を決めた、仲間想《おも》いの愛深き戦士たちは、お互いの顔を見て笑みを浮かべた。

「「「死ぬんじゃねえぞ！」」」

三人の男たちは飛び上がり、剣を振り上げ一斉にリリアのいる所に向けてそれを振り下ろした。

「なっ！　どっ、何処に行きやがった！」

三つの剣が敵に当たらず、同時に床に叩きつけられた。男たちは驚きながら顔を左右に動かし、リリアの姿を探す。

「わたくしは、ここですわ！」

男たちは、声がした上の方を見上げる。すると、そこには竜の足に変化させ宙高く飛び立っているリリアがいた。

「あっ、あんなに高く一瞬で飛べるなんて。とんでもねえ身体能力だ！」

リリアはそのまま竜の足を延ばし、男たちがいる所に向けて着地する。

男たちは慌ててその場から退避するが、リリアの足が地面に付くと、大きな音を立てて床が粉砕された。

「ぐわわわわっ！　なんて破壊力だ！」

間一髪で避けた茶髪の男は、クレーターのようにへこんだ床を見て驚愕する。

へこんだ床から、リリアは全身に黄金のオーラをまとわせながら、ゆっくりと這《は》い上がってきた。その様子を見て、スキンヘッドの男は少し後ずさりする。

「怯《ひる》むな！　恐れに呑《の》み込まれたら、相手の思うつぼだ！　心を燃やせ！　足に力を入れろ！」

茶髪の男は少し呑まれていたスキンヘッドの男を鼓舞し、仲間を勇気づける。

「おうよ！　俺たちは愛する善良な人々の為に、ここで引き下がるわけにはいかないんだ！」

背中を押されたスキンヘッドの男は、一人剣を掲げリリアに向かって飛び掛かった。

もうスキンヘッドの男に恐怖心はない。自分が信じる正義と愛の為に、目の前にいる悪を打ち倒すことに疑いの余地はなかった。

「ですから……わたくしの方が、愛が溢れているって言っているでしょーが！」

リリアは手を振り上げると、腕を竜のものに変化させて、そのまま飛び込んできたスキンヘッドの男の横面におもいっきり張り手を食らわせた。

「ぶっへえええええええっ！」

強烈なリリアのビンタを受けたスキンヘッドの男は、無様な声を上げながら吹っ飛ぶ。

「なっ、なにいいいいいいっ！」

仲間がやられたことに、眼帯の男は悲痛な声をあげる。

「くそっ！　邪悪な魔族め！　よくも俺の大切な仲間――」

眼帯の男が怒りの声をあげようとした時、すでにリリアは彼の眼前に移動して手を振り上げていた。

「こんな、危ないものぶんぶんと振り上げて！　もし子供たちに当たったらどうするのですか⁉」

「いや。ここに子供なんて――ぶっへえええええっ！」

眼帯の男の横面にも同じように強烈なビンタが襲い掛かった。

「そっ、そんなあああああっ！　おっ、お前の手の方がよっぽど危ないものじゃないか！」

残された茶髪の男の言葉を受けて、リリアはギロリとその鋭い眼光を向けた。

「何を言っているんです？　これは、人の言うことを聞かないあなたたちを正す、愛の鞭なのです！　しょうがないことなのです！　あなたたちみたいな人がいるから……わたくしの大切な人はっ！」

リリアは、ラルフの笑顔を思い起こし、目から涙をにじませる。

戦いを見守っているプリンは、主人の胸の内にある悲しみを感じ「ク～ン」と心配そうな鳴き声を上げた。

「なっ、なんだ⁉　その一方的な押し付け愛は！」

強烈な愛を振りかざすリリアに、茶髪の男は抗議する。が、聞く耳を持たないリリアは、またも手を振り上げて豪速で飛び掛かった。

「言っても分からない人には、こうするしかないのです！　これは、あなたたちの為でもあるのですよ！」

「うっうわわわわわわっ！」

圧倒的なプレッシャーに、茶髪の男は持っている剣を、目をつぶって前に突き出した。と同時に「バキッ！」という音がする。

茶髪の男は恐る恐る目を開けると、そこには張り手で剣を真っ二つに叩き割ったリリアがいた。

「……いきますわよ。わたくしの愛を、身をもって味わいなさい」

「ひっ、ひいいいいい！」と怯える茶髪の男の顔にも、容赦なくリリアの張り手が食い込み

「ぶっへえええええっ！」と断末魔が響き渡った。

「さあ、立ちなさい、あなたたち！　まだまだわたくしの愛は終わりませんわよ！　歯を食いしばりなさい！」

そこから、リリアの情熱的な愛の教育が「パチイイイインッ」という音と共に続くのであった。

○

魔導の間の中。フレアは尻尾《しっぽ》を垂らし、両膝を抱え玉座に座っていた。

「ラ、ラルフ……」

フレアはその赤い瞳から涙をポロポロと流し、膝に顔を埋《うず》める。

いつまでも、自分の側《そば》にいてくれると思っていた。いつまでも、自分の話を聞いてくれる

と思っていた。

だが、今は周りを見渡してもその姿は見つからない。

「うううううっ」

当たり前の幸せが、いきなり自分の手から消え去り、フレアの心は引き裂かれたように傷ついていた。

そんなフレアの脳裏に蘇《よみがえ》ってくるのは、いつも共にいたラルフとの思い出ばかり――。


「お前、いつもこの部屋に閉じこもっているのか？」

初めて会った同年代の男の子は、不思議そうに問いかけてくる。

「だっ……だって、外には怖い人がいるって聞いたのじゃ」

「へーっ。俺は父上と時々外の世界に出るけど、なかなか面白《おもしろ》い所だぜ」

男の子は初対面にもかかわらず、距離間の近い喋《しゃべ》り方で話しかけてくる。だが、不思議とそれは嫌ではなかった。

「なあ、それ何持っているんだ？」

男の子は、自分が持っている一枚の紙を見て問いかけてきた。

「こっ、これは……わしの描いた絵じゃ」

「へえ。ちょっと見せてくれよ」

自分だけの趣味で、誰にも見せたことのない物。そんな物を初対面の子に見せるなんて、恥ずかしくってとてもできない。

「いっ、嫌じゃ。……きっと上手《うま》くないから、笑うんじゃ」

卑下した言葉に、男の子は少し真面目《まじめ》な顔をした。

「笑わねーよ」

「えっ？」

「だから、笑わねーよ。誰かが一生懸命に作った物を、笑うわけがねーだろ」

とても嘘を言っているようには見えない、真《ま》っ直《す》ぐな顔でそう言った男の子は、手を差し出してきた。

男の子の手に、恐る恐る自分の描いた絵を渡す。

男の子は、自分の描いた絵をまじまじと見だした。

無言の時間が続く。そんなに長い時間ではないはずなのに、とても長く感じる。

そして今まで味わったことのない緊張感が続く中、男の子は口角を小さく上げた。

ああ、やっぱり笑われるんだ。こんなことになるんだったら、やっぱり誰にも見せない方がよかった……。

心が締め付けられるような苦しみが襲い掛かろうとした時——。

「いいじゃん！」

男の子はパッと笑顔を見せて、軽《かろ》やかな声をあげた。

「えっ？」

「いや、俺こういうの詳しくはないけど。いろんな色が混ざり合って、なんていうかな？　とても綺麗《きれい》だと思うぜ。ははっ！　悪い。もっといい感想が聞けたらよかったよな？」

男の子は「うんうん」と頷《うなず》きながら、再び自分の描いた絵を見る。

「あれだな。こういう芸術？　ってのは、いろんな才能が必要なんだろ？　俺には無いものだな。それに比べてこんな綺麗な絵が描けるんだ。もしかして、お前って――『天才』っていう奴《やつ》なのかもな！」

「わしが……天才？」

「ああ、天才だ。って、詳しくない俺にそう言われても、嬉《うれ》しくないよな？」

男の子の言葉に、首を横に振る。

「ほっ、他にも色々あるぞ。……見てみるか？」

「おおっ、面白そうだな。見せてくれよ！」

初めて他人に自分の作品を褒められ嬉しくなったわしは、粘土で作った人形や短い小説、自分で考えた歌などを披露した。

男の子はどれも喜んで褒めてくれた。

その度《たび》に、心の奥が温かくなるような気持ちになり、今までなかったような喜びに包まれた――。

「今日は楽しかったぜ！　またこういう作品ができたら、見せてくれよ！」

「わっ、分かった！　また新しいのができたら、一番にお前に見せてやるのじゃ！」

「そうか、楽しみにしてるぜ！」

男の子はそう言うと、背を向けてその場を去ろうとする。

「ちょっ、ちょっと待つのじゃ！」

「ん？　どうした？」

「おっ、お前の名前はなんていうのじゃ？」

「俺か？　俺はラルフ！　ラルフ・オルドレッドだ！」

「ラルフ……。わしはフレア！　フレア・ゲーテじゃ！」

「おう。じゃあ、またな！　フレア！」


宝物のような思い出をなぞったフレアは、目尻を赤くしながら顔をあげる。

「ラルフのバカ。わしは……今度から誰に見せたらいいのじゃ？」

まるで自分の一部を失ったような喪失感に、フレアは誰もいない所に問いかけた。

○

魔導の間には、状況を把握できていない三人の少女が呆然《ぼうぜん》と立っていた。

少女たちは、三人とも同じような三角帽を被《かぶ》り、手にはそれぞれ杖を持っている。

「ペティ。これはどうなっているの？」

「何よ、ルル。そんなこと、あたしに聞かれても分からないわよー。ねえ、カクリ。あなた分かる？」

「ふむ。……この状況から見るに、僕たちは何かしらの魔法を受けて、何処かに飛ばされたというのが、一番確率が高いな」

「えー。何それ？　変なことに巻き込まれちゃったの？」

「こんなことなら、剣士とか武道家とか、何か違ったタイプをパーティーに入れといた方が良かったわね。どう考えても、魔法職だけのパーティーってバランス悪いじゃない」

「しょうがないだろ。僕たちの里は魔法使いしかいないのだ。幼馴染《おさななじみ》同士で組むと、どうしてもそうなってしまう」

いきなり見知らぬ所に放り込まれた魔法職三人娘たちは、悩まし気な顔をして押し黙った。

その時、パーティーの中で一番冷静な性格をしているカクリが気付く。

「そこにいるの、誰⁉」

三人が向ける視線の先には、玉座に膝を抱えて座っているフレアがいた。

「何じゃ？　お前らは……」

目尻を赤く腫らしているフレアは、ボソリと声を出す。

「ねー、あたしたちを、ここに呼んだのはあなたなの？」

パーティーの中で一番陽気な性格をしているペティが、フレアに問いかけた。

「お前らを？　さあな、わしは知らん」

フレアは興味なさげに返答した。

「ねえ、私たちは人間の冒険者なのだけど。いきなりこんな所に飛ばされて困っているのよ。あなた、見た限り魔族よね？　よかったら、あなたの正体を教えてくれない」

パーティーで一番大人びたルルが、落ち着いた声色で情報を引き出そうとする。

「わしの正体じゃと？　わしは……わしは、そう。――四天王のフレア・ゲーテじゃ」

フレアは、自分の身分を隠すわけでもなく、正直に答えた。

「まさかいきなりボスに出会うなんて、僕たちは運が良いのやら悪いのやら」

カクリは、少し困ったようにため息を吐《つ》く。

「それでどうする？　逃げるか？　わしはお前らには興味はない。好きにしろ」

フレアは少し投げやりな感じで、言葉を投げかけた。

「逃げる？　何故、僕が逃げなきゃいけないんだ？　僕は魔法使いの中でも一番の天才だぞ。どのみち、お前を倒さなくちゃいけないんだ。丁度いい。ここで決着をつけてやる」

カクリは、自信満々に宣戦布告をした。

だが、ここで別の者が、カクリの言葉に異議を唱えた。

「ちょっと待ちなさいよ！　聞き捨てならないわね。天才っていうのは、このあたしみたいな何でも器用にこなしてしまう者の為にある言葉よ！」

ペティが一歩前に出て、自分の方が天才だと主張し出した。

そして、そんな彼女の言葉にも異議を唱える者がいた。

「あなたこそ何を言っているの？　天才というものは、私みたいな代々由緒正しい大魔法使いの子孫の為にある言葉よ。そう易々《やすやす》とこの言葉を使わないで」

ルルも、我が一番だと前に出たのだ。

実は、この魔法使いのパーティーは、自意識が高くプライドが人一倍高い魔法使いの里から出てきた者で構成されたものだった。

普段から自分のことを天才と信じて疑わない三人は、よくこうして天才の取り合いをしていたのだ。

「僕が天才だ！」「あたしが天才なの！」「私が天才よ！」と傍《はた》から見れば、まるで子供同士の喧嘩《けんか》が始まった。

だが、この天才の取り合いに、黙って見ているわけにはいかない人物が、もう一人いた――。

「お前ら……ふざけるなっ！　天才という称号は、わしだけのものじゃ！」

それは他でもない——フレアだ。

昔、ラルフに言われた天才という称号を大切にしていたフレアは、他人が気軽に自称していることに怒ったのだ。

「この言葉を気安く使うことは、わしが絶対に許さん！」

フレアは玉座から立ち上がり、怒鳴り声をあげた。

これにより、その場の緊張感が一気に上がる。

魔法使いパーティーは「「「上等だ！」」」と応戦態勢に入り持っている杖を構えた。

「くっ！　メラメラメーラ！」

フレアは、三人に向けて人差し指を突き出した。すると、三人の足元に燃えさかる炎が急に現れた。

「なっ、何だ!?　あの出鱈目《でたらめ》な詠唱は！　でも、僕だって負けていないぞ！　サンダー・フラッシュ！」

カクリは、フレアの攻撃に驚きの声をあげたが、怯まずに杖を掲げ雷の魔法を出した。

それに対し、フレアが前に掌を出すと、半透明のガラスのような壁ができあがり、カクリの雷を弾き飛ばした。

「やるじゃない！　じゃあ、これはどう？　フライ・ビートル！」

ペティが魔法を唱えると、彼女の周りに魔法陣ができて、そこからドリル状のクリスタルが

　フレアは薙《な》ぎ払うように手を横に振る。それと同時に、ペティのクリスタルが「バン！　バン！　バン！」と爆発《ばくはつ》を起こして撃ち落された。

「嘘でしょ⁉　あたしの攻撃を一瞬で無効化するなんて！」

　ショックを受けているペティの隣に、ルルが一歩前に出る。

「やはり、ここは私の出番のようね！　サンド・タイタン！」

　ルルが杖を掲げると、彼女の前に砂でできた巨人が姿を現した。

「ウォオオオオオオオンッ！」

　巨人は両拳を突き上げ、威嚇するように大きな唸《うな》り声をあげた。

　フレアは自分の頭上に片手を上げて、そのまま地面に向けて振り下ろした。

　すると、巨人の頭上から大量の水が振り落ちた。

「ぐがががっ」と巨人はうめき声をあげながら、その身を水によって泥にされ、瞬く間に崩れ去ってしまった。

「嘘！　私の芸術的魔法がああっ！」

　ルルは、創り出したものをあっという間に潰《つぶ》され、涙目になりながら叫んだ。

「「「ぐぬぬぬぬっ！」」」

　高いプライドを傷つけられた三人は、歯をギリギリと言わせ頭に血を上らせる。

「おい！　二人とも！　こうなれば、あれで行くぞ！」と、カクリがペティとルルに号令をかける。

それに対し「「よしっ！」」と、二人は頷いた。

三人は横並びになると、自分たちの杖を重ね合わせる。

「「「三人の天才が合わされば、大天才になる！　究極奥義！　ジーニアス・ウイッチ・レボリューション！」」」

詠唱と共に、重なった杖が大きな光を灯《とも》し、そこから虹色のビームがフレアに向けて撃ち出された。

大きなビームが、刻々とフレアに向かって飛んでくる。

だが、フレアはそこから逃げず、うつむく。

「もういい……。お前たちみたいな奴らのせいで、わしの大切なラルフはいってしまった……お前たちなんて、お前たちなんて、どっかに――消えてしまえ」

ボソリと小さな声を発したフレアは、人差し指を前に突き出した。

すると、その指先から小さな光が出て、どんどん大きくなっていった。

フレアが出した光は、少女たちが撃ち出したビームを呑み込む。

「「「なっ、なにーーーーっ⁉」」」

自分たちが出した究極技を、あっけなく消し去られたことに少女たちは驚きの声をあげる。

驚愕の展開の中、さらにその光は玉座の間を包み込むほど大きく広がっていき――とうとう魔法職の少女たちも呑み込んでしまった。

しばらくして、フレアの出した光は小さくなり、どうにか周りが見えるようになった。

全ての力を出し切ったフレアは、閉じた目をゆっくりと開ける。

さっきまでフレアの前にいた三人の魔法使いは、その姿を忽然と消していた。

「ラルフ……」

初めての人間との戦いに勝利したにもかかわらず、フレアの顔には喜びの一欠けらもなかった。

○

魔大陸の入り口付近。そこではフレアたちとの戦いに敗れた人間たちが、戸惑いの表情をしながら、周りをキョロキョロと見渡していた。

「……あれ？　僕たちはここで何をしているんだ？」

「私もよく覚えていない。何か、凄い相手と戦っていたような気がするんだけど……」

「凄い相手？　何言ってるんだ？　俺たちは経験を積む為に、魔大陸の入り口付近で弱い魔物を相手に修行していただけだろ？」

ルシカと戦っていたパーティーが、何かの幻を見ていたかのような会話をする。

「おい！　お前の顔、すげー腫れているぞ！　どうしたんだ⁉」

「いつつつつっ！　っていうか、そういうお前も腫れてるぞ！　お前もだ！」

リリアと戦っていた男たちが、お互いに両頰《ほお》を腫らした顔を指さし、驚きの声をあげている。

「なっ、……なんだったんだ？　あの魔法は……」

「あたしたちの究極魔法が、こうも簡単に打ち消されるなんて……」

「あれが四天王の一人。魔術王フレア・ゲーテ。……本物の天才」

フレアと戦った魔法職の三人娘は、自信を失ったかのような顔をして、沈んだ声を出している。

「ふむ……。なんか、無茶苦茶な戦いだったな」

少し離れた所から、彼らを観察していた俺は、どう表現していいのか分からない感想を述べた。

「俺がやられたと聞いて、あそこまで落ち込むとは。少し悪いことをした気がするが……まあ、とりあえず今は、大成功と言っていいだろう。色々な準備に一か月の時間を要したが、無駄ではなかったようだな」

俺は自分の計画が成功したことに、大きく頷いた。

そう。フレアたちの部屋に、この人間たちを送り込んだのは、他でもない俺だった。

あいつらの力を見て、どうにか勝てるくらいの人間を見繕い、戦いの場をセッティングしたのだ。

しかし、想像以上の出来だったな。最初の二組は勝負が決すると共に、俺がここに飛ばして記憶を消したが……。フレアに関しては、あいつ自身でここまで奴らを飛ばした。もしかして、あいつ……本当に天才なのか？

「一度、僕らの里に帰ろう。そこで一から修行のし直しだ」

魔法職の少女の一人が提案をして、仲間と共に去って行く。

他の冒険者たちも、何が何やらといった表情で、その場を去って行く。

こうして、四天王たちの初対戦に敗れた人間たちは、そのまま魔大陸を後にしていったのであった。

7章　四天王最弱暗黒騎士　対　最強剣士勇者――――××××

よし！　俺《おれ》の思惑通り、皆修行の成果を発揮して、見事に打ち勝ってくれた。

初めての戦いに俺自身も緊張した。だが、想定以上の戦いぶりで勝ってくれたことに、確かな手ごたえを感じた。

戻ってきた洞窟の中で、両腕を振り上げガッツポーズをする。

「これで、頃合《ころあい》いを見て戻れば作戦は終了だ。自分たちはちゃんと戦えると知ったあいつらは、四天王としての自信を付けた。これからは、四天王の責務を分担できる。そして、俺の夢を実現できる！」

こんなに上手《うま》くいっていいのかと思うほど、全てが順調に進み、俺は少し怖くなってきた。

「さて、そろそろ行くとしようか」

俺は魔王城に戻るべく、洞窟の外に向け足を進めようとした。

その時――。

「ラルフ様！」

クレマンスが息を切らしながら駆け寄ってき、俺の前で片膝《ひざ》をついた。

「そんなに慌てて、どうした？　クレマンス」

「やりました！　クリスタ聖王国の人間どもが、大軍を率いて魔大陸に攻め込んできました！」

何故《なぜ》かクレマンスは目を輝かせて、朗報を告げるように、途轍《とてつ》もないニュースを声高に言い放った。

「…………えっ？」

目標を達し希望に満ちていた俺の頭は――一瞬で真っ白になった。

「ラルフ様が倒されたという偽情報を真に受けたのか、人間どもがこの機をよしとし、愚かにもクリスタ聖王国の教皇を先頭に進行してきたのです！」

……どうしてこうなった？

クレマンスの報告を受け、計画していたものとは全く想定外の出来事に、俺はしばらく言葉を失った。

「流石でございます。普段、ちまちまと冒険者を送り込んでくる人間どもに、あたかも優位に事が進んでいると勘違いをさせる。そしていい気になった人間どもが、大軍を率いてきたところをまとめて叩《たた》き潰《つぶ》す！　やっとこの私にも、ラルフ様のお考えが分かりました！」

クレマンスは、勝手に想像した俺の計画を、あたかも真実かの如《ごと》く熱弁した。

「人数だけが取り柄の人間どもに対して、これほど効率的に駆除できる作戦をお考えとは……このクレマンス、敬服以外のなにものでもございません！」

クレマンスは目をキラキラと輝かせ、俺の顔を仰《あお》ぎ見た。

「うっ、うむ。俺の計算されつくした計画に、微塵《みじん》の隙も無い」

本当は、戦ったこともない他の四天王を自立させる為に、自分がやられたという嘘《うそ》を吐《つ》いて、こんな薄暗い洞窟に身を隠していたとは言えない俺は、クレマンスの勘違いに乗った。

本来の計画では、俺がやられたという嘘で、家臣たちの指揮系統の乱れを浮き彫りにさせて「これは非常事態訓練ですよ」という体《てい》で、後でひょっこりと姿を現し、めでたしめでたしとなる予定だった。

それなのに、いきなりクリスタ聖王国の教皇が、大軍を率いて魔大陸に進攻だと？　こんなこと、今まで一度もなかったぞ。

「それで、ラルフ様。これからどうなされますか？」

クレマンスの問いに、俺はマントをなびかせ彼女の横を通り過ぎる。

「決まっている。この四天王ラルフ・オルドレッドが、全《すべ》て蹴《け》散らしてくれるわ！」

こうなってしまった以上、こうするしかもう道はない。

俺は内心ドキドキしながら、颯爽《さっそう》と洞窟の出口に向かって足を進めるのであった。

○

広い魔大陸の荒野を見下ろせる崖の上で、俺は両腕を組みながら仁王立ちしていた。

「これは……思った以上の多さだな」

魔法で創り出した眷属《けんぞく》を飛ばし、その瞳《ひとみ》を介して映る映像を見て、俺はボソリと呟《つぶや》いた。

映像には、白馬に乗った煌《きら》びやかな衣装を身にまとった一人の少女を中央に、百以上ともいえる冒険者が連なって行進しているものが映っていた。

「どうかなされましたか？　ラルフ様」

俺と同様に、顔も含めて黒い鎧《よろい》を身にまとったクレマンスが問いかけてきた。

「いや、何でもない。哀れな人間どもよ。あれだけの人数で、この私に敵《かな》うとでも思ったのか？　と、少し呆《あき》れていただけだ」

内心を悟られないように、俺はなんとか誤魔化《ごまか》しの言葉を発する。

「まったくです。この機にラルフ様の偉大さを、嫌というほど人間どもに教えて差し上げましょう」

「ところで、ゴルゴンとペンネはもう来ているのか？」

俺の問いに、クレマンスは頷《うなず》く。

「はい。すでに我々、暗黒三連星は準備できております」

クレマンスが答えたと同時に、どこからともなく黒い鎧を身にまとった二人が現れた。

「「ラルフ様。我らはここに」」

巨体のゴルゴンと、逆に子供くらいの小柄なペンネが、地面に片膝をついて頭を下げた。

「うむ。見ての通り、相手の数は膨大だ。本気になれば私一人で対処可能だが、久しぶりにお前たちの戦いも見たくなった」

「ラルフ様、わいの圧倒的腕力をぜひ見てくだせえ！」

「ラルフ様、あたいの目にも留まらない光のような速さを見てくだしゃい！」

各々、自分の得意とする能力を自信ありげにアピールしてきた。

「ラルフ様、この私クレマンスは、ラルフ様のスケジュール、身長、体重、好物、嫌いなもの。お父上様からお叱りを受けて、気丈に振る舞うも、陰でお一人泣いていた子供時代のカワイイ思い出。全てこの頭に記憶している、敬愛力を見てくださいい！」

「いや、一人だけアピールポイントがズレている！　最後に関しては忘れろ！　というか、知ってても見て見ぬふりをしろ！」

「ええっ！　これ以上のアピールポイントが他にあるというのですか⁉」

クレマンスは、本気で分からないといった困惑した表情をした。

彼女は誰《だれ》よりも真面目《まじめ》で勤勉だ。俺の右腕でいてくれて感謝している。だけど、時々怖くなるくらい、俺への敬意を見せてくる。

「まっ、まあいい。では、あの大軍の雑魚《ざこ》どもはお前たちに任せたぞ」

「「「はっ！　この命に代えても！　我らの主《あるじ》、ラルフ様！」」」

俺の指示を受けて、暗黒三連星は姿を消した。

「よし。これで、少しは負担が減ったな。……しょうがない、自分で蒔《ま》いた種だ。いつものように、俺がどうにかするしかないな」

そうだ。ここで俺が奴《やつ》らを食い止められなければ、この先にいるフレアたちが危ない。

せっかく自分たちの限界を超えて、初めて敵を撃退してくれたのに、その努力を無にすることはできない。

俺は大きく息を吸い、ゆっくりと吐き出して体の力を抜いた。

「さて。久しぶりに、俺も本気を出そうか」

いつもとは違う目つきになった俺は、クレマンスらと同じように黒い影となってその場から姿を消した。

○

「どわあああああっ！」

第一守護門の近くの大地で、大きな爆発音《ばくはつ》と共に多くの冒険者が吹き飛ぶ。

「ぐわっはははははっ！　どうだ⁉　暗黒三連星が一人！　ゴルゴン様のダーク・ボムの威力は！　わいのこの爆発は、生半可な奴などでは止めることはできんど！」

「どへっ！」『くかっ！』『あがぎっ！」

少し離れた所では、何かの黒い光が通り過ぎると共に、近くにいた冒険者が次々に倒れていった。

「きっしししししっ！　遅い、遅い！　あたいの黒光俊足に追いつける奴は、誰もいないのきゃ⁉　このままだと、皆あたい一人で倒してしまうぞっ！」

暗黒三連星の二人が思う存分実力を発揮している中、そこからまた別の所では、重苦しい緊張感が支配した空間があった。

「……くっ！　駄目だ。全然、隙が見当たらねえ」

一人の剣士が、剣を構えたまま身動きできずに、一粒の汗を静かに流す。

「これほどの手練《てだ》れが、四天王の配下にいたとは。少し甘く見ていたな。俺たちはこれでも、聖王国では一級のランクなんだが……」

強者だからこそ、相手の強大な力が理解できるのか、剣士が事の重大性を認識する。

複数人の上級者パーティーが、見つめる視線の先には、黒い鎧を全身にまとったクレマンスが悠然と佇《たたず》んでいた。

「どうしたのです？　そんな怯《おび》えていないで、早くかかってきなさい」

クレマンスは、持っている取っ手の長い斧《おの》をクルクルと軽く回し、相手の攻撃を促した。

だが、冒険者たちは一向に動こうとしない。いや、動けない。

「はああっ。何ですかそれは？　その程度の覚悟で……我が主であられる、ラルフ様に歯向かおうとしたのですか⁉」

クレマンスは軽くため息を吐いた後、今まで抑えていた感情を激高させた。

同時に、冒険者たちに向けて飛び出したクレマンスは斧を振り回す。

力強さとスピードを兼ね備えた攻撃に、冒険者たちは為《な》す術もなくやられていく。

暗黒三連星の活躍で、一つの軍隊ぐらいの人数がいた敵勢力がどんどん減っていく。このまいくと、全ての者を倒す勢いだ。

暗黒三連星は横並びになり、倒れ伏せている冒険者たちの前に佇んだ。

「もう、私たちで全てを終わらせましょう。彼らには、ラルフ様と剣を交える資格はありません」

「そうだな。ラルフ様にはごゆるりと、休んでいただこう」

「きっしししししっ！　ラルフ様、あたいの頭を撫《な》でて褒めてくれるかな？」

「あっ！　それはズルいですよ！　なら私もラルフ様に、いーっぱいナデナデしてもらいますから！」

「わっ、わいも、ラルフ様に撫でてもらいたいどっ！」

すでに勝利を確信しているクレマンスたちは、戦い後の話で盛り上がる。

しかし、ちょっとした風が吹いた時――三人は言葉を止めて、同時に同じ場所に視線を向けた。

　魔大陸の砂が舞う中、黄金に輝く剣を持った少女と、白馬に乗った聖王国の教皇マリアベルが姿を現した。

　白く輝く戦闘着に身を包んだ、剣を持った銀髪の少女。首元には、ネクレスに取り付けられている黒星石が揺れている。

　隣にいるマリアベルは、神々しい衣装に身を包み、手には七色のリングが取り付けられた杖《つえ》を持っている。

　二人とも、まるで星空を閉じ込めたように、いくつもの小さな光を輝かせている美しい瞳をしている。

　明らかに他の者とは違う佇まいに、クレマンスたちは自然と汗を額から流し、息を呑《の》んだ。

　強者《つわもの》だからこそ瞬時に理解する。今、目の前にいる二人の少女は――化け物だと。

　警戒心をマックスまで上げたクレマンスたちは、すぐに武器を構え戦闘態勢に入った。

　だが、すでに剣を持った少女の姿は視界から消えていた。

「――っ！　ゴルゴン！」

　殺気にいち早く気が付いたクレマンスは、隣にいたゴルゴンに警戒を促す言葉を投げかける。

　ゴルゴンはそれに反応し、自分のすぐ下を見た。

　そこには、すでに懐《ふところ》に潜り込んだ少女が、剣を横薙《な》ぎに振るっている最中であった。

ゴルゴンは太い腕を交差し、防御の構えを取る。が、その重量のある体は、まるでピンボールのように軽く弾《はじ》き飛ばされた。

地面をえぐるように飛ばされたゴルゴンは、仰向《あおむ》けのままピクリともしなくなった。

「だあああああああっ！」

クレマンスは、持っていた斧を振り上げ、少女に向けて打ち下ろす。

その一撃は、一流の剣士の太刀筋を超える素早く重いものだ。

斧の鋭い刃が、瞬く間に少女の体に触れそうになった時「ビシシシシシッ！」と何かの光るシールドによって受け止められてしまった。

「くっ！」とクレマンスは、苦虫を嚙《か》み潰したような表情で、横に目を移す。

そこには、七色リングの杖を高く掲げている、白馬に乗ったマリアベルがいた。

「きっしししししっ！　隙だらけだきゃ！」

一連の攻防の中、剣を持った少女の背後に、素早さを取り柄としたペンネが姿を現す。

ペンネは短剣を手に、少女の背中に向けて突き出した。

しかし、少女は無駄のない身のこなしで短剣を皮一枚で避け切り、逆にペンネの背後を取った。

少女は、剣の柄《つか》でペンネの背中を打ち下ろした。

「ぎゃっ！」

想像以上の衝撃に、ペンネは地面に叩《たた》きつけられ、そのまま気を失ってしまう。

ついさっきまで圧倒的に優位だった状況が、一瞬にしてひっくり返ってしまった。

大地には、すでに気を失ったゴルゴンとペンネが倒れ伏せている。

クレマンスはただ一人、剣を持った少女とマリアベルに対峙《たいじ》した。

「あなたたちは、いったい何者なのです？　……いえ、そんなことはどうでもいいこと。私の使命は、これ以上あなたたちのような存在を、この先に進めさせないこと」

巨大な斧を両手で力強く握ったクレマンスは、自分の持っている暗黒オーラを最大限に高め、二人の少女に相対した。

不退転の覚悟を持ったクレマンスに対し、剣を持った少女も構えを取る。

二人は同時に足を前に踏み出した。

斧と剣が幾度も交差する――。二人の間で、いくつもの火花が散る――。

そして、そう時間はかからず、勝負はついた。

「ぐあああああっ！」

斧が弾き飛ばされ、その身に一太刀を受け、クレマンスは後方に吹き飛ばされる。

装備した鎧のおかげで致命傷は避けることはできたが、重すぎるダメージを受けたクレマンスは地面に這《は》いつくばり、身動きが取れなくなってしまった。

クレマンスのかすむ視界の先には、空に向け剣を掲げた少女がいる。

「ライトニング・スラッシュ！」

剣を振り下ろすと同時に、その剣先から光り輝く斬撃が撃ち放たれた。

先ほどの攻撃で身動きが取れないクレマンスは、少女が出した大技を避けることができない。

「くっ、ここまでか……」

クレマンスが覚悟を決めた時——彼女の目の前にまで迫ってきた斬撃に、上から一筋の黒い稲妻が落ちた。

二つの強力な技がぶつかり合い、眩《まばゆ》い光を放って爆発を起こす。

間一髪で危機を脱したクレマンスは、目の前に立つ一つの影を見てその顔をほころばせた。

「ラッ、ラルフ様！」


ふうっ、危なかった。

「もっ、申し訳ございません。ラルフ様」

俺の後ろで、弱り切っているクレマンスが頭を下げてきた。

「いや。ここまでよく戦ってくれた。安心して後はこの俺に任せるといい」

俺はクレマンスたちを労《ねぎら》いながら、彼女らに魔法をかけて魔王城へ転送させた。

さて……ここからは俺の仕事だ。部下や仲間たちの頑張りに報いるのが、四天王としての務めだからな。

表情を引き締めた俺は、クレマンスたちを追い詰めた二人に顔を向ける。

「その容姿に、その力。……貴様が、あの悪名高い四天王最弱の暗黒騎士、ラルフ・オルドレッドだな」

白馬にまたがった少女が、俺に向けて言葉を投げかけてきた。

悪名高いって……。確かに今まで数多《あまた》の冒険者を返り討ちにしたが、そこまで悪いことしてないぞ。しかも、正面切って四天王最弱って……失礼な人だな。

でもまあ、今そんなことで押し問答してもしょうがない。

「いかにも。私は四天王の一人である、ラルフ・オルドレッドだ。そういう、お前はいったい何者なのだ？」

「本来、貴様のような悪に名など教えはしないが……いいだろう。私の名は、マリアベル！今日、貴様を撃ち滅ぼしに来た、クリスタ聖王国の教皇だ！」

こいつが教皇か。いわゆる、クリスタ聖王国のトップ。思った以上に若いな。

若年にして、一つの国を引っ張る彼女に少し感心した俺は、続いてもう一人の少女の方に顔を向けた。

「それで、そこの剣士。貴様の名も聞いておこう」

聞かなくても、彼女の名はよく知っている。だが、俺はあえて敵として対峙する彼女に問いかけた。

首元に俺がプレゼントした黒星石のネクレスを下げ、一つに束《たば》ねられた銀髪を揺らす少女。

まるで星空を閉じ込めたように、いくつもの小さな光を輝かせている美しい瞳で、俺を見定める彼女は口を開く。

「私の名前はテレサ。トルヘロ村から来た、新米冒険者です……だ！」

暗黒騎士として全身に鎧をまとった俺に、以前共にいたウルフと同一人物だと知らないテレサは、自分の名を言った。

テレサを魔大陸に引き込むことは、諸刃《もろは》の剣《つるぎ》のような解決策と思っていたのは、こういう結果を招く危険性があったからだ。

テレサは結局のところは人間なのだ。その立場は天地がひっくり返っても変わることはない。人間にとって魔族は敵。

テレサが力を付けるにつれて、その刃はいずれこちらに向けられることになる。

ふうっ……いつか、こういう日が来ると覚悟はしていたが……まさか、こうも早くとはな。

テレサの表情は、以前のおどおどしたものではなく、何かぶれない決意を秘めた力強いものであった。

どうやら、俺はあの三人以外にも成長させてしまったみたいだ。……だが、それも想定の範囲内。

そうだ。こういった危険性も承知の上で、俺はテレサを魔大陸に引き入れたのだ。

自分の決断に――後悔はない。

「テレサよ。私の力は絶大だ。お前たち程度では到底敵《かな》うはずがない。どうだ？　今ここを引けば、命だけは見逃してやるぞ」

俺の提案を受けたテレサは目を少し閉じ、自分の首に掛けられた黒星石を握り締めた後——鋭い眼光を飛ばし俺を睨《にら》みつけた。

「それだけはできない！　私には、この命に代えても守らないといけないものがあるのだ！」

以前のテレサでは、到底出すことのできなかったであろう大声を聞き、彼女の揺るぎない決意を感じる。

「命に代えても守らないといけないもの？　それは何だ？」

「それは、私の愛する故郷の人たちの為。そして……私に優しさと新しい世界を与えてくれた、初めてできた大切な友の為だ！」

初めてできた大切な友の為か……。

テレサは、フレアたちのことを言っているのだろう。

恐らく世間知らずのテレサは、フレアたちに何かしらの話を聞いて、勘違いをしてしまったという感じか。面倒なことになってしまった。

だが当然、ここで俺が顔をさらして事情を話すわけにはいかない。

俺は——テレサと戦う決意を固めた。

「そうか……。ならば、全身全霊でかかってくるがいい！　私は、生半可な覚悟でどうこうなる相手ではないぞ！」

テレサは、手合わせした時と同じ、重心を低くし、両手で握った柄を自分の顔の横に持ってきて剣先を前に突き出す構えを取った。

隣にいたマリアベルも、それに合わせて持っている杖を上に掲げる。

相手は二人がかりか……。テレサの力量はある程度把握はしているが、あのマリアベルという女はどれ程のものか。

まあ、ここであれこれ考えても仕方がない。俺がすべきことは、いつものように魔大陸に攻めてきた者を返り討ちにすることのみ。

俺は両手で柄を力強く握り、剣先を前に出して構える。

隙の無い緊迫感により――風が止まった。

「…………！」

「…………！」

誰かが合図をしたわけでもない。何かの音が引き金になったわけでもない。

だが、俺とテレサは同時に前へと足を踏み出した。

「ガギャン！」という、金属と金属がぶつかり合う音と共に、目の前で火花が散る。

テレサをかく乱する為に素早く動くが、彼女は正面に現れ、こっちに向けて剣を振り抜いてきた。

人の目では到底追うことのできない速さで動いているはずだが、テレサは難なくこのスピードに追い付いてきたのだ。

テレサは、流麗な動きで剣を数回振ってきた。俺はその全てを弾き返《かえ》す。

こいつ。以前とはまた比べ物にならないくらいに強くなっていやがる！　何度も驚かされるが、どんな成長速度をしているんだよ⁉

暗黒オーラを身にまとい、破壊力を上げた剣をテレサに目掛け振り下ろす。剣先は、テレサの体に届く前に半透明なシールドによって遮《さえぎ》られた。

「くっ！　あいつか⁉」

テレサの後方にいるマリアベルに視線をやる。そこには、七色の内の黄のリングを輝かせている彼女がいた。

この一撃を受け止めるほどのシールドを作り上げるとは、あの女も途轍もない力を持っていやがる。

どうやら、彼女の本職は仲間の後方支援みたいだ。ただでさえ強力なテレサの能力を、さらに強化するとは——厄介な相手だな。

マリアベルは、続けて青いリングを輝かせた。すると、テレサの体に青いオーラがまとう。

次の瞬間、テレサは目の前からその姿を消していた。

慌てて後ろを振り返ると、補助魔法によって速度を数段上昇させたテレサが、こっちに向け剣を横薙ぎに振るっている最中であった。

「ダーク・ファントム！」

詠唱した俺の体は影のようにぼやけ、テレサの斬撃をすり抜けた。

瞬く間にテレサの背後に移動し、彼女に向け漆黒の剣を振り下ろす。だが、当然のように剣先は空を切り地面に突き刺さった。

俺の視線の先には、一飛びでかなりの距離を空けたテレサがいた。

テレサは空に向け、黄金に輝く剣を高々と掲げる――。

「ライトニング・スラッシュ！」

叫びと同時に、剣を下に振りおろした。

同時に、剣先から眩い光を伴った斬撃が飛び出て、こっちに向かって襲い掛かってきた。

「くっ！　ダークネス・スラッシュ！」

剣を力強く振り、光の斬撃に向けて漆黒の斬撃を飛ばす。

俺とテレサの間で、飛ばした斬撃同士がぶつかり合い、大きな衝撃音と共に弾け飛んだ。

「くっ！　あいつ、本格的に魔法を剣術に取り入れてきたか！」

どうやら、俺が手合わせした時に見せた技を見て、参考にしたみたいだ。

まったく……優秀すぎる弟子だよ！

自分にとってはどう考えても不利益《ふりえき》なことだが、何故か少し嬉《うれ》しい気持ちが湧《わ》き出《で》てくる奇妙な感じがした。

「ライトニング・スラッシュ！」

テレサはお構いなしに、続けざまに何発も同じ技を撃ち込んでくる。

くそっ、全てを弾き飛ばすのは非効率だ。

「分裂暗黒影！」

瞬時にいくつもの分身になり、地面を引き裂きながら飛んでくる斬撃を避ける。

分身した俺の姿に、テレサは視線をキョロキョロと動かしている。どうやら、どれが本物の俺か把握できていないみたいだ。

よし、今のうちだ！　と、全ての分身を同時にテレサに向けて飛び掛からせる。

が——テレサの背後にいたマリアベルが、紫色のリングを光らせた。

すると、俺の分身はいきなり消え去り、本体があらわになってしまった。

どうやら、幻惑などの効果を打ち消す魔法をかけられたみたいだ。

テレサは、一人になった俺の姿を瞬時に見定めると、間合いを詰めて剣を振り下ろしてくる。

虚を突かれた俺だが、なんとかその斬撃を受け止めた。衝撃で地面に足がめり込む。

くそっ！　あのマリアベルとかいう女、要所要所で的確な援護をしてきやがる。

なら、あのマリアベルを先に倒せばいいとなるが、それをテレサが許さない。マリアベルに矛先を向けようとするたびに、テレサが邪魔をするように攻撃を加えてくるのだ。

とどのつまり、この勝負は――テレサを倒すかどうかなのだ。

それにしても、あの二人息がぴったりだな。いつの間に、テレサはこんなコンビネーションができる仲間を見つけたんだ？

ビックリするから、ちゃんと師匠に伝えておいてよ！　って、まあそんな機会はなかったけど。

俺とテレサは接近戦で幾度も剣を交える。

その中で、俺の横薙ぎに振るった剣が空を切る。

眼前から消え去ったテレサの姿を追うように、空を見上げた。

魔大陸の曇り空の隙間《すきま》から見える日の光に、テレサの姿が重なる。

テレサは、地上にいる俺に向けて突きの構えをした。

「インフィニット・ミーティア！」

詠唱と共に撃ち出された突きの連打から、いくつもの種類に輝く光が発せられる。

その無数の光は流れ星のように、俺の身に向かって降り落ちてきた。

「嘘だろ⁉」と俺が空を見上げ叫ぶ中「ドドドドドドドッ！」と激しい音を鳴らし、テレサの出した光線は俺の所に降《ふ》り注《そそ》いできた。

あまりもの衝撃に、俺の周りはまるで砂嵐《すなあらし》にあったかのように砂塵《さじん》に包まれた。

しばらくして、砂埃《すなぼこり》が晴れてきて視界が開ける中――俺は地面に片膝をついていた。

この俺の片膝を地面に付かせるという、普通の冒険者では不可能な偉業をなしたテレサは、少し離れた位置に着地していた。

「流石だな。ここまでの技を使えるとは思っていなかった」と俺は素直に称賛の言葉を送る。

だが、そんな彼女は動きを止めた。よく見ると、テレサは両肩で息をしている。

なるほど、スタミナ切れか。よく考えれば、それも当然だ。いくら化け物級の力を有したとしても、無尽蔵なわけではない。

あれほどの攻撃を休みなく繰り出し続けたのだ。いずれ底をつく。

マリアベルが緑のリングを光らせると、テレサの体が同じ色のオーラで包まれた。

「はーっ、はーっ」と荒い息をしていたテレサは、少し整った息遣いになる。

どうやら、回復魔法を施されたようだな。

だが、それでも完全に回復したわけではないみたいだ。器が大きいからこそ、それを埋めるのは容易《たやす》くはないのだろう。

片膝をつかされたが、まだそれほどダメージ自体は受けていない。

俺は地面に剣を突き刺し立ち上がる。

「どうした？　お前が言っていた、命を賭《と》してでも守らなくてはいけない者を想《おも》う決意は、これぐらいで終わるのか？」

俺の言葉を受けて、テレサは奥歯を噛み締《し》めるような表情をした。

「ま、まだまだだ！　私は絶対に負けない！」

テレサは再び剣を握り、構えを取った。

彼女の気概を感じ、俺もそれに応《こた》えるべく、剣を地面から抜き出して手に持つ。そして両手を横に広げた。

「お前の持っている全ての力をぶつけてこい！」

俺の言葉通り、テレサは全ての力を使うと決めたのか、持っている剣に魔力をこめ、黄金に輝かせた。

「教皇様！　お願いします！」

テレサは、マリアベルに向けて何かを頼んだ。

「任せろ！　私が、お前の力を最大限に引き出してやる！」

マリアベルは杖を高く掲げ、白のリングを輝かせた。

「ゴールド・リベレーション！」

マリアベルの詠唱により、テレサの体は白いオーラに包まれた。

黄金の剣を手に持ち、その体からは膨大な白いオーラを漂わせている。

その神々しい姿は、正に世界を救う――勇者そのものだ。

今まで幾度も、勇者を名乗り魔王城に攻め込んできた者を相手にしてきた。

だが、俺はここで初めて、勇者という者と対峙したのだろう。

「シャイニング・ホープ・ソード！」

テレサは、自分の魔力を集め、黄金の剣をより一層輝かせた。

そんなテレサの全力に対処する為に、俺も自分の剣に強大な暗黒オーラをまとわせる。

「ダーク・ディスピアー・ソード！」

魔大陸に、白と黒の対なる膨大なオーラがうねりをあげた。

煌めく白いオーラをまとうテレサを見て、俺は思わず息を呑む。

どうやら、ここからは別次元の戦いになるみたいだ。

テレサが重心を低くする。

「いくぞ！　暗黒騎士、ラルフ！」

「こい！　勇者、テレサ！」

テレサがこっちに向かい走り出してきた。俺もテレサに向けて走り出す。

さっきよりも数段上がった速度で、テレサは剣を横薙ぎに払ってきた。すると、一閃《いっせん》の光が空間を斬《き》るように飛んでくる。

俺はそれを縦に斬りつけ、闇《やみ》の斬撃で相殺《そうさい》させる。

二つの交わり合いの衝撃は凄《すさ》まじく、周りに波動が広まり突風が吹く。

膨大な魔力を伴った風が、俺の肌をひりつかせる。

「はああああああっ！」

「だああああああっ！」

いくつもの大技がぶつかり合う。そのどれもが背筋を凍らせそうなものだ。だが、俺は一歩も引かない。テレサも引かない。

テレサは一飛びで、俺との間合いを一気に詰めてきた。

黄金に輝く刃先。魔力が込められた数十の突きが飛んできた。

集中力を上げろ！　一つの動きも見逃すな！

極限状態まで集中力を高め、紙一重でテレサの突きを避ける。

目の前を通り過ぎる刃。触れるだけで弾け飛ばされそうな魔力。一瞬の気の緩みも許されない。

守勢だけでは何も変わらない。俺もテレサに向け、魔力をこめた剣を振る。

交わる、斬撃、斬撃、斬撃、斬撃。

息つく暇もなく、技が交差し続ける。

「てやあああああっ！」

テレサの剣が、俺の肩部分の鎧をかする。それだけで、そこの部分の鎧が裂かれ、肌を斬り血が飛ぶ。

「くっ！」

痛みが走る――――。だが、歯を食いしばり、拳《こぶし》を握り締めた。

俺は拳にオーラを集めるとテレサに向け打ち出す。

テレサは体を横にくねらせ、ギリギリで避けた。空を切った俺の拳が、彼女の背後にある地面をオーラの波動によって吹き飛ばす。

バサッ！　と衝撃で、テレサの髪を束ねていた紐《ひも》が解け、綺麗《きれい》な銀髪がひらけた。

怖気《おぞけ》づくどころか、テレサはさらに一歩前に踏み込んできた。

「私は新たな世界を見せてくれた皆の為に、この世界を守る！」

手を伸ばせばすぐに届く距離。テレサは、今までで一番大きくオーラをまとわせた剣を、俺に向けて下から振り抜いてきた。

「その心意気やよし！　だが、何かの為に戦うのはお前だけではない！」

そうだ。俺はこんなところで負けるわけにはいかないのだ。せっかくあの三人が勇気を振り絞って、戦ってくれたのだ。

俺はそんなあいつらに対して、幸せな地を守らなくてはいけない。なにより、あいつらに悲しむ顔をさせるわけにはいかない。

漆黒の剣を両手で力強く握り、振り上げる

「俺は四天王暗黒騎士――ラルフ・オルドレッドだあああああっ!!」

ここ一番の暗黒オーラを剣にまとわせて、テレサの剣にぶつけた――。

目の前で白と黒の閃光《せんこう》が一瞬重なり「バギイイイイッ！」という大きな音が鳴る。俺の頭上に光り輝く破片が舞う。

その破片は宙でクルクルと数回回転すると、地面に向かって落下し、そのままこの魔大陸の大地に突き刺さった。

地面に突き刺さったのは――テレサの剣だった。

テレサが握っている剣は、無残にも真っ二つに折れている。

こうして、俺とテレサの勝負は決した。

「そっ、そんな……」

絶望に包まれたテレサは、そのまま地面に力なく両膝をついた。

「テレサよ。人間ながら、よくこの四天王相手にここまで戦った。素直に称賛を送ろう」

俺の讃《たた》える言葉に、テレサは喜びの表情を微塵も出さずに、目尻に涙を浮かべた。

「み、みなさん。ごめんなさい……。私の力では、これが限界でした」

敗北にうちひしがれたテレサは、両手を地面について、キラキラと光る涙を滴らす。

テレサが言っている「みなさん」というのは、フレア、リリア、ルシカのことだろう。

あれだけ人見知りで自分に自信がなかったテレサが、あの三人のことを想って、ここまで強くなったのだ。

それには多くの努力と勇気が必要だっただろう。

テレサは人間であり、立場上では俺たち魔族の敵だ。だが、彼女があの三人の為に俺に立ち向かったと思うと、素直に嬉しくなった。

「こうなってしまったら、私にはもうどうすることもできない……。見ての通り、私は今出せる全ての力を使い切ってしまった」

テレサは悔し気な顔でうつむいた後、何か覚悟を決めた顔をして俺を見上げた。

「私の負けだ。――斬れ」

テレサは敗北を認め、俺に全てを終わらせることを求めたのだ。

「お前の覚悟。しかと受け止めた」

俺は言われた通り、持っていた剣を空へ掲げ、そのまま勢いよく振り下ろす――。

「ザクッ！」という音を鳴らせ、俺の剣は――地面に突き刺さった。

「こっ、これはどういうことだ？」

テレサは、俺の顔を見据えて、理解ができないといった表情で問いかけてきた。

「今回の戦い、久々に私の闘志に火を付けた。実に楽しかったぞ」

「楽しかった？」

「ああ、そうだ。この私の暇を潰すのには丁度いい」

自分の全てを賭けた戦いを、暇潰《ひまつぶ》しと言われ、テレサは悔しさと怒りの入り混じった顔を見せる。

「そんな、遊び道具をここで潰すのは惜しい。テレサよ、さらに力を付けてこい。そして、私をもっと楽しませてくれ」

テレサはゆっくりと立ち上がった。

「その望み。私が叶《かな》えてみせる。そして、必ず後悔させてみせる！」

俺の正面に立つテレサは、両目から大量の悔し涙を流しながら、胸にある黒星石を握り締めて誓いの言葉を放った。

これは随分と恨まれたみたいだな。だが……今はそれでいい。

こうする他に、今この場で彼女を生かす道がない。

そもそも俺は、別に人間界を支配したいとは最初から思っていなかったのだ。

俺の趣味は世界を旅すること。俺の知らない土地や文化を、自然に体験し楽しむことが大切なのだ。

誰かに支配され、歪《ゆが》んだものをこの手にしたいとは思わない。

魔族や人間がお互いのことを分かり合うのは難しいのかもしれない。だとしたら、俺が圧倒的この力を駆使して、この微妙に保たれた均衡を維持するしかない。

できれば、それをあの三人に手伝ってもらいたいものだが……。まあ、それもいつかはの話だ。

俺たちの戦いを見届けたマリアベルが、白馬を走らせテレサの隣に来た。

「四天王最弱のラルフよ。貴様の力は把握した。今回は、敵である貴様の愚かさを利用させてもらい、一度退こうではないか」

マリアベルは、テレサに手を差し伸べ、彼女を白馬の後方に引き上げた。そして、そのまま俺に背を向ける。

「だが、ラルフよ。我々は必ずここに戻ってくる。その時は、覚悟するがよい。それまで、短い余生を楽しめ」

一応俺が勝ったんだけどな。何でこの人は、まるで慈悲を与えたみたいな言い方をしているんだ？

白馬の上から見下ろしてくるマリアベルを見て、俺は心の中で首を傾げた。

まあ、かなりの自信家なのだろう。テレサとは真逆の性格だな。

捨て台詞を吐いたマリアベルは馬を走らせ、そのままテレサと共にその場を去って行く。

それにつられ、他にいた冒険者たちも怪我《けが》人を抱え、第一守護門の近くの地から退避していった。

こうして、俺は何とか人間たちを退かせ、この戦いの幕を閉じることに成功したのであった。

8章　覚醒した四天王、魔大陸に立つ ——— ✖✖✖✖

ラルフとテレサとの戦いが終わった頃——。

クリスタ聖王国にあるミラー司祭の屋敷。敷地内にある大きな庭園の中心に、ミラー司祭はいた。

黄金に輝く自分の姿を模した銅像を見上げ、ミラー司祭はニヤニヤと笑みを浮かべている。

「ふっ。いつ見ても、私は凛々《りり》しく正義感に満ちた姿をしている。正に皆の道標となる司祭に相応《ふさわ》しい存在だ。……だが、今日から私は、さらにその名声を高めるだろう。なにせ、この世界に平和をもたらすのだからな」

自分に酔った言葉を連ねたミラー司祭は、漆黒のオーラをまとわせた黒い本をその手に持った。

「このような、強力な魔導書を拾った私は実に運が良かった。いや……違うな。これは必然だ。信心深い私に、神が使命を果たせと、授けたものだろう。何故《なぜ》か最後のペ、ペ、ページが破られて読めなかったが……まあいい。魔法を使う為に肝心な所は無事だったからな」

ミラー司祭は目尻に涙を浮かべる。

「長かった……。純心であった私の心を傷付ける、あの耐えがたき屈辱の日から四十年……今日まで本当に長かった。しかし、魔法とは制約が強いほど力が増すもの。ならば、それも致し方ないことか」

今まで費やした長い時間を振り返るように目を閉じ、ミラー司祭は大きく息を吸った。そして心を落ち着かせると、閉じた目を開きニヤリといやらしい笑みを浮かべる。

「くくっ……どうせだ。このまま、あの不出来な教皇もろとも吹き飛ばしてくれよう。そうなれば、世界を救った私が、新たな教皇になることも夢ではない！」

ミラー司祭は声を高らかに上げると、勢いよく黒い本を開いた。

「さあ！　今こそ、長年の悲願を果たそう！　我が積年の恨みを晴らせ！　ダークランカー・エミッション!!」

詠唱と共に本から莫大《ばくだい》な黒いオーラが溢《あふ》れ出し、ミラー司祭の頭上に大きな魔法陣を作り出した。

「おおっ！　感じる！　感じるぞ！　全《すべ》てを吹き飛ばすような、強大な力をっ!!」

期待に満ちた表情をしているミラー司祭は魔法陣を見上げる。それと同時に、全てを包み込むような光に包まれ、空に向かって巨大な黒い光線が撃ち放たれた――。

○

撤退していくテレサたちの姿を見ている時――この身に大きな魔力を感じた。

それは黒く渦巻く負の念の塊のようなもの。とても人間が出せるようなものではない。

これはそう……どちらかといえば、こちら側――魔族が持つものに近い魔力だ。

だが、それにしても大きい。大きすぎる。

だんだんこちらに近づいて来る、正体不明である魔力の方に視線を向けた。

空はいつもと同じように、魔大陸特有の黒い雲に覆《おお》われていた。だが、少しするとその雲を蹴《け》散らすように、大きな黒い光線が飛んできたのだ。

「なっ、何だ⁉　あの馬鹿《ばか》げた魔力の塊は！」

急に訪れた出来事に、まだそう離れた所にはいなかったマリアベルが驚きの声をあげた。

「退避！　退避だ！　今すぐ全員、この場から退避だ‼」

焦《あせ》りの声をあげながら、マリアベルは馬を走らせる。周りにいた冒険者たちも、必死に逃げるように走り出す。

瞬く間に、大きな混乱がその場に広がった。

その中、俺《おれ》はその場から逃げられずにいた。何故なら――。

「くそっ！　あっちの方角は！」

そう。いきなり飛んできた、正体不明の光線は――俺たちが住まう魔王城の方向へと向かっていたのだ。

もしあの質量の魔力が、魔王城に直撃してしまえば、そこら一帯は全て吹き飛んでしまうだろう。

そうなれば――フレア、リリア、ルシカ。

三人の顔が浮かぶ。

「テレポート!!」

俺は声を荒らげ、魔法を詠唱していた。

○

テレポートによって、その身を飛ばした俺は、空高い上空に浮いていた。

背後には巨大な魔王城がそびえ立っている。

すぐに、通常のものより太く大きな漆黒大剣を召喚し、両手でその柄《つか》を力強く握る。

すると、ちょっとした猶予もなく、誰《だれ》かによって撃ち出された巨大な光線が轟音《ごうおん》を鳴り響かせ、正面から飛んできた。

「暗黒オーラ、最大出力!!」

俺は全ての力を開放し、持っている漆黒大剣にまとわせ振り上げる。

「暗黒波動黒龍斬!」

漆黒大剣を振り下ろし、最大級の破壊力を持つ大技を撃ち放つ。

その名の通り、黒い龍の形をした波動が、光線に向けて一直線に飛びたった。

二つの大きな攻撃がぶつかり合う。その衝撃は凄《すさ》まじく、辺り一帯に衝突音と風圧が広がった。

俺が放った攻撃は、普通ならどんなものも薙《な》ぎ払うことのできるものだ。だが、飛んできた光線もその力は強大だ。

二つの攻撃が、上空で鍔迫《つばぜ》り合いをするようにせめぎ合う。

下では、さっきまで戦っていた人間たちが去って行くのが目に映る。

「ぐうう っ!」

少しでも気を緩めれば、あっという間に呑《の》み込《こ》まれてしまう。

俺はさらに魔力を高めた。

「うおおおおおおおおおおおおおおおおっ!!」

なんとか持ちこたえる中、俺はあることを考えていた。

こんな強大な力を用いる技を、一体誰が出したのか? 魔王城に向けて撃ち込んできたのだ。

普通に考えれば、魔族の敵である人間側の者だろう。

だが、これはとても人間が出せるものではない。もし、このような大技を難なく出せる者がいたのなら、とっくにその存在は知れ渡っているはずだ。

それにさっきも感じたことだが、この力はどちらかというと、俺たち魔族側のものだ。

考えれば考えるほど謎《なぞ》が深まっていく。

しかし、俺は頭を悩ますのを止《や》めた。いや、止めるしかなかった。

何故なら、撃ち込まれた光線が勢いを増し、俺は追い詰められていたからである。

何かのドス黒い怨念のようなものが、俺を呑み込もうとしてくる。

一進一退の状況の中、俺は体を震わせた。

よく分からないが、どうやらまた俺は、なにか良くないものに巻き込まれたみたいだ。

「何で、俺はいつもこんなことになるんだよ！　これ何⁉　呪《のろ》い？　俺って何かに呪われているの⁉」

魔族の俺が思うのもなんだが、クリスタ聖王国に行って、一度本気でお祓《はら》いでもしてもらおうかな。

凄《すさ》まじい威力の光線にまた少し押し込まれる。

「くっ！　……俺はいつも頑張っているのに、何でこうも報われないんだ？　何でこうも次から次へと不幸に巻き込まれていくんだ？」

重なる不運に、俺の中で怒りというドス黒いものがふつふつと湧《わ》いてきた。それと同時に、俺の体にさらに大きな暗黒オーラがまとう。

俺は暗黒騎士だ。本来、暗黒騎士とは自分の内にある精神的黒い部分を力の源として戦う。

以前、フレアの領域で少しキレてしまった俺が、山一つを吹き飛ばした例が最たるものだ。

そして今、俺はその時と同じように怒りに満ちていた。

俺の内に溜《た》まりに溜まったダークサイドが、とうとう臨界点を迎える。

同時に、俺は中に溜まった鬱憤《うっぷん》を全て吐き出すように、怒号をあげた。

「——俺はなあっ！　魔大陸の四天王だあっ！　都合のいい、お助けアイテムじゃねえんだよおおおおおおおっ!!」

数倍に膨れ上がった暗黒オーラが爆発《ばくはつ》し、全ての力が解き放たれる。

撃ち放った黒龍がさらに威力をあげ「ウッオオオオオオオオオオオンッ!!」と轟音で叫びながら、光線を呑み込んだ。

威力を増した黒龍は、そのまま空のはるか遠くへと、光線と共に飛んで消えていった。

あまりもの衝撃に曇り空は全て吹き飛び、年がら年中薄暗い魔大陸に快晴の空が広がる。

こうして、魔王城に訪れた消滅という危機を、俺は何とか弾《はじ》き飛ばしたのであった——。


「はあっ、はあっ、はあっ、はあっ」

日の光が美しく見える上空で、全ての力を解き放ち肩で息をする。

「……あっ、やばっ」

冷静さを取り戻した俺は、今の自分の状態を把握し、小さく声を漏《も》らした。そして、そのまま地上に向けて墜落していったのである。

体に一切《いっさい》力が入らない。これは言うなれば、完全な魔力枯渇状態だ。

あの正体不明のふざけた魔法を弾き返《かえ》す為に、俺の中にある全ての力を使い果たしてしまったのだ。

俺はそのまま魔大陸の地面に叩《たた》きつけられた。

「いっつっつっつっ」

地面に大の字で横たわり、小さくうめき声を出す。

よかった。この防御魔法が施された鎧を着ていたから、なんとか無傷でいられた。これがなかったら、ちょっとした怪我《けが》じゃ済まされなかったぞ。

不幸中の幸いに、俺は胸を撫で下ろす。

それにしても、このままじゃ身動き一つも取れない。早くフレアたちの元に戻って、俺の無事を伝えたいが……しょうがない。今は、魔力回復に集中するしかないか。

俺がそう思った時、少し離れた所に大勢の人影が見えた。

「おいおいおい。何だ？　さっきの大きな爆発は」

「さあ、知らねえよ。それよりもどうするよ？　ミラー司祭の話じゃ、魔王城に大きな打撃を与えるから、残党を処理すればいいってことだったけどよ。何にも変わらねえじゃねえか」

「どうする？　このまま帰るか？　でも、金は後払いだからなー。このまま手ぶらで帰れば、ただの無駄足になっちまう」

あのガラの悪そうな男たちは、どう見ても人間だよな。数も……ざっと見た感じ、数百人はいやがる。

動けないまま、横目で人間の大軍を見ていると、その中の一人が俺の存在に気が付いた。

「おいっ！　あそこで誰かが倒れているぞ！」

仲間の声につられ、全員がこっちに視線を移した。

「何だこいつ？　何でこんな所に倒れていやがる？　というか、どう見ても、こいつって魔族だよな」

「おう、そうだな。それにしても、見た感じ、なんか滅茶苦茶弱ってねーか？」

俺の存在に、男たちはざわざわとしだした。

そんな中、そいつらのうちの一人が手を挙げて、大きな声をあげる。

「俺、いいこと考えた！　こいつを一人討ち取って、帰ろうぜ！　そうすれば、金はいくらかは貰《もら》えるだろ？　最初と話が違ったんだ。ミラー司祭も、受け入れるしかねえだろ！」

男の提案に、周りにいた仲間たちは納得させられたように頷《うなず》いた。

そして、ニヤニヤした笑みで、一斉に俺の方を見てきた。

あっ……これアカンやつだ。

こうして、魔王城の危機を救った俺は、また新たな脅威にさらされるのであった——。

○

「ふうっ……」

今まで中に溜まっていたものを全てぶちまけて、すっきりとした気分になったミラー司祭は軽く息を吐く。

「なっ、何だ⁉　何だ⁉　今の爆発みたいなのは！」

ミラー司祭が繰り出した魔法の威力に、大勢の兵が何事かと姿を現した。

そんな慌てた兵たちを見て、ミラー司祭は小馬鹿《こばか》にしたような鼻息を吐く。

「おい、お前たち。今日はもう疲れた。風呂《ふろ》の準備をしろ。あと、私の銅像をピカピカに磨いておけ」

ミラー司祭は偉そうに、兵たちに指示をする。

しかし、兵たちは周りをキョロキョロと見渡し返事をしない。

「おい！　聞こえなかったのか⁉　司祭である私の声を聞《き》き漏らすなど、無礼だぞっ！」

ミラー司祭は、いつものように兵たちに向けて怒鳴り声をあげる。

だが——誰一人、兵たちは反応を示さない。

「さっきのは、何だったんだろうな？」

「さあ。でも、何かが壊れたりしてないし、別に問題ないだろ」

兵たちは、雑談をし始める。

「おい！　貴様ら！　聞いているのか⁉」

怒鳴り声に反応したのか、一人の兵が振り向き、ミラー司祭の方に歩み寄ってきた。

兵はミラー司祭の前に立ち止まると、顔をしかめる。

「それにしてもよ。この粗大ごみ、どっかに捨てられねーのかな？　邪魔でしょうがねえよ。というか、よくこんな恥ずかしい物を、自分の家に置けるよな。馬鹿丸出しじゃねーか」

兵はそう言うと、ミラー司祭のおでこを拳《こぶし》で小突いた。

「なっ！　貴様！　司祭である、私に何たる不敬を！　どんな処罰が下るか、覚悟はできているのだろうな⁉」

兵の暴挙に激怒したミラー司祭は、感情のまま拳を振り上げようとした。振り上げようとしたが――体は微動だにしなかった。

ここで、ミラー司祭は初めて自分の身に起きた異変に気が付いた。

拳ではなく、他の部分も動かそうとする。だが、体のどの部分もピクリとも動かない。

「なっ！　何だこれは⁉　おい、お前！　私は、一体どうなっている⁉」

目の前にいる兵に言葉を投げかけるが、何一つ届かない。

「そっ、そんな……」

ミラー司祭は、やっとここで気が付く。

自分の身が――近くにあった、自分を模した銅像の中に閉じ込められたことに。

「さあ、こんな所にいても何にもねえよ。早く戻ろうぜ。腹が減っちまった」

兵たちはぞろぞろと、ミラー司祭を置いてその場を去って行く。

「おい！　お前たち、待て！　私を助けろっ！」

ミラー司祭は何度も叫ぶ。何度も叫ぶが、何一つ誰にも届かない。

一人取り残され、虚《むな》しい風に吹かれて佇《たたず》むミラー司祭。

そこに一匹の犬が通りがかり、片足をあげて小便をかける。皮肉にも、その部分だけの汚れが取れ、銅像をキラキラと輝かせた。

「そっ、そんなああああああああっ……！　どっ、どうして、どうしてこうなってしまったああああああっ！」

銅像の中で、ミラー司祭は情けない声をあげるしかなかった。

○

いきなり玉座に現れた敵を、何とか返り討ちにしたフレアたちは、いつものプライベートルームに集まっていた。

だが、勝利したにもかかわらず、その場は沈痛な雰囲気に包まれ、誰も口を開かない。

その理由は明白だ。いつもは当然のようにいるもう一人の大切な存在が、この場にはもういないからである。

いつも自分たちのせいで、大変な思いをしているのは分かっていた。でも彼は文句を言いつつも、いつもその優しさで守ってくれていた。

そんな彼に、本来ならこの勝利を自慢して「よくやった」と褒めてもらえるはずだった。

でも、その願いはもうどれだけ祈っても叶《かな》うことはない。

笑顔など出るはずもない。出てくるものは、自然と瞳《ひとみ》からにじみ出てくる涙だけ――。

終わりのない永遠の悲しみの中――プライベートルームの扉が勢いよく、誰かによって開かれた。

何事かと、フレアたちは入ってきた人物に視線を向ける。

そこには、普段は冷静沈着なベルフェルが、汗をかき両肩で息をしている姿があった。

「たっ、大変でございます！　フレアお嬢様！」

「どっ、どうしたのじゃ？　ベルフェル」

ただならぬ雰囲気のベルフェルを見て、フレアは袖《そで》で出かけていた涙を拭い問いかける。

「ラッ、ラルフ様の身に危険がっ！」

思ってもいなかった名がベルフェルの口から出て、三人は戸惑いが隠せない。

「ちょっ、ちょっと待つのじゃ。いったいどういう意味なのじゃ？」

フレアがそう言うのも無理はない。

何故なら、ラルフはもうこの世にはいない。なのに、そのラルフの身に危険が迫っているというのは意味が分からない。

「説明させていただきます」

ベルフェルは荒れた息をなんとか整え「実は——」と口を開いた。

ベルフェルは、全てを包み隠さずにフレアたちに伝えた。

ラルフがやられたという話は全くの嘘《うそ》であること。どれもこれも、フレアたちを一人で戦わせて、自分から自立させるというラルフの作戦であったこと。

そして今現在、ラルフは魔王城を守る為に全ての力を使い切り、絶体絶命のピンチであることを。

「申し訳ございません。お嬢様方に嘘を吐《つ》くなどと、あってはならないことでした。ただ、全てはお嬢様方の将来の為と、ラルフ様に説得され……」

全てを打ち明けたベルフェルは、恐る恐るフレアたちの顔を見る。

どう考えても、一線を越えた嘘だ。フレアたちが、もの凄く怒りを表しても不思議ではない。

だが、ベルフェルが見たフレアたちの表情は——まるで新たな命を吹き込まれた花のような、希望に満ちたものであった。

「ベルフェル！　その話は本当なのじゃな⁉　ラルフは生きているのじゃな⁉」

「そうですわ！　これも嘘だって言うなら、わたくし何をしでかすか、自分でも分かりませんわよ！」

「答えろ！　早く、ルシカたちに答えろ！　本当の話だと、誓って答えろ！」

身を乗り出して問い詰めてくる三人に、ベルフェルは少し呆気《あっけ》にとられる。

「はっ、はい。これは私の命にかけて、本当のことでございます」

ベルフェルの答えを聞いた三人は、お互いの顔を見合わせた。

そして同時に頷くと、ベルフェルに向け「今すぐ、ラルフのいる所に案内しろ！」と意気揚々に命令をしたのであった。

○

大勢の敵が各々《おのおの》武器を手にして、こっちに向けてにじり寄ってくる。

大の字で倒れて身動きが全く取れない俺を見て、人間たちは余裕の表情をしている。

奴《やつ》らにとって、この状況は瀕死《ひんし》の野ウサギを狩るくらいの感覚なのだろう。

俺はどうにかこの場から退避しようとする。が、やはり体は思うように動かない。

続けて急いで魔力回復に努めようとする。しかし、どう考えても時間が足りない。

そして、そうこうしているうちに、俺は人間たちに囲まれてしまった。

「おいおいおい。こいつなんか必死に逃げようとしてるぜ！」

「へへっ！　ツイていたな！　見た目にはすげー強そうに見えるからよ。やっつけたこいつを持ち帰れば、それなりの大金が貰えるんじゃねーの！」

「おーし！　じゃあ、ちゃっちゃとやっちまって、早く帰ろうぜ！　こんな所に長居しても、何の得にもならねーしよ！」

俺を討ち取ることを決めた人間たちは、不敵な笑みを浮かべて武器を手に取る。

ダメだ……。どう考えても、この状況を打破する方法がない。

まさか、この俺がこんな形でやられるとは思ってもいなかった。これは、自分の欲望であいつらを無理やり戦いに引き入れた罰なのかもしれない。

ははっ。こんな時に頭に浮かぶのは……あいつらの顔ばかりだ。

いつもは無責任なフレアたちに不満ばかりだったが、本心では三人のことを想《おも》っていたことに、俺は少し驚いた。

こんなことになるんだったら、最後にあいつらの笑顔を見たかったな――。

人間たちが俺に向けて武器を振り上げる。

「じゃあお前ら！　一斉にいくぞおおおっ！」

絶体絶命の俺は目をつぶった。

「待つのじゃあああああああっ!!」


覚悟を決めた俺の耳に、幼少の頃から聞き馴染《なじ》んだ声が入ってきた。

大地に響き渡った声に、俺は薄目を開けて、そっちの方を見る。

周りにいた人間たちも俺と同じ方に顔を向けた。

そこにいた全ての者の視線の先には——フレア、リリア、ルシカ。三人が、腕組みをして仁王立ちをしている姿があった。

「誰も、そいつに指一本触れることは許さんぞ!」

フレアは俺に向け指をさす。

想像もしていなかった展開に、俺は幻を見ているのではないかと思った。

「なっ、何だ!?　てめえらはっ!　いきなり現れやがって、一体どこのどいつだ!?」

急に登場した乱入者に、人間の男が警戒心を持った声を発する。

「わしらが何者かじゃと……」

問いただされたフレアたちは、お互いの顔を見合わせると不気味な笑みを見せる。

「かっかっかっ」

「ふっふっふっ」

「くっくっくっ」

いつものように、三人は独自の笑い方をした。

「なっ、何を笑ってやがる！　いったい、何がおかしいってんだ⁉」

男の恐怖心が入り混じった声を聞き、フレアがやれやれと首を横に振る。

「ふっ。いや、何も知らぬ愚か者と思っての。そうか、知りたいか。わしらが、いったい何者か、知りたいか……」

フレアたちは笑いを噛《か》み殺すように、少し顔を伏せた。

「くっ！　もったいぶってないで、早く言いやがれっ！」

怒りの声をあげた男に向け、三人は同時に顔をあげた。

「そうか、知りたいか！　ならば、聞いて驚くのじゃ！」

自信に満ちた強者の顔を見せた三人は、同時に口を開く。

「わしらは――」

「わたくしたちは――」

「ルシカたちは――」

「「「この魔大陸を統《す》べる――四天王だ‼」」」

魔大陸に、堂々とした三つの声がこだました。

「「「「なっ、なんだってえええええええっ⁉」」」」

急に現れた、ボスたちの存在に、男たちは驚愕《きょうがく》の声をあげる。

フレアたちは、ゆっくりとその足をこっちに向けて進めた。

それに対して、男たちは気圧《けお》されて後ずさりをする。

男たちはこの場から離れていき、とうとうフレアたちは俺の側《そば》にまで来た。

「おっ、お前たち……」

俺はなんとか声を絞り出す。

声を聞いたフレアたちは、地面に倒れている俺に視線をやった。その瞳は、何故か少し潤んでいるようにも見えた。

「ラルフ……お前にはいろいろ言いたいことがある。だが、それは後じゃ」

フレアがそう言うと、隣にいたリリアが羽織っていたキラキラと光っている布を、俺に被《かぶ》せた。

「ラー君。これは魔力補充の効果が付与されています。少し時間は掛かるかもしれませんが、ひとまずはこれで回復してください」

ルシカがしゃがみ込み、俺の頭を撫でる。

「ラルフ、よく頑張った。後で、ルシカのとびきりのかき氷を食べさせてあげるから、良い子にしてて」

三人はそれぞれ俺に言葉をかけると、真剣な面持ちとなり、数百人以上はいる人間たちに顔を向ける。

「ちょっ、ちょっと待て。お前ら、何をしようとしてる？」

いつも戦いから隠れ、怯《おび》えていたフレアたちを知る俺は、大勢の敵に対峙《たいじ》する彼女らに問う。

フレアはそれに対し、揺るぎない目をして答えた――。

「そんなこと決まっておるじゃろ。……大切な仲間を、守ろうとしているのじゃ！」

ここにいるのは、本当にフレアたちなのだろうか？

あまりにも勇敢すぎるフレアたちを前に、俺は疑問に思う。だが、すぐにその疑念を振り払った。

いや、俺が抱いていた臆病なイメージこそ偽りだったのだ。本当のこいつらは、いざという時はやり遂げる、まさに四天王の名にふさわしい魔族の長だったんだ。

「それに、もう後戻りはできんしの」

「えっ？」

ボソリと呟《つぶや》いたフレアの言葉に、俺は首を傾げる。

「わしらの、後ろの方を見てみるのじゃ」

フレアに言われた通りに、視線をそこに向ける。

そこには、大勢の魔族がわらわらと姿を現していたのだ。

「おいおいおい。なんかスゲー爆発音と眩《まぶ》しい光が出て、何事かと思えば……フレア様たちが、敵である人間どもと対峙しているぞ！」

「えっ、てことは、もしかしてお三方の戦いが見られるってこと⁉　嘘っ！　なんて幸運なのっ！」

「皆！　絶対にお三方の邪魔になるようなことはするなよ！　俺たちは、ただ静かに見学させていただくのだからな！」

「ええ、分かったわ！　相手はたかが人間。勝負は一瞬で終わってしまうわ！　絶対に四天王様たちの動きを見逃せない！　正座よ！　皆、正座をして見学させてもらいましょう！」

どうやら、さっき俺が魔王城を守る為にぶつけ合った大技の影響で、様子を見に大勢の魔族が出てきてしまったらしい。

俺を助けに来たフレアたちと、たまたまかち合ってしまったみたいだ。

今まで一度もフレアたちの戦いを見たことがなかった家臣たちが、律義に正座をして期待に満ちた目でこっちを凝視してきた。

その熱い眼差《まなざ》しは、フレアたちの一挙手一投足を見逃さないといったものだ。

「まあ、そういうことじゃ。もう引くに引けん状況なのじゃ」

「おっ、おい。本当に大丈夫なのか？」

俺の心配する言葉を聞いた三人は小さく笑う。

「心配するな。わしらは、以前のわしらではない。ラルフはそこで、回復することだけを考えておればいいのじゃ」

「そうですわ。今のわたくしたちは、真の力に目覚めた愛の戦士。もう、誰にも止めることはできませんわ」

「今のルシカには怖いものはない。今なら、気絶しながらでも勝てる気がする」

三人は自信に満ちた姿で一歩前に踏み出した。

どうやら、俺がセッティングした戦いを経て、四天王としての資質が解放されたみたいだ。

彼女らの後姿を見て、ここまで頼もしく感じたことはない。

「……分かった。頼んだぞ、お前たち」

守らなくてはいけない者ではなく、俺は同じ四天王として、仲間に託す言葉を送った。

三人は、そんな俺の気持ちに対し拳をあげて応《こた》えてくれた。

「おっ、おい！　どうする⁉　四天王が三人も出てくるなんて聞いてないぞ！　逃げるか⁉」

「馬鹿言うな！　相手は四天王だぞ！　背中を見せたら、それこそあっという間にやられてしまうぞ！」

「だったら、やるしかねえみたいだな！　こっちだって人数はそれなりにいるんだ！　それにもし、四天王に勝ってみろ。そしたら、それこそ俺たちは世界の英雄になれるぜ！　ちょっとした小銭じゃねえ、一生遊んで暮らせる大金が貰えるはずだ！」

逃げることよりも戦うことを選んだ人間たちは、自分たちを鼓舞させ、手に持つ武器を握り締めた。

「いくぞーっ！　これは世界の平和を守る為の聖戦だあああっ!!」

男たちは武器を振り上げ、一斉にフレアたちに向けて走り出した。

普通なら、数百人もの大軍が同時に向かってくるのは、それなりにプレッシャーを感じるものだ。しかし、フレアたちは動じることはない。

「まったく。熱くなりすぎるのはよくない。しょうがない、ルシカが少し冷やしてやる」

ルシカは冷淡に言うと、手に持っていた杖《つえ》を前に突き出した。

「全てが凍る静寂な世界に行け。サイレント・フロスト！」

詠唱と共に、杖の先に取り付けられた青い宝石が輝き、そこから小さな光の粒子が放出された。

数十人の男たちは、無数に飛んでくる粒子を避けられず、その身に受けてしまう。すると、その身は瞬時に凍り付いてしまった。

氷の中で、まさに静寂な世界に閉じ込められた男たちの表情を見るに、自分たちの身に何が起こったのか全く理解していないのだろう。

「さっ、さすが我らの主《あるじ》、ルシカ様ねっ！　こんなにもスマートに、そして冷徹に敵を倒すなんて、カッコよすぎるわ！　今度、私あの演出を取り入れてみる！」

ルシカの家臣である雪女たちが、自分たちの琴線に触れたのか、「キャー、キャー」と喜びの声をあげる。

「ちっ！　怯むなあああっ！　距離さえ縮めれば、数で勝るこっちが有利になるぞ！」

数十人の仲間がやられてもなお、男たちは足を止めずに突進してくる。

「無理に距離を縮めるなんて、間違った愛情表現ですね。そんなことをしたら、友愛も憎愛に変わってしまいますわよ」

リリアはお淑《しと》やかな口調だが、どこか怒りが混じったような言葉を発する。それと同時に、頭に乗せたティアラの中心にあるエメラルドグリーンの結晶が赤く染まった。

リリアの体が眩《まばゆ》い光に包まれる。

凝視することができないほど眩しい光は、どんどん大きくなっていく。

そして、光が爆発したようにその場に発散した。

「あっ、ああ……なっ、なんだあれは……」

さっきまで果敢に突進してきていた男たちが、思わずその場に足を止めて上を仰《あお》ぎ見た。

恐怖に顔が引きつる男たちの前には――黄金に輝く巨大な竜が、縦長の瞳孔で獲物を見定める姿があった。

竜に変身したリリアは、翼を横に広げ、鋭い牙《きば》が無数にある口を大きく開けた。

リリアの口の中に光が集まる。

そして――「グッオオオオオオオオオンッ!!」と雄叫《おたけ》びを上げると同時に、口から勢いよく光線を発射した。

「「「「ぐわああああああああっ!!」」」」

地面を次々とえぐる光線によって、男たちは悲鳴を上げながら吹き飛ばされる。

正に象と蟻。人間たちは、ただただ圧倒的破壊力の前に蹴散らされるだけだ。

「うおおおおおおっ！　流石は、魔獣大帝リリア様！　あの見事なまでのマッスルボディー！　マッスルの波動が、魔大陸を揺らしておりますぞ！」

「よっ！　筋肉の金脈がそびえ立っているねっ！」

リリアの家臣である獣人たちが、合いの手を入れつつ、各々マッスルポーズを披露して興奮を表している。

ペットのプリンも、尻尾《しっぽ》をブンブンと振り、主人の活躍を喜んでいた。

「くそっ！　こうなったら、せめて一太刀《たち》でも食らわせてやる！」

劣勢の中、数十人の人間が、まだ力を見せていないフレアに標的を定め襲い掛かった。

だが、フレアは両腕を組み、口から八重歯をはみ出させ、余裕の笑みを見せていた。

「かっかっかっ。愚か者め。今のわしは、乗りに乗っている。正に、究極天才モードなのじゃ！　誰にも負ける気がせんわ！」

フレアは腕を解《ほど》き、片手を前に突き出した。

「わしのラルフに、悪さをする奴らは――ぶっ飛べ！　ドドドドド、ドッカ――――ン！」

フレアの手から赤い光線が撃ち出され、そのまま向かって来ていた人間たちに直撃する。人間たちが「げはああああああっ！」と叫びながら、言葉通り空高くぶっ飛ばされた。

「おおっ！　あんな適当な詠唱で魔法が出せるなんて、とてもじゃないけど、私じゃ真似できない！　やはり、フレア・アルティメット・ジーニアス・レジェンドオブレジェンド・天上天下唯我独尊・一騎当千・才色兼備・大聖人・超絶カワイイ・ゲーテ閣下は、四天王最強の名にふさわしい天才だ!!」

定例会で進行役をしていた女魔人が、顔を紅潮させ鼻息荒く称賛の声をあげている。

「すげーっ！　フレアねーちゃん、すげーっ！　やっぱりアイシャのねーちゃんは、世界で一番だよっ！」

いつの間にか姿を現していたフレアの妹であるアイシャが、目をキラキラさせて姉の勇姿を見ていた。どうやら、より一層フレアに対する信仰心が強固なものになったみたいだ。

「フレアお嬢様。なんと立派にお育ちになられて……このベルフェルは、もう思い残すことは何一つございません！」

ベルフェルさんは、拳を握り締め、感激の涙を流している。

というか、どれだけ思い残すことがないんだよ。ベルフェルさん。

「「「ジーニアス！　ジーニアス！　ジーニアス！　ジーニアス！　ジーニアス！　ジーニアス！」」」

フレアの家臣である魔人たちが、目を血走らせながら拳を振り上げ、いつものジーニアスコールを始めた。

三人の家臣たちが、各々自分たちの主に対する称賛の声をあげて、その場は大いに盛り上がる。

異様に熱気を帯びたその光景は、ある種のコンサート会場のようだ。

尊敬の眼差しと声を受けて気をよくしたのか、フレアたちはますます調子を上げていく。

「氷結！　氷結！　氷結！　お前らを、カッチカチの氷にして、かき氷の素材にしてやろうか⁉」

「ガオオオオオオッ！　グッオオオオオオンッ！　ギャオオオオオンッ！」

「バンッ！　バンッ！　バンッ！　ドンッ！　ドンッ！　ドンッ！　ペッ、ペッ、ペッ！　ガラガラガッシャーーーーンッ！　わしは、天才じゃあああああっ‼」

勢いに乗った三人の攻撃が繰り出されるたびに、様々な所で爆発が起き、人間たちの悲鳴と魔族の歓声が鳴り響く。

傍《はた》から見れば、その光景はもう滅茶苦茶だ。

一方的に蹂躙《じゅうりん》される人間たちを見て、なんだか少し可哀そうに見えてきた。

しかし、その中で生き生きと勇敢に戦うフレアたちを見て、俺の胸の内は熱くなる。

もう、あの臆病で無責任な少女たちはいない。

ここにいるのは、誰もが恐れ敬う真の――魔大陸四天王だ！

「さて、そろそろ俺も行くか……」

リリアに渡された布によって、ようやく魔力を回復した俺は立ち上がる。

「くそおおおっ！　こいつら滅茶苦茶にしやがってえええええっ！」

いいようにやられていた人間が、激高した声をあげた。

血管を額に浮かび上がらせた男たちが、各々武器を手に一斉に突っ込んでくる。

そんな奴らの前に、俺はマントをはためかせ、大剣を片手に立ちはだかった。

重く、太い大剣を両手で握り、ゆっくりと振り上げる――。

「……一撃だ。この一撃で、お前たちに絶望という名の暗闇《くらやみ》を見せてやる」

暗黒の力を高め、魔力を頭上高くに集める。すると、空に巨大な黒い渦が出来上がった。

「しかと受け止めろ。――ダークネス・ディストラクション！」

大剣を振り下ろすと同時に、空にある黒い渦から漆黒の大オーラが降《ふ》り注《そそ》いだ。

「どわああああああああああああっ！」

いくつもの悲鳴が、魔大陸の大地に一斉に広がる。

あまりもの衝撃に、大地は様々な所に亀裂が入り――人間たちは一人残らず地面に倒れ伏せていた。

「こっ、これが魔大陸四天王の力……」

一人の男が声を震わせながら顔をあげ、悠然と佇むフレアたちを仰ぎ見る。その顔は、正に四天王に敗れ、恐怖にむしばまれた冒険者のものであった。

無様に敗れた者たちに向け、フレアが一歩前に出た。

「わしらは……わしらは、好きな奴と好きなことをして、ただ平穏に暮らしたいだけなのじゃ。それを、それを邪魔する奴らは……みーんな、消えちゃうのじゃ——————っ!!」

思いの丈《たけ》を叫んだフレアが両手を前にかざすと、そこから大きな光が発せられた。

その光はあまりにも眩しすぎて、他に何も見えなくなるほどのものであった。

全てを包み込むような光は、時間が経《た》つにつれてだんだんと弱まっていく。

少しすると、視界が開けてきた。

魔大陸の大地には、ついさっきまでいた数百もの人間が、跡形もなく姿を消していた。

こうして——絶体絶命の危機であった俺は、フレアたちの助けによって救われたのであった。

視線の先には、ルシカ、元の姿に戻ったリリア、そしてフレアがいる。

俺は、彼女らの側に歩み寄った。そして彼女らに言葉をかけようとした時——。

「うっおおおおおおおっ!!　フレア様ああああああっ!!」

「ガウッ、ガウッ、ガウウウウウウッ!!　リリア様あああああああっ!!」

「きゃあああああああっ!!　ルシカ様ああああああああっ!!」

フレアたちの家臣が歓喜の声をあげながら、大勢駆け寄ってきた。

そして、フレアたちを担《かつ》ぎ上げると、同時に胴上げを始めた。

「我らの主、四天王バンザーーーーイ！　最強の四天王バンザーーーーイ！」

まるでパレードが始まったように、その場はお祭り騒ぎとなった。

「うおっ！　なっ、なんじゃお前ら⁉　降ろせ！　落ちて怪我でもしたらどうするのじゃ！」

俺は、宙に高々と飛び上がる三人を、誇らしげに見上げるのであった。

○

大勝利の宴《うたげ》を終えて、俺はプライベートルームの前に戻ってきた。

「ふうっ」と力を抜くように大きく息を吐いて、ヘルムを頭から取り外す。

この部屋に来て、ここまでホッとしたことはない。

今までは、それほど強い相手と戦っていたわけではない。今回は俺史上で一番大きな戦いを乗り越えたのだ。

だが、それ以上に安心したことがある。あの三人と無事にここに戻ってこられたことだ。

全ては、あの三人が自立して、解放されたいと願った末の作戦だった。

だがこの戦いを経て、俺自身の夢以外にも大切なものがあると気が付かされた。

さて。今から、どんな罵声を浴びせられることか……。まあ、それは仕方がないことだ。何を言われても、今日は真摯《しんし》に受け止めるしかない。

俺は覚悟を決めて扉を開き、彼女らが待っている部屋の中に入って行った――。


「「「ラッ、ラルフウウウウウウウッ!!」」」


三人は涙を流しながら、俺の方に駆け寄ってきて一斉に抱き着いてきた。

思ってもいなかった反応に、俺は少し呆気にとられる。

「バカ者！　心配させおって！　バカ者！　バカ者！　バカ者おおおおっ！」

フレアが泣きじゃくりながら、俺の頬《ほお》をつねってくる。

「いててっ。心配させて、悪かったよ。フレア」

「よかったですわ！　よかったですわ！　ラー君が、居なくなってしまったら、わたくし！

わたくしは……」

リリアが、力一杯に俺の胴体にしがみついてくる。

「くっ、苦しい。喜んでくれるのはいいが、竜人の力は少し加減してくれないか？　リリア」

「反省しろ！　究極のかき氷探求は、ルシカとラルフの二人三脚だろ！」

ルシカはいつもの無表情ではなく、喜びがにじんだ顔で、俺の頭をポカリと軽く叩いた。

「お前は、いったいどれだけ俺にかき氷を食べさせる気だ？　ルシカ」

予想していた罵声ではなく、三人とも俺の身を案じる言葉を、涙ながらに告げてくれた。

「お前ら……」

俺たちは、お互いの無事を喜び、しばらく四人で体を寄せ合った。

こんなことをするのは一体いつぶりだろう？　まるで、子供の時に戻ったみたいだ。

成長にするにつれ、俺たちは各々自分にとって好きなものができた。だが、それと同時に大切なものを忘れていたみたいだ。

未来にある新しいものに、目を向けることは大事だ。しかし、こうやって自分を作り出した過去に目をやることも必要だと、今回のことで学んだ。

俺が皆を成長させるつもりだったが、どうやら色々と成長させられたのは俺の方だったみたいだな。

「……お前ら、よく頑張ったな。ありがとう」

短い言葉ながらも、俺は心の底から思ったことを皆に伝えた。

それに対し、三人はお互いの顔を見合わせると、屈託《くったく》のない満面の笑みを浮かべて俺の方に向いた。

彼女らの表情を見て「ああ……俺が本当に見たかったものは、これだったのかもな」と胸の内で喜びを感じた。

「これからは、強くなったお前たちと共に、四天王として協力して戦っていけるな！」

彼女らの逞《たくま》しい成長を見て、明るく開けた未来を確信し、俺は意気揚々と声をあげた。

だが――　「お前は、何を言っておるのだ？」

フレアはキョトンとした顔をしている。

「えっ？　何って、お前たちは力に目覚めて、敵を倒したろ？　だったら、これからは皆で一緒に戦えるだろ？」

俺の至極真っ当な考えを聞いた三人は、両肩をすくめ、やれやれといった感じで首を横に振りながらため息を吐いた。

「まったく、ラルフには困ったものじゃ。わしはもう、あんな危険な所に出てはいかんぞ。何回も言っておるが、わしは芸術しか興味がないのじゃ」

「えっ？」

「ラー君。そんな愛の無いことを言ってはいけませんわ。今回の試練で、いったい何を学んだのですか？」

「えっ？」

「ラルフ……空気読もう」

「えっ？」

俺が想像していた、皆で手を取り合って明るい未来へと突き進むシーン、とは全く違った返答だった。

「えっ？　ちょっ、ちょっと待て。何でそうなる？　お前らは、本来の力に目覚めて――」

戸惑いを隠せない俺の言葉に誰も耳を貸さず、責任感から解放されたかのように、三人はそれぞれ気の抜けた顔になった。

「さーて。これで、新しい作品にやっと没頭できるわ。ラルフよ、これからもわしの天才道を究める手助けを頼むのじゃ」

「わたくしも、途中で止まっていたセーターの続きが始められますわ。ラー君。衣替えする気になったら、声をかけてくださいね。陰ながらいろいろ補助をさせていただきますわ」

「ルシカは、これから氷の発注に取り掛かる。ラルフ。氷の選別には目利《めき》きが必要だから、邪魔はダメ。心配しなくても、後で傑作を楽しませてあげる」

三人は悪気もなく、ナチュラルに責任の全てを、また俺に押し付けてきた。

「おっ、お前ら……」

「ん？　どうしたのだ？　ラルフ」

「いい加減に、俺から自立しろおおおおおおおおっ!!」

プライベートルームに、俺の怒号が鳴り響く。

「うわあああああっ！　ラルフが、怒ったああああああああっ！」

どうやら、彼女らが最弱から自立して、真の四天王になる日はまだまだ先のことになりそうだ。

エピローグ

「おお。ウルフよ、よく来てくれた」

かつて前四天王と渡り合ったムサシが、トルヘロ村にある道場の前で出迎えてくれた。

「どうも、ご無沙汰しております」

「そうかしこまらんでもよい。わしらは同じ弟子を持つ、いわば同志みたいなものじゃろ？

それに、お主には借りがあるからのぉ」

ムサシは、俺《おれ》の肩をポンポンと軽く叩《たた》いた。

「それにしても、今回は色々大変だったのぉ……世界的に。まさか、クリスタ聖王国が魔大陸に進攻するとは。一歩間違えれば、全《すべ》ての種族を巻き込んだ大戦になっておったわ」

ムサシは呆《あき》れたように大きくため息を吐《つ》く。

「やれやれ。違う種族がいれば、そこに相違が出るのは致し方ないが。お互いを知る努力もせんで、戦い戦いと……。まあ、昔に冒険者として、戦いに明け暮れたわしも人のことは言えんが。……そうは思わんか？　ウルフよ」

ムサシは、何かを見透かしたような含みのある視線を俺に向けてきた。

「そうですね。できれば平和な世界が続くことを、僕も願いますよ」

この爺さん。とぼけてはいるが、何だかんだで自分の思い通りに事を進めている気がする。本心がどこにあるか分からないが、慎重に相手をしないとな……。

「じゃあ、テレサはいつものように、道場で精神統一の修行をしておる。顔を見せてやってくれ。きっと喜ぶはずじゃ」

俺は爺さんに言われるがまま、建物に入り道場のふすまを開けた。

すると、道場の中心で、テレサは目をつぶったまま正座をしている。

テレサはスッと閉じた目を開き、星空のように煌《きら》めく瞳《ひとみ》をのぞかせる。俺の顔を見た彼女はパッと顔を明るくして、こっちに駆け寄ってきた。

「ウルフさん！　来てくれたのですね！」

「久しぶり、テレサ。俺がいない間も、修行を頑張っていたみたいだな。ムサシさんから聞いたよ」

俺の言葉を受けて、テレサは明るかった表情を暗くした。

「いえ……。ウルフさんと別れてから、自分なりに色々と努力したつもりでした。けど……私など、この広い世界の中ではまだ何も通用しないことを知りました」

実力は人間離れしてはいるが、俺との戦いに敗れたことが、かなりショックだったみたいだ。

「でも……私はここで立ち止まっているわけにはいかないのです！　大切な人を守る為に、私はもっと強くなりたい！　だから、ウルフさん！　これからもよろしくお願いします！」

言葉では自分の力を卑下したが、今あるこの決意に満ちた凛々《りり》しい表情を見て、俺は思う。

今の彼女は、人見知りで引っ込み思案だったあの頃とは別人だ。

大切な人を守りたいという想《おも》いが、彼女を大きく成長させた。そして、それは――。

「分かった。テレサ、俺も同じだ。俺も守りたい人の為にもっと強くならないといけない。だから……一緒に強くなろう！」

そうだ。今回のことで俺も学んだ。誰《だれ》かを守りたいという想いは、人を強くする。そして、それは自分の夢よりも大切なことなのかもしれないと――。

○

魔大陸に戻る為、俺はトルヘロ村を出て、荒野を一人歩いていた。

テレポートを使わずに、何故《なぜ》こんな所を歩いているかというと、ある考え事をしていたからである。

それは、魔王城に向けて撃たれた、あの魔法の正体だ。

あれだけの強大な魔法を使える者が、人間側にいるとすれば、それは俺たち魔族にとって大問題である。

だが、どれだけ考えても、そんな存在が人間側にいるとは思えなかったのだ。

それに、あの魔法を受け止めた時にも感じたことだが――あれはどちらかというとこちら側。

俺たち魔族の力に似たものだった。

「うーん。謎《なぞ》は深まるばかりだな……」

そもそも、あんな大技、いったいどうやって生み出したんだ？　あれは魔王様レベルのものだぞ。

……んっ？　魔王様レベル？　そういえば……。

ふと、俺は数年前の魔王様との思い出を蘇《よみがえ》らせた――。


「魔王様。また新たなものを、お創りになられているのですか？」

魔王城の最上階にある、魔王様の玉座の間。机に向かって熱心に筆を執る魔王様に向けて、
俺は少し呆れたように問いかけた。

「おお、ラルフか。まー、新たな魔法を創り出すのは、わしの数少ない趣味だからな。時間がもっとあれば、これに専念できるのだが。まあ、魔王という立場上、仕方がないことだ」

魔王様の趣味とは、自分で新たな魔法を生み出し、それを魔導書に書き記してこの世に残すといったものだった。

「なんだ？　その何か言いたげな顔は」

「いや、研究を重ねて、新たな魔法を生み出すのは素晴らしいことだと思うんですけどね。魔王様が考えた魔法は、どれもこれも実用的じゃないんですよ」

「そうか？　でもその代わりに、わしの考えた魔法を発動することができたら、途轍《とてつ》もなく凄《すご》い魔法が使えるのだぞ。ロマンがあっていいじゃないか」

「いや、その魔法を使う為に、二十年毎日すべるギャグを言い続けて、周りにできた寒いオーラをかき集めて放つ究極氷魔法とか。三十年毎日女性に告白してフラれ続けて、その逆境オーラをかき集めて、絶対にフラれない美男子に三日間変身できる魔法とか。一体誰が、こんな効率の悪い魔法を使うっていうんですか？」

そう。魔王様の創り出す魔法は、本来ならどんな大魔法使いでも使えないようなものばかりだ。だが、それを発動するには途方もない時間と苦労が伴う。

よって、誰かがこの魔導書を手にしたところで、誰もそれを実行することはないものばかりだ。

誰も使わないものは、正直に言って何もないのと変わりない。

「別にいいだろ？　これはわしの趣味なんだ。この魔導書を誰かに使わせてどうこうしたいわけではない。ただ、どれだけ強力な魔法を生み出せるか、という芸術に挑んでいるだけだ」

俺には理解できない矜持《きょうじ》を、魔王様は鼻高々に言い放った。

「そういえば、聞いたことがなかったんですけど、今までで一番時間がかかる魔法は、どんなものだったのですか？」

「ん？　そうだなー。何だっけ？　うーん……あっ、そうそうあれだった」

少し考え思い出した魔王様は、自分の掌《てのひら》に拳《こぶし》を軽くポンと置いた。

「あれは確か五十年前に創り上げたものだ。内容は、四十年もの間、誰かの悪事を聞き続け、その罪の意識を魔導書に集めるものだった。あれは凄いぞー。巨大な負のオーラを一気に撃ち放つ、最大級の暗黒魔法だ！　その威力は、そこら一帯を全て吹き飛ばす力を持っている！我ながら中々の出来だったわ！」

魔王様は、自分の力作に誇らしげな顔をした。

「あっ。でも、その魔法を使えば、近くにある無機物に封印されてしまう呪《のろ》いが掛かってしまうけど」

「そんなものが……。で、その魔導書は一体何処にあるのです？」

「捨てた」

俺の問いに、魔王様はあっけらかんとした表情で答えた。

「えっ……捨てた？　ええっ！　捨てた⁉　なっ、何やってんですか⁉　そんな危険な代物を！　誰かが拾ったら、どうするんですか⁉」

慌てる俺とは真逆に、魔王様は飄々《ひょうひょう》としたままだった。

「わしって、一度創り上げた物は興味をなくしてしまうからな。しょうがない、しょうがない」

「しょ、しょうがないって……そんな無責任な」

魔王様の言葉に、俺は呆気《あっけ》に取られた。

「何をそんなに心配しているのだ？　さっき、ラルフ自身が言っていただろ？　あんな非効率的な魔法を発動する奴《やつ》が何処にいる？　四十年だぞ。そのうえ呪いが掛かるんだぞ。そんな馬鹿《ばか》はこの世にはおらんわ。万が一、誰かが拾ってもどうこうならんよ」

「たっ、たしかに……」

ある意味、的を射た意見に俺は納得させられた。

「まったく。ラルフはいいものを持ってはいるが、少し神経質なところがあるな。いずれは、お前が四天王を引き継ぐのだぞ。もっとドシンと構え、堂々とした態度でいれるようにしないとな」

「はっ、はあ。面目ない」

魔王として、上に立つ者としての姿勢を伝授した魔王様は、いきなり顔を歪《ゆが》めた。

「はっ、はっ、はっ、はーくしょん!!　……ずずっ。最近花粉が酷《ひど》いな」

花粉症の魔王様って……。と、俺は軽くズッコケた。

「あー、鼻水が出る。何処かにチリ紙はないか？　……あっ、丁度いい所にあったわ」

魔王様はそう言うと、さっきまで書いていた魔導書の一ページを引きちぎり、それで鼻をチーンッとかんだ。

「えっ！　魔王様、せっかく創り上げた物で何てことをするんですか⁉」

俺のツッコミに、魔王様はキョトンとした顔をした。

「ん？　何が問題だ？　わし、よくこうするよ。飲み物をこぼした時も、こうやって拭き取ることもあるし」

「いやいやいや。そんなことをしたら、読んだ時によく分からない所が出てくるじゃないですか」

魔導書には、どのような魔法が使えるか、その魔法を発動する為の方法、詠唱の仕方——そして使った時の代償などの、重要な情報が記載されている。

もし切り取ったページに、読み逃してはいけないものがあれば、取り返しのつかないことになってしまうこともある。

だが、やはり魔王様は何も気に留めることはなかった。

「さっきも言っただろ？　わしはこれを使ってどうこうする気はない。だから、別に気にしとらんわ。本当に、ラルフは小さいことを気にするな。そんなんでは、わしみたいに度量の大きい男にはなれんぞ。がーっ、はっはっはっはっ！」

魔王様との会話を思い出した俺は、その場で立ち止まる。

「えっ……ということは、そういうことなのか？　いや、それとしか考えられないよな」

俺の予想はこうだ。

魔王様が無責任に捨てた魔導書が、何かの偶然で人間界に流れていき、それを人間の誰かが手に入れた。

その人間は魔族に対する恨みか何かで、四十年もの間、コツコツと魔導書に記された行動を続けた。

そして、とうとう目標を達成した人間が、あのタイミングであの魔法を発動させた……。

俺は体をワナワナと震わせる。

「えっ？　ということは何？　…………結局は、また誰かが無責任に投げ捨てたものが、俺の頭上に落ちてきただけじゃねえかあああああああっ!!」

荒野の真ん中。俺は一人虚《むな》しく、自分の不幸を嘆く叫び声をあげるのであった。

○

漆黒に包まれた空。鳴り響く雷鳴。禍々《まがまが》しい空気が充満する魔大陸。

その地を支配する者たちが住まう魔王城の門の前では、絶望感に支配された者たちが無様に敗北していた。

「なっ、何て強大な力なんだ……。おっ、俺たちの攻撃が何一つ効かないなんて」

「暗黒騎士ラルフ・オルドレッド。私たちは決して触れてはいけない闇《やみ》に、足を踏み入れてしまったのかもしれないわ」

恐怖を隠し切れない表情で、地面に伏した冒険者たちは俺を見上げた。

そんな時――。

「かっかっかっ」

「ふっふっふっ」

「くっくっくっ」

三つの不気味な笑い声が、俺の背後から聞こえてきた。

「あっ、あれは……四天王の魔術王フレア・ゲーテ！　魔獣大帝リリア・ワイバーン！　氷結魔女ルシカ・シルヴァ！　なっ、何故ここに全ての四天王が集まっているのだ⁉」

すでに一方的敗北によって絶望している冒険者に対し、フレアは追い打ちをかける。

「かっかっかっ。愚かな人間どもよ。身の程知らずのお前らに、驚愕《きょうがく》の真実を伝えてやろう」

「なっ、何を言っている⁉　お前は、何を言おうとしている⁉」

フレアの言葉に、ますます恐怖にむしばまれていく冒険者は、叫びにも似た声で問う。

「貴様らが手も足も出ずに負けた暗黒騎士ラルフは、我ら四天王の中でも――」

フレアは両腕を組み、マントをはためかせ、その場にいる全ての者に聞こえるように大声で叫ぶ。

「――最弱！　なのじゃあああああああっ‼」

「「「なっ、なんだってえええええええっ⁉」」」

とんでもない真実を突き付けられた冒険者たちは、失意の中で気を失った。

「かっかっかっ」

「ふっふっふっ」

「くっくっくっ」

三人は、俺の後ろで不気味な笑い声をあげる。

笑い声をあげるが――三人は後ろで、俺のマントを握りながらプルプルと震えていた。

「おい。だから、そうされると動きづらいって、いつも言っているだろ」

こうして、俺はプライベートルームに戻ると、いつものように多くの泣き言を聞かされるのであった。

了

あとがき

はじめまして。西湖三七三と申します。

この度は『四天王最弱の自立計画　四天王最弱と呼ばれる俺、実は最強なので残りのダメ四天王に頼られてます』を手に取っていただき、ありがとうございます。

初めに、本作の制作秘話についてお話しさせていただきます。

普段、私は思いついたアイディアを一文程度で簡潔に書き記し、後でそこからピックアップして小説を創り出しています。

ある日、受賞させていただいた本作は、一体どんなアイディアを元に創り出したのだろうと思い、久々にアイディア一覧表のファイルを開きました。そして、本作の元となる文を見て、私は目が点になるほど驚きました。

そこには――「四天王で最弱」としか書かれていませんでした。

今思えば、この作品を思いついた時には、長文を書かなくても頭の中で物語が出来上がっていたのかもしれません。そこからは流れる波に乗るように、スラスラと最後まで書き切りました。

本作は、そんなノリと勢いが全面に押し出されて創り出されたものです。正に本作の雰囲気そのままです。

ぜひ皆さまにも、四天王最弱とその仲間たちの活躍を、波に乗るようなノリと勢いで楽しんでもらえたら嬉しいです。

続いて、謝辞に移らせていただきます。

担当編集のオリオさん。正に二人三脚。共に頭を悩ませ、少しでも作品を良くする為に尽力いただいたことは、感謝という言葉だけでは言い表せません。

作品作りだけでなく、ラノベについてのちょっとした雑談などがとても楽しく、最後まで気持ちよく走りきれました。これからも末永くよろしくお願いします。

イラスト担当のふわり先生。

本当に可愛いキャラクターを生み出していただき、ありがとうございます。キャラが多く、とても大変だったと思います。しかし、全てのキャラクターがメインに据えられるほど魅力的で、感服と言う他ありません。

最後に、本作を手に取っていただいた読者様へ。

昨今、世界には辛いニュースが多いです。うつむきたくなることも多いと思います。でも、笑いやワクワクする気持ちは、その顔を上にあげる力を持っていると私は信じています。

本作が皆さまの生活に、そのような力を少しでも与えることができたのなら最高です。

それでは、本作を読んでいただいた皆さまに、改めてお礼を申し上げます。本当にありがとうございました。

ファンレター、作品の
ご感想をお待ちしています

〈あて先〉

〒105-0001
東京都港区虎ノ門2-2-1
SBクリエイティブ(株)
GA文庫編集部 気付

「西湖三七三先生」係
「ふわり先生」係

本書に関するご意見・ご感想は
右のQRコードよりお寄せください。

※アクセスの際や登録時に発生する通信費等はご負担ください。

https://ga.sbcr.jp/

四天王最弱の自立計画
四天王最弱と呼ばれる俺、実は最強なので残りのダメ四天王に頼られてます

発　行　　2025年1月31日　初版第一刷発行

著　者　　西湖三七三
発行者　　出井貴完

発行所　　SBクリエイティブ株式会社
〒105-0001
東京都港区虎ノ門2-2-1

装　丁　　AFTERGLOW

印刷・製本　中央精版印刷株式会社

ISBN978-4-8156-2831-4
Printed in Japan　　GA文庫

試読版は
こちら!

魔女の断罪、魔獣の贖罪

著：境井結綺　画：猫鍋蒼

GA文庫

少年は人を食べた。そして、この世で最も醜い魔獣の姿になった。

慟哭《どうこく》、絶望、逃亡。命を狙われる身になった“魔獣”はようやく気付く。牙が、舌が、本能がどうしようもなく血肉に飢えていることに。

もう人には戻れない。居場所を失った魔獣はとある魔女と出会う。

「君、私の使い魔になりたまえ」　契約すればこの〈魔獣化の呪い〉を解く鍵が見つかるかもしれないという。だが、契約と引き換えに与えられた使命は人を殺すことだった――　なぜ少年は人を食べたのか？　誰が呪いをかけたのか？　そして、この世で最も醜い魔獣の姿とは……？

選考会騒然――魔女と魔獣が織り成す極限必死のダークファンタジー。

試読版は
こちら!

ダンジョンに出会いを求めるのは間違っているだろうか20

著：大森藤ノ　画：ヤスダスズヒト

GA文庫

『ギルドの横暴を許すなぁぁぁぁぁぁ！！』　学生闘争勃発――！

　最硬金属【オリハルコン】徴収を受け、不満を爆発させた『学区』生徒達。オラリオとの全ての交流が断ち切られ、都市中が騒然となる中、お祭り好きの神々がこの機会を見逃す筈もなく！

『オラリオVS学区の代表試合！　都市競技祭典《オラリオピアード》の始まりだぁアアアア！！』

最大の代表戦に振り回され、どちらの陣営につくべきか懊悩するベルだったが、

「いつか約束した『冒険』をするとしよう。俺に協力してくれ、ベル」

　一人の『騎士』に今、英雄を問われる。

　これは、少年が歩み、女神が記す、――【眷族の物語《ファミリア・ミィス》】――

試読版は
こちら!
ダンジョンに出会いを求めるのは間違っているだろうか外伝 ソード・オラトリア15
著：大森藤ノ　画：はいむらきよたか
GA文庫
いざ、『遠征』再開へ──！
「今度こそ元凶を滅ぼし、あらゆる負の連鎖を断ち切る。ついでに未到達階層の更新でもしようじゃないか」　挑むは未踏のダンジョン60階層。
「都市の財産を惜しみなくそそぎ込み攻略に臨め──『派閥連合』だ！」
【ロキ・ファミリア】のもとに集まるは名だたる都市戦力。そして──
「誰の指図も受けない『勇士』達を仲介できるかい、シル・フローヴァ」
【フレイヤ・ファミリア】参戦！　『最強』と『最強』が手を組みあい、ついに『穢れた精霊』との決戦へ！　これはもうひとつの眷族の物語、
──【剣姫の神聖譚《ソード・オラトリア》】──

第18回 GA文庫大賞
GA文庫では10代～20代のライトノベル読者に向けた魅力溢れるエンターテインメント作品を募集します！
創造が、現実《リアル》を超える。
イラスト／りいちゅ
大賞賞金300万円＋コミカライズ確約！
◆募集内容◆
広義のエンターテインメント小説（ファンタジー、ラブコメ、学園など）で、日本語で書かれた未発表のオリジナル作品を募集します。希望者全員に評価シートを送付します。
※入賞作は当社にて刊行いたします。詳しくは募集要項をご確認下さい。
全入賞作品を刊行までサポート!!
応募の詳細はGA文庫公式ホームページにて
https://ga.sbcr.jp/